Bibliografische Information der Deutschen Nationalbibliothek: Die Deutsche Nationalbibliothek
verzeichnet diese Publikation in der Deutschen Nationalbibliografie; detaillierte bibliografische Daten
sind im Internet über dnb.dnb.de abrufbar.

© by wortjuwel 2017
Cover und Illustrationen: Eva Kampanokrousti
© 2017 Herstellung und Verlag:
BoD – Books on Demand, Norderstedt.

ISBN: 9783749483952

MIX
Papier aus verantwortungsvollen Quellen
Paper from responsible sources
FSC® C105338
FSC
www.fsc.org

Wendländische Märchenkiste

Peranticus erzählt; Teil 1

Gitta Glöckner

Inhalt

Einleitung

Ich wollte schon lange unseren Dachboden inspizieren.

Wir wohnten erst wenige Wochen in unserem neuen Dorf und diesem alten Haus.

Wo wir schon überall neugierig herum gelaufen, gestiegen und geklettert waren. Es gab die Überreste einer alten Fleischerei mit Räucheröfen, uralte Technik, die mal zu einer Brauerei gehörte, eine Partyküche, eine geheime Kräuterkammer und in der Scheune jede Menge Türen und immer wieder einen neuen Raum. Im Garten soll es einen Eiskeller gegeben haben. Den galt es noch zu finden. Oder wenigstens die Stelle, wo er mal vorhanden war.

Heute war erst einmal der Dachboden dran. Ich nahm den Haken und holte mir die Treppe von der Decke.

Vorsichtig schob ich meinen Kopf durch die Öffnung, immer auf eine Überraschung gefasst. Man konnte ja nicht wissen, vielleicht war der Marder umgezogen und fand es hier jetzt ganz nett. Aber nichts passierte. Keine gelben Augen, keine Krallen, kein Getier mit sechs oder acht Beinen, nichts dergleichen begrüßte mich oberhalb der Decke. Ich schaute mich um und Enttäuschung machte sich breit in mir wie ein Klecks Honig auf dem Eierkuchen.

Nach allem, was wir auf dem Gelände, vor allem im Garten bereits gefunden hatten – Besteck, Glasteller, Möbelscharniere, Plüschesel, Centstücke, Werkzeug – erwartete ich hier oben mindestens geheimnisvolle Kartons oder ein altes Spinnrad.

Und was sahen meine erwartungsvollen Augen: einen leeren Dachboden, staubig, ohne Fußabdrücke geheimnisvoller Wesen von dieser oder einer anderen Welt.

Ich beschloss trotz der öden Landschaft vollständig aufzusteigen in diesen leeren Raum unter dem Dach. Wenn man hier Matratzen rein legen würde, dazu Kissen und Lampen, das wäre sogar gemütlich, wenn nicht sogar romantisch.

Entschlossen zückte ich meine Taschenlampe. Der Lichtkegel machte es nicht wirklich heller. Hinter ihm her schleichend, erforschte ich die Ebene bis hin zum abschließenden Dach. So hatte ich drei der vier Ecken bereits ausgeleuchtet, als ich zu Nummer vier kam. Ich erwartete nun keine Besonderheiten mehr und leuchtete nur kurz darüber. Im letzten Moment fiel mir der Schatten auf. Ich drehte mich um und leuchtete noch mal in die Ecke. Diesmal war ich aufmerksamer. Die Dunkelheit wollte ihr Geheimnis nicht gleich preisgeben. Ich schob mich weiter unter den Dachstuhl und da, endlich konnte ich etwas sehen. Ich griff danach und hatte plötzlich klebrige Spinnfäden zwischen den Fingern. Das konnte ich nun überhaupt nicht leiden.

Ich rubbelte die Hand an der Hose ab und versuchte es erneut. Nach einigem Hin und Her fanden meine Finger einen Griff an dem Ding in der dunklen Ecke und ich zog es heraus.

Ich war begeistert! Vor mir stand eine mittelgroße, scheinbar uralte Holzkiste. Farbreste zeugten davon, dass sie zu ihrer Gebrauchszeit bemalt gewesen war.

Der Verschluss an der Vorderseite war aus dem selben Material wie die seitlichen Griffe. Aus dem Blech ragte eine Öse heraus, in die ein Haken oder besser gesagt ein Häkchen eingerastet war. Es kostete ein wenig Kraft, dieses Häkchen aus der Öse zu drücken. Wer weiß, wie lange die Kiste hier ihr Dasein gefristet hatte.

Endlich, der Haken klappte nach unten. Der Deckel war bereit für die Öffnung durch meine Hände.

Was würde ich finden?

Goldstücke, Hausgegenstände, Murmeln und Spielzeug...

Eins, zwei, trau dich und klapp – die Kiste war offen.

Ich griff hinein. Zwischen einem Türgriff, Tonscherben, Körnern, die aussahen wie Samen, verschnürten Briefen und vielem mehr fand ich ein einzelnes vergilbtes Blatt Papier. Ich legte es vor mich auf den Boden, hielt die Taschenlampe drauf und faltete es langsam auseinander. Die Schrift war kaum noch zu erkenne. Es dauerte bis ich den Inhalt der wenigen Zeilen entziffert hatte.

Ein Lächeln trat in meine Augen und wurde zum fröhlichen Lachen.

Was für ein süßer Scherz!

Wollt ihr wissen, was da stand auf diesem uralten, gelblichen, rissigen Bogen Papier?

Lieber Finder dieser Zeilen!

Bitte wirf kein einziges Teil aus dieser Kiste fort. Ich habe sie lange gesammelt und sie helfen mir, mich an die Erzählungen zu erinnern, die ich in meinem langen Leben gehört habe. Dieses Leben ist so lang, dass ich die Scherben, Blüten und all die Dinge wirklich brauche, um nicht eine der so wunderbaren Geschichten, die ich erfahren durfte im Verlaufe der Zeitenwanderung, zu vergessen.

Willst du sie hören? Ich erzähle sie dir sehr gern. Ich habe nur eine Bitte an dich: Wenn du eine meiner Geschichten hören möchtest, bring mir bitte eine Flasche guten oder hervorragenden Traubensaft und ein paar ausgesuchte Schokoladenpralinen mit.

Ich würde mich so sehr über die Möglichkeit freuen, in guter Gesellschaft ein Glas Saft zu genießen und einen netten Plausch halten zu können.

Der Besitzer der Kiste

Was für eine Idee!

Ich faltete den Zettel, legte ihn in die Kiste hinein, dazu all die sonderbaren Dinge und klappte sie zu. Ich schob sie wieder in die Ecke zurück, aber nicht ganz so tief wie vorher. Dann machte ich mich vom Dachboden, schloss die Luke und hängte den Haken an den Nagel.

Die Tage vergingen, aber was soll ich sagen, der Brief aus der Kiste ging mir nicht aus dem Kopf.

Zwei Tage weiter war ich allein zu Hause. Als ich aus der Speisekammer meinen Traubensaft holte, fiel er mir wieder ein. Und mich ritt wohl ein kleines Teufelchen. Übermütig griff ich nach den Dominosteinen, schnappte mir noch zwei Gläser und machte mich auf den Weg zum Dachboden. Nur einen Augenaufschlag lang zögerte ich, bevor ich die Leiter erklimmte und so bepackt in die Ecke marschierte. An eine Decke und ein Kissen hatte ich meine Kraft auch noch verschwendet. Ich breitete sie und mich auf dem Dachboden aus, zog die Kiste aus der Ecke und öffnete sie.

Nichts!

Ich rief ein Hallo in den leeren Raum, aber auch danach passierte einfach nichts. So wartete ich fast zehn Minuten.

Enttäuscht wollte ich schon wieder gehen, beschloss aber, erst ein Glas Saft auf meine dumme Idee zu trinken. Ich riss die Packung Dominosteine auf und goss mein Glas ein.

Fast wäre mir die Flasche aus der Hand gefallen, so sehr erschreckte mich die Stimme aus dem Dunkel.

„Oh, wie schön. Es gibt Traubensaft! Das ist so so schön! Ich weiß gar nicht, wie lange ich hier schon auf nette Gesellschaft warte. Hast du auch Schokolade mitgebracht?"

Während des Monologes hatte ich tief Luft geholt. Die Stimme klang nicht bedrohlich. So wollte und konnte ich antworten.

„Ich kenne deinen Geschmack nicht. Und ich habe nur noch Dominosteine im Haus. Die sind aber sehr lecker. Ich zumindest nasche die sehr gern."

„Oh, ich werde sie probieren. Ich freue mich, dass du neugierig genug warst, wieder zu kommen. Wenn du nun erlaubst, komme ich zu dir."

Und ob ich erlaubte! Was dann aus dem Dunkel hervorkam, passte in jedes gute Märchen oder auch in eine Gute-Nacht-Geschichte.

Ein Zwerg, ein richtiger süßer Zwerg. Klein, mit Zipfelmütze, Samtjacke und Hose, rot und schwarz. Dazu trug er lustige Stiefelchen mit Schellen an den Seiten.

Er setzte sich mir gegenüber.

„Das Glas ist dann leider zu groß für dich."

„Nein, nein, es ist alles in Ordnung. Der kleine Mann griff nach dem großen Glas und siehe da, im Moment der Berührung verkleinerte es sich bis es ordentlich in seine Hand passte.

„Wir müssen nur öfter nachfüllen, meine Liebe!"

Er lachte und das war sehr ansteckend.

„So, ich probiere jetzt einen von diesen Schokoladenbrocken hier und du suchst ein wenig in der Kiste und zeigst mir ein paar Dinge. Einverstanden?"

Ich konnte nur nicken, hatte ich doch auch gerade einen Dominostein in den Mund geschoben. Meinem Zwerglein schenkte ich nach und dann begaben wir uns auf Schatzsuche.

Ich hatte ihm schon etliche Dinge vor die Nase gehalten. Jetzt war der Türgriff an der Reihe.

Aufgeregt winkte der Zwerg mit der freien Hand. Ich hielt inne und wartete, bis er den Rest des Dominos mit dem Saft die zarte Kehle hinunter gespült hatte.

„Das ist gut. Das ist eine treffliche Geschichte! Füll` bitte noch mal ein."

Der kleine Kerl nahm genüsslich einen Schluck aus seinem wieder vollen Glas und dann legte er los!

DIE GEHEIMNISVOLLE TÜR

Der Mann mit den Farben kam nun jeden Tag.

Er ging durch das große Hoftor quer über den Hof zum Hauptgebäude und verschwand im großen Speisesaal. Die Tür blieb immer verschlossen.

Er war auf Geheiß des Gutsherren gekommen.

Am ersten Tag hatten die beiden lange miteinander gesprochen. Danach hatte der Mann mit der Arbeit begonnen.

Jeden Tag, kurz vor dem Dunkelwerden erschien der Gutsherr im Saal. Dann hörte man die beiden Männer miteinander sprechen ohne sie wirklich zu verstehen. Der Gutsherr blieb nur wenige Minuten. Kurz nach ihm verließ der Mann mit den Farben dann den Saal, schloss ab und ging zum Tor hinaus, ohne auch nur mit einer anderen Person ein Wort gewechselt zu haben.

Sein Mittagessen stellte die Köchin vor die verschlossene Saaltür.

Keiner vom Gutshof störte sich daran oder interessierte sich für den Mann und das was er auf dem Hof tat.

Bis auf einen!

Der Küchenjunge Ferdinand war noch nicht lange auf dem Hof. Seine Mutter war hier Magd gewesen. Als sie starb musste für den Jungen ein Platz gefunden werden. Er gehörte dem Gutsherren und hatte seine Mutter ab und zu zur Arbeit begleitet. So sprach die Köchin beim Gutsherren vor. Sie mochte den flinken und aufmerksamen Burschen. Der Gutsherr hatte keine Einwände und so wurde Ferdinand Küchenjunge.

Der Gutsherr war streng und wurde von seinen Dienern, den Bauern und Handwerkern gefürchtet. Manche behaupteten sogar er hätte übernatürliche Kräfte.

Ferdinand interessierte sich für alles was auf dem Hof geschah – ob eine Kuh kalbte oder ein Pferd verkauft wurde. Wie die Ernte verlief, was auf den Feldern angebaut wurde. Natürlich waren ihm auch die Menschen hier auf dem Hof wichtig, warum die Schweinemagd so oft weinte oder warum der Gutsherr seinen Pferdeknecht so oft verprügelte. Wissbegierig lernte er die Kräuter kennen, die die Köchin in die Suppe gab und was man wie kochte.

So wollte er auch unbedingt wissen, was der Mann mit den Farben malte. Aber der sah niemanden an, wenn er über den Hof lief und sprach mit niemanden .

So oft es ging schlich Ferdi um das Tor zum Speisesaal herum. Aber die Tür blieb verschlossen und zum Hof gab es auch keine Fenster in der Mauer.

An einem der Tage sah Ferdinand den Gutsherren über den Hof gehen in Richtung Speisesaal. Der Herr klopfte dreimal kräftig an die Tür und nach einer Pause noch zweimal. Die Tür öffnete sich und der Herr trat ein. Fest verschloss sich die Tür hinter ihm und Ferdinand hörte wie der Schlüssel wieder im Schloss umgedreht wurde. Ganz nah kam er an die schwere Holztür und versuchte zu lauschen. Dabei lag sein rechtes Ohr am Holz und er wanderte mit dem Kopf an der Tür entlang. Plötzlich zuckte er zurück. Sein Auge war von einem Licht getroffen worden, obwohl es hier unter dem Gewölbe vor dem Tor sehr dunkel war. Ferdinand suchte und suchte… und da war er – der winzige Spalt zwischen zwei Brettern der großen Tür. Er presste sein Auge dagegen und konnte wirklich etwas sehen. Der Gutsherr und der Maler standen sich gegenüber. Sie schienen sich zu streiten. Der Herr gestikulierte ungehalten mit den Händen. Er stand mit dem Rücken zur Tür. Der Maler dagegen sah in Richtung der Tür und der Küchenjunge erschrak zutiefst! Der Maler schaute ihm genau in sein an den Spalt gepresstes Auge. Der Blick war aufmerksam und durchdringend aus fast schwarzen Augen. Im selben Moment beendete der Gutsherr sein Herumgewirble mit den Händen und drehte sich ebenfalls zur Tür. Schnell verbarg sich der Junge in der Nische neben der Tür hinter der dicken steinernen Säule, die mit

wildem Efeu umrankt war.

An der Tür drehte sich der Gutsherr noch mal um:

„Und denk daran, in drei Tagen muss alles fertig sein!"

Damit schloss er die Tür und ging davon.

Am nächsten Tag war es sehr heiß. Die Köchin war vom Gutsherren angehalten das Essen für den Maler immer selbst vor das Tor zum Speisesaal zu stellen. Heute rief sie nach Ferdinand.

„Geh und sei so gut. Bring dem Maler das Essen. Stell das Tablett vor die Tür. Warte nicht und sei nicht neugierig, Ich soll das ja selbst machen. Aber der Herr ist nicht da und wird es nicht merken. Und diese Hitze bringt mich noch um!"

Ferdinand nahm das Tablett mit den dampfenden Schüsseln, lief die Küchentreppe hoch und dann quer über den großen Hof zum Saal.

Die Fußbodensteine im Hof glühten, die heiße Luft stand ohne eine Bewegung und das Tablett wurde mit jedem Schritt schwerer.

Gehorsam stellte der Küchenjunge das Tablett neben die verschlossene Saaltür. Er lauschte. Wieder war nichts von drinnen zu hören. Er wartete einen Moment, Dann ritt ihn wohl ein kleiner roter Teufel. Er hob die Hand und klopfte an das Tor, so wie es der Herr am Vortag getan hatte.

Das Tor öffnete sich wie von allein. Ferdinand nahm das Tablett und betrat den Saal. Der Maler stand an der gegenüberliegenden Wand auf dem Gerüst. Er hatte sich nicht umgeschaut.

„Du lebst gefährlich mein junger Freund."

Woher wisst Ihr, dass es nicht der Herr ist?"

„Stell das Tablett ab. Bevor es dir aus der Hand fällt. Ich würde nur ungern auf das leckere Essen verzichten."

Der Maler legte den Pinsel bei Seite und stieg vom Gerüst.

„Das ist wunderschön, was Ihr da malt, Herr!"

„Ich bin kein Herr, Ferdinand, nur ein einfacher Maler."

„Ihr kennt meinen Namen?"

„Der Herr muss von dir gesprochen haben."

Der Maler setzte sich und begann zu essen.

„Hast du gar keine Angst, dass dein Herr dich hier findet?"

Der Herr ist zur Jagd und kommt erst heute Abend zurück."

„Mhm."

Während der Maler aß, betrachtete Ferdinand aufmerksam das große Wandgemälde.

„Maler, darf ich Euch etwas fragen?"

„Nur zu, mein Junge."

„Warum hält mein Herr Eure Arbeit so geheim, wenn doch sowieso bald alle das schöne Bild sehen können?"

Der Maler tupfte sich den Mund mit der Serviette ab und erhob sich von seinem Platz. Er umfasste die schmalen Schultern Ferdinands mit seinen großen bunten Fingern von den vielen Farben, die er benutzte und schaute ihm tief in seine Kornblumen blauen Augen.

Ferdinand stand ganz still und ertrug diesen stechenden intensiven Blick, der in merkwürdiger Weise von innen her zu wärmen schien. Ein winziges Lächeln stahl sich in seine Mundwinkel.

„Woran denkst du Ferdinand?"

„Meine Mutter hat mich auch immer so angesehen. So wie Ihr gerade. Und dann wird es in mir so warm und schön."

„Du bist ein guter Junge, das kann ich fühlen. Darum will ich dir ein Geheimnis anvertrauen. Der Gutsherr hat mich in der Hand. Er hält jemanden gefangen damit ich das hier für ihn tue."

„Wen denn?"

„Meine Tochter."

„Aber warum?"

„Ich kann ein wenig zaubern und diese Kraft möchte dein Herr für sich nutzen."

„Aber wenn Ihr doch zaubern könnt, dann könnt Ihr doch Eure Tochter da weg zaubern, wo immer sie ist."

Ferdinand löste sich aus den Händen des Malers und setzte sich auf eine der Steinbänke an der linken seitlichen Wand. Der Maler seufzte und setzte sich neben ihn.

„Ich kann so einiges hier, aber unter der Erde habe ich keine Macht."

„Und da ist sie, deine Tochter, unter der Erde?"

„Ja, er hat sie in einen Felsen eingeschlossen und ich bekomme sie nur zurück, wenn ich ihm diesen Auftrag ausführe."

Der Junge sah sich das Bild noch einmal genau an.

„Aber das ist doch nur ein Gemälde. Wie willst du da zaubern?"

„Das Gemälde selbst ist der Zauber. Schau her!"

Der Mann stand auf und ging zur Wand.

„Hier, der Turm. Siehst du, er hat vier große Fenster in jede Himmelsrichtung. So kann dein Herr alles sehen, was in seinem Reich geschieht."

„Und die ganzen Tiere?"

„Es ist jedes Tier abgebildet, das im Reich deines Herrn lebt. Alle hier abgebildeten werden ihm gehorsam sein und er wird ihre Sprache verstehen.

Und da, schau! Hier habe ich die Sonne gemalt, da den Mond, den Regen und hier Blitz und Donner."

Der Maler lief an dem riesigen Bild entlang und zeigte dabei auf all die Dinge, die er benannte.

„Heißt das, der Herr kann das Wetter befehlen?"

Der Maler nickte dem Küchenjungen anerkennend zu.

„Kluger Junge, genau so ist es!"

Ferdinand gesellte sich zu dem Mann vor dem Wandbild.

„Wozu die Felder, das Korn, das Gemüse?"

„Es wird nichts ausgehen. Alles wird immer wachsen und gedeihen."

Der Junge lief nun ebenfalls vor dem Bild hin und her. Er zeigte mit den Fingern auf Figuren und Dinge und fragte jedes Mal. Auch alle Bewohner des Hofes waren zu erkennen.

„Du hast wirklich alles gemalt. Jede Frucht, jedes Tier, das wir kennen und dazu alle vom Hof und viele andere Menschen."

Ferdinand sah den Maler an.

„Ja, mein Junge. Alles, was wir kennen, habe ich gemalt und so hat dein Herr Macht über alles, was du hier siehst."

„Und wie geht das jetzt mit der Macht?"

"Dein Herr bekommt von mir einen Zauberspruch. Der darf nur einmal weitergegeben werden, sonst ist er nutzlos. Damit kann er in das Bild hinein gehen und so alles sehen, hören und erfahren."

„Das heißt, dass Ihr mir den Spruch nicht auch geben könnt, richtig?"

„Richtig. Außerdem würde er wissen, dass du es weißt, mein Junge, und er würde dich töten."

Der Maler erstarrte und schaute tief versunken auf sein Bild.

„Es sei denn…"

Er beendete den Satz nicht und vertiefte sich wieder in seine Gedanken.

„Was? Was ist Maler?"

Ferdinand wurde unruhig, weil der Maler so abwesend war.

Da ertönte die entfernte Stimme der Köchin:

„Ferdi, Kind, wo steckst du? Komm sofort her!"

Der Maler wurde aus seinen Gedanken gerissen. Als er Ferdinand ansah lag ein geheimnisvolles Glitzern in seinen schwarzen Augen.

„Komm morgen Abend hierher, wenn die Sonne untergeht. Ich lasse dich herein. Alles andere erkläre ich dir später. Geh jetzt, die Köchin sucht dich. Wir wollen uns doch nicht verraten."

Der Maler schob den Jungen in Richtung Tür und der lief los. Mit einer Handbewegung öffnete und schloss der Maler die Saaltür. Er setzte sich an den Tisch und widmete sich mit vollster Aufmerksamkeit und ausnehmend guter Laune wieder seinem Mittagessen.

Ferdinand war den restlichen Tag nicht so recht bei der Sache. Immer wieder dachte er an den Maler, seinen Freund und das Bild. Er wusste auch gar nicht, wozu es denn gut sein sollte, wenn er alles das wüsste und könnte, was der Herr wüsste und könnte: War das vielleicht eine ganz dumme Idee von ihm?

Die Köchin wies ihn immer wieder zu Recht und stupste ihn, wenn er anfing zu träumen.

Am nächsten Tag war es nicht besser mit ihm. Bei allem was er sah, ob Tier, Mensch oder Pflanze, fragte sich Ferdinand, ob er das auf dem Bild gesehen hätte. Und jedes Mal kam er zu dem Ergebnis: Ja, er hatte.

Obwohl er nicht mehr so richtig wusste, warum er hinter das Geheimnis des Bildes kommen wollte, lief er nach dem Abendessen zum Saal hinüber. Die Sonne war fast untergegangen. Als er vor der Saaltür stand öffnete sich diese lautlos und die Hand des Malers zog ihn hinein.

„Mein Junge, wir müssen uns beeilen. Also pass` auf! Hier siehst du dich auf dem Bild."

Ferdinand erschrak Obwohl er nur ganz ganz klein gezeichnet war und fast völlig von Büschen versteckt, konnte er erkennen, dass er tot war.

„Aber, aber…"

„Keine Angst, Ferdi. Ich habe dich so gezeichnet, weil dein Herr keine Macht über den Tod hat. Er kann dir so nichts befehlen, etwas antun oder deine Gedanken lesen wie bei allen anderen.

Vertrau mir! Nun versteck dich da in der Truhe. Da kannst du alles hören was hier gleich gesprochen wird. Merke dir den Spruch! Er kann nicht wiederholt werden und du wirst ihn nie wieder hören. Dein Herr und auch du werdet ihn nur in Gedanken aussprechen. Hast du mich verstanden?"

Ja. Aber er wird mich sehen, wenn er den Spruch weiß."

Wenn er den Spruch weiß, kann er dich nicht mehr im Bild sehen. Und die Truhe werde ich mit einem Zauber versehen, der hält eine Weile."

Der Maler lauschte angestrengt.

„Nun schnell in die Truhe. Dein Herr kommt!"

Ferdinand blieb nichts anderes übrig. Er kletterte in die Truhe und vertraute auf das was der Maler ihm versprochen hatte. Kaum war die Truhe verschlossen, waren die Faustschläge des Gutsherren an der Saaltür zu hören.

„Na, alter Mann! Bist du fertig mit dem Bild?"

„Bin ich."

Der Gutsherr schritt am Bild entlang und betrachtete jedes Detail ganz genau.

„Und du hast nichts vergessen?"

„Nein, ich bin immer gründlich!"

„Ich sehe es, mein Freund."

Die äußerste Ecke mit dem Abbild von Ferdinand lag nicht mehr im Bereich des Kerzenscheins. Der Gutsherr erkannte seine Leute und war es zufrieden.

„Dann gib mir jetzt den Zauberspruch und verrate mir, wie ich das Bild benutze."

„Ihr sagt in Gedanken den Spruch, den ich Euch sofort sage werde und legt dabei Eure linke Hand an die Türklinke hier von dieser Tür, die zum Turm hinauf führt. Wenn der Spruch vollendet ist, wird sich die Türklinke materialisieren. Ihr könnt so die Tür öffnen und den Turm betreten. Alles andere wisst ihr ja bereits."

„Gut, gut. Jetzt rede nicht so lange. Gib mir den Spruch!"

„Sofort Herr!"

Der Maler räusperte sich.

„Ihr wisst, Herr, ich darf den Spruch nur ein einziges Mal aufsagen. Also hört aufmerksam zu!"

Der Gutsherr nickte ungeduldig.

Traum und Wahrheit sich vermischen,
Kunst und Realität in sich verwischen.
Glaub an der Gedanken Macht,
mach sie wahr um Mitternacht.
Den Traum für real und wahr zu halten,
hilft, dein Leben zu gestalten.
Alles, was gebrauchst du und gefordert
Gilt im Moment als geschehen und geordert!

Der Gutsherr hatte in Gedanken mit gesprochen. Mit dem letzten Wort des Spruches fühlte er tatsächlich die Klinke in seiner Hand. Er drückte sie herunter und die so wunderschön gemalte Tür öffnete sich.

„Gut, sehr gut, Maler!"

Er schickte sich an, den Turm zu betreten.

„Herr, löst nun Euer Versprechen ein und gebt mir mein Kind zurück."

„Ach ja, deine Tochter alter Mann."

Der Gutsherr sah den Maler an.

„Weißt du, ich glaube, ich behalte sie noch ein wenig als Pfand. Damit hier alles richtig läuft und zur Kontrolle, dass du nicht irgendwo eine Falle eingebaut hast. Und nun geh! Scher dich von meinem Hof! Und sei vorsichtig. Überlege die gut, was du tust, wenn deine Tochter weiter leben soll!"

Mit einem bösen Lachen wandte sich der Gutsherr der Turmtreppe zu. Die Zaubertür fiel hinter ihm ins Schloss.

Der Maler stand mit gesenktem Haupt vor seinem Kunstwerk. Dann raffte er sich auf. Mit Tränen in der Stimme sagte er laut vor sich hin: „Ich habe es gewusst, dass er mir meine Tochter nicht so einfach wiedergeben würde. Ich hoffe, dass der Tote mir helfen kann!"

Damit nahm er seine Malutensilien, verließ den Speisesaal und den Hof des Gutsherren.

Ferdinand hatte alles was gesprochen wurde sehr gut gehört und verstanden. Den wichtigen Spruch konnte er sich leicht merken. Nur mit dem letzten Satz des Malers konnte er nichts anfangen.

Noch konnte er sich nicht bewegen und erkannte so, dass der Zauber des Malers noch wirkte und ihn beschützte.

Der Gutsherr indes bestieg den Turm, der völlig real war, aus Stein gebaut und Holz und in die Höhe führte. Er schaute durch alle vier Fenster in den vier Himmelsrichtungen und sah alles, was es zu sehen gab. Er hörte klar und deutlich was seine Untertanen sprachen. Wohl hatte er so auch den letzten Satz des Malers gehört, maß ihm aber keine Bedeutung bei. Auch die Tiere verstand er.

Er lauschte den Fischen und Vögeln, den Hunden, Katzen, Schweinen, einfach jeder Kreatur und er wusste, er war am Ziel seiner Wünsche. Seine Macht war nun grenzenlos!

Für die Menschen in seinem Reich begann eine schlimme Zeit. Der Herr wusste, wann wo ein Kälbchen zur Welt gekommen war, wer einen Scheffel Getreide vor ihm verbarg, welcher seiner Untertanen glücklich war und warum. So mehrte sich sein Reichtum auf der einen Seite und die Angst seiner Untertanen auf der anderen.

Ferdinand arbeitete weiterhin auf dem Hof. Er beobachtete seinen Herrn und seine Mitmenschen und erkannte, dass der Maler Recht behielt. Seine Gedanken konnte der Herr nicht lesen. Er war fast jede Nacht im Turm und schaute sich wie der Herr im Land um. Er hörte die Bauern klagen, wenn plötzlich bei heiterstem Sonnenschein ein Gewitter über den Äckern nieder ging und er war der Einzige, der wusste warum. Erst gestern hatte sich ein Bauer geweigert zwei Lämmer als Zehnt abzugeben. In der darauf folgenden Nacht riss eine Rotte Wölfe die ganze Herde.

Der Herr schickte Unwetter oder Überschwemmungen, wenn die Bauern ihm nicht gehorchten. Er lies sich von den Tieren erzählen, was in seinem Reich passierte. Eines Abends lauschte er den Gesprächen einer Gruppe junger Näherinnen. Sie berichteten sich gegenseitig was wieder alles Schlimmes passiert war. Da sagte eine von ihnen:

„Ich habe gehört, dass der Gutsherr doch zu besiegen ist. Man erzählt sich, dass ein Toter das kann."

„Ja, aber man spricht von einem lebenden Toten."

Der Gutsherr erschrak, hielt er sich doch für unbesiegbar. Er lies die Mädchen bringen und befragte sie. Ängstlich erzählten sie von dem Gerücht. Und wie das mit Gerüchten so ist – sie verbreiten sich schneller als der Wind von einem Ort zum anderen.

So erfuhr auch Ferdinand davon.

Er machte sich aber nicht so viele Gedanken darum. Er suchte nach einer Möglichkeit, den Menschen zu helfen und sie zu warnen. Aber er konnte nicht vom Hof ohne das es aufgefallen wäre. Und der Maler hatte alles und jedes gezeichnet über der Oberfläche. Wo sollte er Hilfe suchen?

Wie so oft nach dem traurigen Turmbesuch ging Ferdinand noch bei den Hofarbeitern vorbei. Die saßen oft noch lange in der Nacht am Feuer in der Mitte des Rundlingsdorfes beisammen. Heute erzählten sie Märchen und Geschichten – Tröstliches in dieser bösen Zeit.

Ferdinand lauschte mit geschlossenen Augen. Er schlief schon fast, als ein Wort ihn aufschreckte.

„Wie war das? Erzähl noch mal!"

„Dann hör doch zu, du Schlafmütze! Aber weiter. Die Waldfee sah ihn an und..."

Die Waldfee?

Die Waldfee!

Der Küchenjunge holte sich das Gemälde vor sein inneres Auge. Der Maler hatte alles gemalt, was es über der Erde gab. Alles!

Alles?

„Keine Geister!"

Ferdinand war aufgesprungen. Er hatte gar nicht gemerkt, dass er laut gesprochen hatte.

„Ach du! Du musst ja nicht daran glauben, aber es gibt sie!"
Ferdinand lief in seine Kammer, um in Ruhe nachdenken zu können.
Am nächsten Morgen konnte er es kaum erwarten in die Küche zu kommen.
„Sag mal Köchin, gibt es Waldgeister?"
„Du warst wohl wieder bei den Nichtsnutzen am Lagerfeuer?"
Die Köchin lachte.
„Aber diesmal haben sie Recht. Natürlich gibt es Waldgeister und Waldfeen. Es gibt sie auch im Wasser und im Feld."
„Kann ich sie sehen und mit ihnen reden?"
„Was willst du denn von ihnen?"
„Kann ich nun oder nicht?"
„Nun, man erzählt sich, dass die Geister Geschenke lieben und wenn sie ihnen gefallen, dann erscheinen sie demjenigen wohl auch."
„Was für Geschenke?"
„Keine Ahnung, mein Junge."
Die Köchin lachte wieder.
„Alles was schön ist und Freude bringt oder glitzert oder tönt vielleicht. Aber nun komm, wir müssen gleich das Mittagessen fertig haben."
Ferdinand grübelte den ganzen Nachmittag über diese Frage nach und darüber, warum kein Geist auf dem Bild zu sehen war.
Er erinnerte sich, was der Maler gesagt hatte:
„Vielleicht kann etwas Unbekanntes helfen!"
Aber die Geister waren doch bekannt!
Die Grübelei machte Ferdinand wie immer unaufmerksam.
Als er mit dem leeren Tablett über den Hof lief, stieß er mit dem Gutsherren zusammen. Er entschuldigte sich und lief weiter. Auch der Gutsherr tat das. Plötzlich blieb er wie angewurzelt stehen.
Was war das?
Warum hörte er nicht die Gedanken des Küchenjungen. Er hörte immer alle Gedanken von allen seinen Leuten. Er musste dem

nachgehen.

Die Köchin schickte ihren Küchenjungen heute früh zu Bett, so zerstreut wie der war. Ferdinand lief in seine Kammer. Er wollte seine Decke aufschütteln, war aber dabei so in Gedanken, dass er gegen das Kästchen auf dem Bord über dem Bett stieß. Das fiel herunter und ging auf. Ferdi warf die Decke aufs Bett und wollte das Kästchen aufheben. Der ganze Inhalt lag auf dem Fußboden. Er kramte alles zusammen. Als er die Hand öffnete stutzte er.

Schöne Dinge hatte die Köchin gesagt. Eine Kette aus bunten Glasperlen lag in seiner Hand. Auf dem Boden fand sich ein kleiner Handspiegel mit einem Holzgriff, der als Schwan geschnitzt war. Und da glitzerte auch noch ein Ring aus einem weichen glänzenden Metall.

Sorgfältig packte Ferdinand all die Dinge in ein Leinentuch und steckte das in seine Hosentasche.

Er lief in den Wald. Weit hinein lief er, bis zu einer Lichtung mit einem Bach. Hier breitete er seine Mitbringsel aus.

„Liebe Waldfeen und Waldgeister! Ich brauche eure Hilfe. Ich habe nicht viel, aber ich habe euch trotzdem etwas mitgebracht. Vielleicht schaut ihr einmal, ob es euch gefällt."

Erwartungsvoll blickte der Junge sich um. Aber es tat sich nichts. Lange saß er so und merkte gar nicht, wie er einschlief. Plötzlich schrak er hoch. Ein schönes Mädchen, bekleidet mit Blättern und Blüten, schaute ihn an. Und er sah noch andere.

„Oh! Ihr seid gekommen. Danke, danke. Gefallen euch meine Geschenke? Das hat alles meiner Mutter gehört. Aber ihr könnt es gern behalten."

"Was suchst du hier?"

Eine weiche zarte Stimme sprach zu ihm.

„Ich brauche eure Hilfe. Ich muss euch etwas fragen und ich muss den Maler finden."

„Erzähl uns deine Geschichte, Ferdinand. Wir werden dir zuhören.

Deine Geschenke sind sehr schön."

Erst stockend, dann immer schneller erzählte Ferdinand, was passiert war.

„Und ihr seid nicht auf dem Bild. Also denke ich, dass der Gutsherr euch nicht beherrscht und ihr könnt die Menschen warnen und…"

„Halt Ferdinand! Nicht immer mögen uns die Menschen. Warum sollen wir ihnen also helfen?"

Nur einen Augenblick überlegte der Junge.

„Weil auch euer Reich kaputt gemacht wird. Der Herr macht das Wetter wie es ihm passt und zerstört dabei Acker, Wald und Wiesen. Aber wenn ihr nicht helfen wollt, wisst ihr vielleicht wo der Maler ist?"

Die Feen und Geister sahen sich an.

„Komm morgen Nacht wieder hier her. Dann haben wir eine Antwort für dich."

Am nächsten Abend machte sich Ferdinand wieder auf den Weg in den Wald. An der Lichtung blieb er stehen und lauschte. Kein Blätterrauschen war zu hören. Kein noch so feiner Windhauch umschmeichelte die Blätter der alten Bäume. Gerade so als würde der Wind den Atem anhalten.

Lange stand Ferdinand da und wartete. Die Nacht schlich sich heran aus den Schatten der Bäume. Als sie die gesamte Lichtung umarmt hatte und der Mond aufgegangen war kam Bewegung in die Natur.

Die Feen waren plötzlich neben ihm.

„Hallo Ferdinand."

Ferdinand freute sich über die schwebenden Feen und Geister und ihre Blätter und Blüten reichen Kostüme.

Und dann stand ER da.

Ferdinands große Augen schauten und schauten, aber er war es wirklich. Der Maler!

„DU? Wie kommst du hier her?"

„Ich wohne hier, Ferdinand."

„Wie, du wohnst hier?"

„Ich bin der Herrscher über die Waldgeister"

„Warum hast du mir das nicht gesagt?"

„Das ging nicht. Ich wusste nicht, ob der Herr nicht doch deine Gedanken lesen kann. Du bist ja mit auf dem Bild. Und ich musste mein Volk schützen."

„Weiß denn mein Herr wer du bist?"

„Nein. Er hat mich zaubern sehen im Wald, aber er kennt mich nicht. Aber du hast mich ja nun gefunden. Du bist ein kluger Junge!"

„Aber das habe ich nur, weil die Männer am Lagerfeuer von euch erzählt haben. Ist das das Unbekannte, was du gemeint hast und was uns helfen kann?"

Der Maler lächelte.

„Du hast wieder Recht. Aber unbekannt sind wir nur deinem Herrn. Er glaubt nicht, dass es uns gibt."

„Er spricht doch aber auch mit den Tieren. Das ist doch auch nicht normal."

„Das hält er aber für meine Zauberei."

Inzwischen hatten die Waldgeister einen Tisch herbei gezaubert. Auf dem standen silberne Teller mit wundervollen Früchten und eine Kristallkaraffe mit frischem Quellwasser. Aus den darüber hängenden Ästen des Baumes fiel eine Schaukel herab.

Der Maler wies auf den Tisch.

„Komm Ferdinand, setz dich. Lass uns etwas von den Früchten essen und ein Glas Quellwasser trinken. Dabei überlegen wir, was zu tun ist."

Nun erst bemerkte Ferdinand wie hungrig er war. Er langte kräftig zu, aber wie viel er auch aß, die Teller füllten sich immer wieder neu.

„Sag mal, Maler, wenn du doch ein Zauberer bist, warum hast du dem Herrn überhaupt das Bild gemalt?"

Im selben Moment schlug er sich an die Stirn.

„Oh entschuldige, aber du hast es mir ja schon erzählt, deine Tochter. Aber wo ist sie denn?"

„Dein Herr hat nicht Wort gehalten."

„Sie ist immer noch eingesperrt?"

Traurig neigte der Maler seinen Kopf.

„Aber dann müssen wir sie befreien. Mach doch den Zauber rückgängig."

„Das geht leider nicht. Erfüllen Waldgeister einem Menschen einen Wunsch, kann das nicht zurückgenommen werden. Und dein Herr hatte mir noch etwas weggenommen, was mir sehr wichtig ist. Und das habe ich erst wieder bekommen, als das Bild fertig war und der Zauber funktionierte.

Außerdem musste ich wissen, wie dein Herr die Zauberkräfte nutzen würde."

„Was hatte er noch von dir?"

„Er hatte meinen Phönix eingefangen."

Im gleichen Moment kam ein großer Vogel angeflogen. Seine Federn waren gelb und orange und rot. Er setzte sich auf einen Ast neben Ferdinand und schaute ihn neugierig an.

„Normalerweise zeigt sich der Phönix den Menschen nicht so. Ihr seht ihn grau und unscheinbar und dein Herr hat wohl gedacht, dass er ihn jagen und essen kann. Mein Freund hier hatte sich in einem Netz verfangen."

„Warum ist er so wichtig für dich?"

„Der Phönix ist meine Verbindung zur Natur und für unser Volk deshalb sehr wichtig."

Ferdinand streckte vorsichtig die Hand aus und der Vogel neigte den Kopf und legte ihn kurz in die Handfläche des Jungen.

„Das war gerade ein großer Vertrauensbeweis an dich, Ferdinand. Du musst verstehen, ich musste alles vermeiden, was uns schaden könnte."

„Du hast gesagt, du wolltest sehen, wie der Herr das Bild nutzt?"

„Nun, Ferdinand, ich weiß schon, wie der Herr so denkt. Aber ich habe auch schon Menschen getroffen, die dann anders reagiert haben, als ich dachte. Manche haben die Möglichkeit gesehen wie man das Leben aller verbessern kann. Diese Chance musste ich auch deinem Herrn geben."

„Aber er nutzt alles nur für sich und die Menschen fürchten sich vor ihm. Er weiß alles und er bestraft alle mit Unwetter und Hunger."

„Deshalb bist du ja nun hier."

„Was muss ich tun?"

Ferdinand schob sich noch eine Weintraube in den Mund und sah den Maler aufmerksam an."

„Dann hör jetzt gut zu, mein Junge."

Der Maler erklärte Ferdinand ganz genau, was er tun sollte und worauf er zu achten hatte.

Langsam begann die Nacht müde zu werden. Sie zog sich in die geheimnisvolle Dunkelheit des Waldes zurück. Der Tag zog herauf und er brachte die Sonne mit.

Der Maler stopfte Ferdinands Taschen mit Früchten voll.

„So mein Junge, wir verlassen uns auf dich. Aber keine Angst! Mein Phönix bleibt in deiner Nähe, nur für alle Fälle."

„Danke Maler."

Ferdinand winkte den Feen und Geistern zu und machte sich geschwind wie ein Reh auf den Nachhauseweg. Wenige Sekunden später waren der Tisch mit den Speisen und auch die Schaukel verschwunden. Die Lichtung lag still und unberührt wie ein kleiner grüner See inmitten der uralten Bäume.

Ferdinand, zurück auf dem Hof, war fleißig und achtete darauf, keine Fehler bei der Arbeit zu machen.

Am Nachmittag rief ihn der Gutsherr zu sich. Er verwickelte seinen Küchenjungen in ein Frage- Antwort- Spiel. Wie es ihm gefalle, was er lerne, ob er zufrieden sei.

Ferdinand war konzentriert und bedachte jede seiner Antworten genau. Er war ja nun gewarnt. Auch wusste er ja nicht, was der Herr von ihm wollte.

Der aber bekam genau das, was er sich von diesem Gespräch versprach. Er stellte eine Frage nach der anderen und bei keiner Antwort des Jungen konnte er die Gedanken lesen, die dem Jungen durch den Kopf gingen. Unruhig entließ er ihn wieder und versank in ein tiefes Grübeln.

Warum war das so? Warum konnte er die Gedanken des Küchenjungen nicht lesen, obwohl er das bei jedem anderen Menschen konnte?

Er stand auf und ging, noch immer in seine düsteren Gedanken vertieft, in den großen Speisesaal. Er fand sich vor dem Bild wieder. Der Maler hatte alle Menschen und Tiere in seinem Reich malen müssen. Alle, damit er von allen wusste und alles erfuhr.

Aufmerksam durchsuchte der Gutsherr das Bild nach Ferdinand. Er suchte und suchte, manchmal kroch er dabei fast in das Gemälde hinein. Und dann sah er ihn. Ferdinand lag, wirklich schwer zu sehen, mitten zwischen den Schweinen auf der Koppel, halb verdeckt von einem großen Busch.

Dann durchfuhr den Gutsherren ein eisiger Schrecken. Der Junge auf dem Bild war tot!

Der Herr griff sich an sein hart schlagendes Herz. Er hatte ja erst unlängst von den Mädchen erfahren was erzählt wurde. Ein lebender Toter! Das war er – der dumme Küchenjunge. Er war lebendig und lief auf seinem Hof herum und auf dem Bild lebte er nicht.

Was war zu tun?

Wusste der Junge Bescheid?

Und eines war ja klar! Der Küchenjunge musste weg!

Von diesem Moment an verschloss der Gutsherr die Tür zum großen Speisesaal. Den Schlüssel trug er Tag und Nacht bei sich.

Er überlegte lange und gründlich. Er ersann teuflische Pläne und verwarf sie wieder. Da er nicht wusste ob Ferdinand um seine Bedeutung wusste, musste er vorsichtig zu Werke gehen.

Das Selbe dachte der Küchenjunge von seinem Herrn. Auch er beobachtete seinen Herrn ganz genau.

Er selbst hatte das Gefühl, dass der Gutsherr über ihn Bescheid wusste. Er fühlte sich beobachtet. Jedes Mal, wenn er seinem Herrn über den Weg lief, spürte er dessen kalte Augen, deren Blick auf der Haut brannte wie das herrschaftliche Brannteisen bei der Kennzeichnung der Tiere.

Der Gutsherr ging wie jeden Abend in den großen Speisesaal. Ferdinand hatte ja zu Anfang geglaubt, dass wenigstens jeder auf dem Hof das Bild sehen könnte. Aber seit es existierte gab es keine Essen mehr im großen Speisesaal. Und seit wenigen Tagen war die Tür auch immer verschlossen, was die Durchführung seines Planes erschwerte.

Heute kam der Gutsherr mit dem Vorsatz seinen Vernichtungsplan für den Küchenjungen auszuhecken und die Tiere mit der Durchführung zu beauftragen. Am besten erschien es ihm, den Bengel mit auf die Jagd zu nehmen und ihn dann von wilden Tieren zerreißen zu lassen. Danach würde er den alten Mann suchen.

Ferdinand hatte sich in der Nische neben der Saaltür versteckt.

Der Gutsherr hatte den Saal erreicht. Er schloss die Tür mit dem großen eisernen Schlüssel auf, den er immer unter seiner Kleidung trug.

Ferdinand wusste, dass der Herr auch immer die Tür von innen verschloss, um sicher zu gehen, dass ihm niemand folgte.

Aber der Maler hatte ihm ja einen Unterstützer mitgegeben. In dem Moment wo der Gutsherr die Tür aufzog, rief Ferdinand in Gedanken den Phönix um Hilfe an. Der Vogel erschien am Himmel bevor der

Junge den Gedanken zu Ende gedacht hatte.

Das Rauschen der Schwingen klang durch den stillen Abend. Der Gutsherr erschrak durch das plötzliche Geräusch aus dem Nichts, drehte sich um und suchte Hof und Himmel mit den Augen ab. Der Vogel, dessen Gefieder im Licht der untergehenden Sonne feurig glänzte, zog seine Kreise über dem Gut.

Der Gutsherr bewunderte das Federkleid des scheinbar schwebenden Tieres.

„Du bist eine wunderbare Jagdtrophäe. Meine nächste Jagd wird dir gelten."

Als Antwort auf die Worte des Gutsherren stieß der Vogel aus dem Rot des Himmels hinab, so als wolle er diesen Mann als Beute packen. Der Gutsherr duckte sich und schloss die Augen. Der Vogel stieg wieder hinauf, aber hinter ihm zog eine Woge lavaheißer Luft einher, die dem Kauernden für Sekunden den Atem nahm.

Ferdinand hatte dem Flug des Vogels zugesehen und sein leuchtendes Gefieder bewundert. Fast hätte er dadurch seine Chance verpasst. Gerade noch rechtzeitig huschte er hinter der noch hockenden Gestalt durch die Tür. Der Gutsherr erhob sich, drehte sich um, betrat den Raum und verschloss die Tür von innen. Den Schlüssel ließ er stecken.

Der Küchenjunge stand im schwarzblauen Schatten neben der Tür und hielt vor Angst den Atem an. Aber der Gutsherr war noch mit dem Ereignis vor der Tür beschäftigt und achtete nicht auf seine unmittelbare Umgebung. Er durchquerte den Saal und legte seine Hand an die gemalte Klinke der Zaubertür des gemalten Turmes.

Sekunden später öffnete sie sich. Der Herr betrat den Turm. Die Tür fiel ins Schloss und war wieder nur ein Teil des großen Wandgemäldes.

Ferdinand schlich sich vorsichtig bis vor den Turm. Wie gern würde er auch selbst wieder durch diese Tür gehen, alles betrachten und beobachten, mit den Tieren sprechen und die Wolken schieben.

Aber wichtiger als das war es für ihn den Gutsherren zu besiegen.

Er legt seine Hand an die Klinke und sprach in Gedanken den Zauberspruch. Als er das kalte Eisen an den Fingern spürte und seine Hand die Klinke umfassen konnte, öffnete er die Tür. Die war wieder völlig real wie eine normale Tür. Und wie das bei alten schweren Türen so ist – sie quietschte in den Angeln. Das war Ferdinand früher nie aufgefallen. Es war kein lautes Geräusch, aber es weckte dennoch die Aufmerksamkeit des Gutsherren an den Fenstern des Turmes. Er blickte durch das Fenster durch das er seinen Hof sehen konnte.

Was er da sah verstand er im ersten Moment nicht. Sein Küchenjunge stand an der offenen Turmtür. Dann durchfuhr es ihn heiß und kalt und kalt und heiß!

Dieser verdammte Maler! Der hatte sein Wort nicht nur nicht gehalten, sondern diesen Bengel auch noch in das Geheimnis des Bildes eingeweiht. Sein Geheimnis!

Seine Wut brach sich Bahn.

„Du dummer Junge! Was tust du da?"

„Das siehst du doch, Herr. Ich öffne eine Tür."

„Hat dir das der Maler gezeigt?"

„Wer sonst?"

Der Gutsherr überlegte.

„Willst du herauf kommen und dir alles anschauen, was man hier sehen und auch hören kann?"

„Das kenne ich alles, Herr."

„Was willst du, du unnützer Bengel? Ich kann dich reich machen."

„Warum tust du das? Warum quälst du deine Untertanen und nimmst ihnen das letzte Vieh oder Korn?"

„Weil mir alle gehorchen müssen!"

„Aber warum?"

„Weil ich es so will! Schluss jetzt mit deinen törichten Fragen."

Ferdinand hatte unterdessen damit begonnen, die Klinke

abzuschrauben.

„Was tust du da? Hör auf mit diesem Unsinn!"

Die Stimme des Gutsherren hatte eine Oktave an Höhe zugenommen.

Ferdinand arbeitete weiter.

Der Gutsherr schwitzte jetzt vor Angst.

„Lass gefälligst die Klinke dran! Bitte! Ich gebe dir was du willst."

„Dann sag mir wo du die Tochter des Malers eingesperrt hast."

„Ha, niemals!"

„Du hast ihn betrogen, Herr. Sag mir wo sie ist."

Ferdinand hörte auf an der Klinke herum zu schrauben. Der Herr lenkte scheinbar ein.

„Also gut. Sie ist im schwarzen Gebirge. Da gibt es einen riesigen Wasserfall. Hinter dem tosenden Wasser gibt es versteckt eine Höhle. Da findest du sie."

Ferdinand wendete sich wieder seiner Arbeit zu. Er löste den inneren Griff und zog ihn von der Führung.

„Hör auf damit! Ich habe dir doch gesagt wo das Mädchen ist."

Der Gutsherr spürte eine steinerne Kälte auf sich zu kriechen. Sie kam aus der Tiefe der Wand, auf der das Gemälde prangte. Panik ergriff ihn. Er begann die Treppe hinunter zu stürmen.

Ferdinand hatte die Klinke vollständig entfernt. Langsam drückte er die Tür zu. Plötzlich spürte er den Gegendruck von innen. Sein Herr war auf der anderen Seite der Tür angekommen. Es gab ein kurzes Gerangel.

Ferdinand holte tief Luft und warf sich mit aller Gewalt gegen die schwere Holztür mit den Eisenfurnieren.

Sie fiel ins Schloss!

„Das kannst du nicht tun! Lass mich hier heraus! Ich bin dein Herr!"

Der Gutsherr tobte hinter der gemalten Tür.

Er schaute durch das Loch im verbliebenen Schild der Klinke seinen Küchenjungen an.

„Du undankbares Gör! Du hast an meinem Tisch gesessen, meine Speisen verzehrt. Ich habe dir Arbeit und ein Bett gegeben!"

Plötzlich stutzte er. Bildete er sich das ein oder wurde das Loch, durch das er blickte, immer kleiner.

Ferdinand war dem erstaunten Blick des Herrn gefolgt. Er sah es nun auch. Die schwarze Farbe, mit der die gesamte Klinke gemalt war, breitete sich langsam aus und würde das Loch verschließen.

„Neiiiiiin...."

Der eingeschlossene Gutsherr stürmte die Treppe wieder hinauf. Er rüttelte an den Fenstern. Aber die hatten weder einen Griff noch waren sie durch den Zauberspruch zu öffnen.

„Lass mich hier raus, du Flegel!"

Dann begann er hysterisch zu lachen.

„Es nutzt dir gar nichts, dass du weißt, wo die Tochter des Malers ist. Die Höhle ist mit einem schweren Felsen verschlossen und ein Bann hält ihn für hundert Jahre!"

„Heißt das, du hast den Maler von Anfang an betrogen und du hättest ihm seine Tochter sowieso nicht wieder geben können?"

„Genau das, mein oberschlauer Küchenjunge. Der Berggeist wollte sie zur Frau nehmen und als sie sich weigerte schloss er sie im Felsen ein."

„Und was hattest du davon?"

„Ich hatte einen Handel mit dem Berggeist. Seine Edelsteine für das Mädchen."

Ferdinand senkte traurig den Blick. Seine Augen blieben am Klinkenschild hängen. Er sah wie die schwarze Farbe das Loch der fehlenden Klinkenführung im Moment füllte.

Im selben Augenblick verstummte das wütende Geschrei des Gutsherren. Ferdinand sah zum Fenster hinauf. Er erblickte den Gutsherren, der entsetzt mit offenem, noch zum Schrei bereiten Mund da stand. Er war zum Teil des Gemäldes geworden.

Ferdinand, der noch die Klinke in der Hand hielt, lief rückwärts zur

Tür des Speisesaales, die Augen auf das Bild seines Herrn gerichtet. Aber da bewegte sich nichts mehr.

Er schloss die Tür auf, trat hinaus und schaute in den Himmel. Der Phönix zog noch immer seine Kreise. Ferdinand lief los. Er lief und lief, bis zur Lichtung. Dort blieb er außer Atem stehen und rief dann verzweifelt nach dem Maler.

„Aber Ferdinand, was ist denn los? Ich sehe, du hast die Klinke in der Hand."

Der Junge schluckte und wischte sich die Tränen von den Wangen.

„Ja...schon...aber..."

„Was aber Ferdinand? Ist der Gutsherr im Bild eingeschlossen?"

„...ja..."

„Weißt du, wo meine Tochter ist?"

„Ja...das ...weiß... ich...auch."

„Dann ist doch alles gut!"

Ferdinand begann wieder zu schluchzen.

„Nichts...ist...gut.. Ich weiß, wo deine Tochter ist. Aber der Berggeist hat einen Fluch verhängt..."

Der Maler nahm den Jungen am Arm und zog ihn mit sich.

„Du schläfst jetzt erst einmal. Morgen erzählst du mir alles genau. Dann sehen wir weiter."

Schnell hatten die Feen und Waldgeister aus grünem Farn und bunten Blüten ein Lager für den Jungen bereitet. Mit einer Handbewegung schob der Maler eine Wolke vor den Mond.

Ferdinand schlief tief und fest. Die morgendlichen Geräusche des Waldes, das Zwitschern der Vögel und die leisen Gesänge der Feen weckten ihn .

Ausführlich berichtete er dem Maler und allen Waldbewohnern vom Geschehen im großen Speisesaal. Auch der Maler war nach dem Bericht traurig. Aber trotzdem sollte natürlich ein Befreiungsversuch unternommen werden.

„Vielleicht lässt ja der Berggeist mit sich handeln."

Maler und Küchenjunge packten etwas Proviant in ein Bündel und zogen los zum schwarzen Gebirge. Sie wanderten drei Tage. Der Weg war nicht sonderlich beschwerlich und auch der Felsen mit dem Wasserfall war einfach zu erkennen. Ein wenig schwieriger war es, den Durchgang hinter dem Wasserfall zu finden.

Dann standen der Feenkönig und der Junge vom Gut auf einem Plateau, im Rücken den tosenden Wasserfall, vor sich glatten schwarzen Basalt.

Der Maler rief nach seiner Tochter. Nichts geschah, keine Antwort war zu hören.

Was sie nicht wissen konnten, von innen war der Fels durchsichtig. Der Berggeist hatte das so eingerichtet, um die Prinzessin vielleicht umstimmen zu können. Manchmal verirrte sich ein kleiner Vogel hinter den dichten Vorhang aus glitzernden Wassertropfen. So konnte die Tochter ihren Vater jetzt sehen und hören, er aber nichts von ihr wahrnehmen.

Plötzlich krachte es gewaltig und vor den beiden Wanderern erschien ein Zwerg. Er war hässlich und seine schwarze , an den Fels erinnernde Haut war knubbelig und von tiefen Furchen durchzogen. Auch seine Kleider und Haare waren so schwarz wie der Fels aus dem er kam.

„Wer seid ihr und was wollt ihr in meinem Reich?"

„Du hältst meine Tochter gefangen. Gib sie heraus!"

„Aha! Das hübsche Ding ist deine Tochter. Ich habe sie rechtmäßig erworben im Tausch gegen wertvolle Edelsteine aus meinen Bergen."

„Meine Tochter ist aber keine Ware, du Gnom!"

Der Zwerg schüttelte wütend seine kleine Faust und ein Grollen ging durch den   Berg. Er stampfte zornig mit dem linken Fuß auf den Felsen und verschwand. Seine Stimme erhob sich zum Orkan.

„Deine Tochter kann und will ich dir nicht geben. Sie gehört mir!"

Die beiden Suchenden blieben allein zurück. Müde und enttäuscht beschlossen sie, die Nacht über am Felsen zu lagern.

Beim Herausnehmen des Proviants aus dem Schulterbündel fiel dem Küchenjungen die Klinke in die Hand. Und er hatte plötzlich eine Idee.

Er nahm die Klinke und lief zum Felsen. Er suchte nach einem Spalt. Der Maler beobachtete ihn verwundert.

„Was willst du tun, Ferdinand?"

„Ich will etwas probieren. Maler. Du hast eine Tür gemalt mit einer Zauberklinke, die real wurde mit einem Zauberspruch."

Er schob den Metallstift der einen Klinkenhälfte in einen kleinen Spalt, hob einen Stein auf und schlug den Stift tiefer in den Felsen. Dann schob er den Griff der Klinke darauf.

„Wer sagt denn, dass das nicht hier auch funktioniert?"

„Wieso glaubst du das, mein Junge? Hier habe ich keine Macht."

„Aber ich! Ich glaube, dass es geht, weil ich es will. Du hast mir Bilder gezeigt, die plötzlich leben. Es gibt Dinge und Lebewesen, die ich bis jetzt nicht kannte. Also glaube ich daran, dass ich auch diesen Felsen bewegen kann."

Ferdinand griff nach der Klinke und versank in Gedanken. Nichts geschah. Er versuchte es noch einmal.

„Es passiert nichts. Es passiert einfach nichts. Ich denk deinen Spruch und es geht nicht!"

Ferdinand schlug wütend gegen den Felsen.

Dann schrie er die Worte des Zauberspruches hinaus, spie sie förmlich gegen den Felsen.

„Traum und Wahrheit sich vermischen,
Kunst und Realität in sich verwischen.
Glaub an der Gedanken Macht,
mach sie wahr um Mitternacht.

Den Traum für real und wahr zu halten,
hilft, dein Leben zu gestalten.
Alles, was gebrauchst du und gefordert
Gilt im Moment als geschehen und geordert!"

Mit dem letzten Wort hob er den zweiten Teil der Klinke, den er
noch in der Hand hielt und schmetterte ihn gegen den Felsen. Es
ertönte ein dunkler klarer Ton. Dann zeigte sich plötzlich ein Riss, der
sich rasend schnell vergrößerte, genau in die Richtung des in den
Felsen geschlagenen Teils der Klinke.
Das Krachen und Reißen wurde lauter und stärker. Dann sprang der
Felsen auf.
Dahinter erschien eine Höhle, riesig, hell erleuchtet durch Tausende
glänzende Edelsteine. Aus der Tiefe der Höhle erklang ein Aufschrei:
„Vater!"
Einen Flügelschlag der Zeit später lag die Tochter in den Armen des
Malers.
Die Stimme des Zwerges polterte durch die Höhle.
„Das lass ich nicht zu, sie gehört mir..... Gebt sie mir wieder! Sie
gehört mir!"
„Los, verschwinden wir."
Der Maler nahm seine Tochter bei der Hand und sie liefen los. Zum
Ende des Wasserfalls und die Felsen hinab. Ferdinand war immer
dicht hinter ihnen. In Ihrem Rücken polterten und grollten die Felsen
und ihr Herrscher.

Bei den Feen und Waldgeistern gab es dann ein großes buntes Fest.
Ferdinand übernahm das herrenlose Gut und brachte es zu
Wohlstand. Das Wandgemälde im Speisesaal ließ er übermalen und
es geriet bald in Vergessenheit.
Jahre später kam er bei einer Jagd wieder an den Wasserfall.
Neugierig kletterte er auf das Plateau. Der schwarze Felsen war

wieder vollständig verschlossen. Aber an zwei Stellen gab es glänzende Einschlüsse. Bei genauem Hinsehen erkannte Ferdinand die Konturen der Klinkenteile. Vor dem Felsen lagen verschiedenfarbige Edelsteinsplitter – größere und kleinere. Einige davon sammelte Ferdinand auf und brachte sie den Feen und Waldgeistern bei seinem nächsten Besuch als Geschenk mit.

Während seiner Erzählung hatte ich dem Zwerg immer wieder sein winziges Glas gefüllt.
„Das war eine sehr schöne Geschichte."
„Alle meine Geschichten sind schön. Ich habe nur die schönsten hier gesammelt in meiner Truhe.
Aber jetzt bin ich müde. Ich bin das Erzählen gar nicht mehr gewohnt."
Ich fing an zusammen zu packen.
„Du kannst die Decke und das Kissen ruhig hier lassen, oder willst du nicht wieder kommen?"
„Aber klar komme ich wieder."
„Das ist gut. Darf ich deine letzten Dominobrocken behalten?"
Ich schob ihm die Packung rüber.
„Dann geh ich jetzt auch mal ins Bett."
Als ich schon an der Luke war, rief er mir noch einen Satz hinterher.
„Komm bald wieder! Ich liebe es, Geschichten zu erzählen und guten Traubensaft zu trinken!"

Es dauerte Tage, bis ich Zeit für den Dachboden fand. In weiser Voraussicht hatte ich gleich am Tag nach der ersten Begegnung mit meinem Zwerg Pralinen und Schokolade eingekauft. Den Traubensaftvorrat füllte ich auch auf. So griff ich ins Regal und brauchte nur noch zu wählen.

Auf dem Dachboden füllte ich die Gläser. Sofort war er wieder anwesend, der Schelm.

„Du warst lange nicht da, mich dürstet."

Er leerte das erste Glas in einem Zug.

„Herrlich, welch ein Gaumenkitzel! Ihr versteht es in dieser Zeit, gute Traubensäfte zu machen."

„Aus welcher Zeit kommst du denn?"

Der Zwerg schob sich das Kissen in den Rücken.

„Mich gibt es von Anbeginn der Zeit. Ich wurde mit der ersten Geschichte geboren, die auf der Welt erzählt wurde. Deshalb brauche ich auch die Erinnerungen, um alle die gehörten Geschichten im Kopf behalten zu können. Was für Schokolade gibt es heute?"

„Ich habe Pralinen mitgebracht, die mit unterschiedlichen Cremes gefüllt sind."

„Sehr schön, sehr schön. Und schön klein sind sie auch."

Er griff in die Schale und schob sich die erste Praline in den Mund. Nebenbei suchte er heute in seiner Kiste herum. Dann zog er aus den vielen Dingen einige Briefe hervor, die mit einem Wollfaden zusammen gebunden waren. Ein paar vertrocknete Kräuter steckten dazwischen.

„Ja, das ist gut. Die Geschichte erzähle ich dir heute."

Das Glas war gefüllt, noch eine Praline verzehrt.

„So höre..."

Die bösen Schwestern

Es war einmal eine Mutter, die hatte zwei Töchter, Clothilde und Mathilde.

Sie lebte allein. Nur einen Bruder gab es noch. Der wohnte weit entfernt und die beiden hatten so gut wie keinen Kontakt miteinander.

Eines Abends klingelte es an der Haustür. Die Mutter ging und öffnete. Vor ihr stand ein Mädchen, etwa so alt wie ihre beiden. Das arme Ding hatte völlig rote Augen vom Weinen und die ganze Gestalt wurde von Kummer umhüllt wie ein Mantel, der nicht wärmt.

Das Mädchen wünschte leise einen guten Abend.

„Sie sind Brunhilda, die Schwester des Friedrich?"

„Ja, mein Kind, das bin ich. Komm doch bitte herein."

Das Mädchen huschte wie sein eigener Schatten durch die Tür. Es hielt einen Umschlag in der Hand, den sie nun der älteren Frau überreichte. Brunhilda riss ihn auf und entnahm diesem zwei förmliche Schreiben.

„Oh, mein Gott! Nein!"

Sie lehnte sich an die Wand im Flur, ihr Gesicht nun ebenso weiß wie die Wand hinter ihr.

„Du armes Ding!"

Die Mutter fasste sich und das Mädchen am Arm.

„Komm erst mal herein."

Sie nahm dem Mädchen den kleinen Koffer ab. Dann schob sie sie behutsam ins Wohnzimmer.

„Kinder! Das ist eure Kusine Isabella. Isabella, das sind Clothilde und Mathilde. Setz dich!"

Clothilde und Mathilde beäugten den Gast neugierig und tauschten vielsagende Blicke.

Die Mutter hatte derweil Brot und Käse aus der Küche geholt und goss Isabella auch ein wenig roten Wein in ein Glas. Diese wollte abwehren.

„Kind, der Wein wird dich ein wenig wärmen. Er tut gut, wenn das Herz friert.

Iss einen Happen. Ich werde in der Zwischenzeit diese Papiere gründlich lesen."

Stille senkte sich über den Raum und die Menschen darin.

Die beiden Schwestern rutschten unruhig auf ihren Stühlen herum.

Die Mutter schaute zu Isabella.

„Du kennst den Inhalt des Briefes?"

Sie bekam als Antwort ein kurzes wertfreies Kopfnicken.

„Was ist, Mutter? Was ist los? So erzähl doch schon!"

Die Neugier der Schwestern hatte sich durch die greifbare Trauer von Mutter und Kusine durchgefressen wie eine hungrige Maus durch den Käse.

„Liebe Kinder. Isabella ist also eure Kusine und das Kind meines Bruders, eures Onkels Friedrich.

Mein lieber Bruder ist an einer Herzschwäche verstorben. Er hat in seinem Testament verfügt, dass Isabella bis zu ihrer Volljährigkeit bei uns leben soll. Mein Bruder hinterlässt ein wenig Geld, dass wir für Isabellas Unterkunft und Erziehung verwenden werden."

Die Zeit verging. Isabella fügte sich gut in den Haushalt ihrer Tante ein. Sie war ein stilles Mädchen. Sie war fleißig, tat, was man ihr sagte. Brunhilda bemerkte, dass Isabella sehr gern las. So zeigte sie ihr die Bibliothek ihres verstorbenen Gatten, für die sich die eigenen Töchter nicht interessierten. Von nun an verbrachte Isabella die meiste Zeit zwischen all den Büchern mit ihren Geschichten.

Im Gegensatz zu ihr zog es Mathilde und Clothilde hinaus ins Leben. Sie trafen sich lieber mit Freunden und feierten auch gern. So wurde Isabella oft die einzige Begleiterin für Brunhilda. Die gewöhnte sich daran, ihre Abende ebenfalls in die Bibliothek zu verlegen.

Am Anfang saßen die Frau und das Mädchen nur beisammen. Die eine las und die andere machte Handarbeiten. Dann kam die Zeit, wo die Frauen begannen, sich Geschichten und Ereignisse aus ihren Leben zu erzählen und kamen sich so näher. Isabella begann, sich für die Handarbeiten ihrer Tante zu interessieren. Ihre Tante erfuhr, dass das im Haushalt ihres Bruders nicht gern gesehen war.

„Ich sollte mich bilden, belesen sein und nicht so etwas Nutzloses tun."

„Nun das ist eine merkwürdige Ansicht meines Bruders. Denn du kannst dir damit nicht nur die Zeit vertreiben. Du kannst allerhand herstellen mit Nadel, Faden, Stoff und Wolle."

Brunhilda brachte ihr alles bei was sie selbst konnte. Isabella revanchierte sich mit Geschichten, die sie gelesen hatte und nun wiedergab oder sie erfand selber welche.

Brunhilda und ihre Nichte entdeckten immer mehr Gemeinsamkeiten, so, was sie gern mochten oder nicht, gern aßen oder tranken, gern kochten oder sich anschauten. Sie liebten die selben Geschäfte, die selben Spazierwege. So wuchsen sie emotional stark zusammen.

Die Schwestern sahen diese immer enger werdende Beziehung nicht gern.

„So geht das nicht weiter, Schwesterherz. Die Trine wird uns unserer Mutter noch völlig entfremden."

„Du hast Recht. Sie hat sich hier eingeschlichen und macht auf brav und häuslich. Sicherlich spekuliert sie nur auf das Erbe unserer Mutter. Dann hätte sie ausgesorgt. Und wenn das so weitergeht, sehen wir zwei gar nichts davon."

„Meinst du wirklich?"

Clothilde war davon noch nicht so überzeugt.

„Sie stellt sich doch nicht umsonst so gut mit unserer Mutter, Clothilde."

„Mhm, vielleicht ist es richtig, was du vermutest. Warum sonst scharwänzelt sie sonst so um unsere Mutter herum?"

So begannen die Schwestern mit kleinen Sticheleien gegen Isabella, einen Keil zwischen diese und ihre Mutter zu treiben. Mal war sie angeblich unaufmerksam, hatte zu viel eingekauft, vergessen die Wäsche zu bügeln und immer sprachen die Tatsachen gegen sie. Dann begann das Wechselgeld nicht zu stimmen und plötzlich verschwand Schmuck.

„Mama, so glaub uns doch! Den kann nur Isabella genommen haben. Sie besitzt ja keinen eigenen und sonst ist hier kein anderer, der in Frage kommt."

Brunhilda stellte Isabella in ihrem Zimmer zur Rede.

„Aber liebe Tante. Warum sollte ich denn so etwas tun?"

„Ich weiß es nicht. Vielleicht auch nur, weil die Gelegenheit günstig war."

Mathilde und Clothilde stürmten ins Zimmer.

„Und? Hat sie es zugegeben?"

Isabella wehrte sich noch immer.

„Ich habe nichts gestohlen."

Clothilde riss wahllos Schubladen auf.

„Und was ist das hier?"

Triumphierend hielt sie die vermisste Halskette ihrer Mutter in der Hand.

"Ich verstehe das nicht!"

„Ich auch nicht, Isabella. Ich bin sehr enttäuscht von dir. Wie kannst du so undankbar sein?"

Damit ging die Mutter aus dem Zimmer und Isabella hatte keine weitere Möglichkeit der Rechtfertigung. Was sollte das auch bringen. Der Schmuck war bei ihr gefunden worden.

Clothilde und Mathilde grinsten sich an und folgten ihrer Mutter.

Nun hatten die beiden leichtes Spiel. Sie bedrängen ihre Mutter so lange, Isabella doch besser an eine weit entfernte Schule zu schicken, bis diese schließlich einwilligte.

Schnell waren die Formalitäten geklärt. Nun war Isabella wieder allein. Sie vermisste vor allem die Stunden mit Brunhilda. Es gab auch keine Geschenke mehr. In der Familie ihrer Tante war es üblich, dass alle, die zur Familie gehörten, gleich bedacht wurden. Bekam einer außerhalb von Geburtstag oder Weihnachten ein Geschenk oder eine Zuwendung, erhielten die anderen das auch. Da sie in die Familie aufgenommen worden war, galt das natürlich auch für sie. Nun gab es keine kleinen Geschenke und Aufmerksamkeiten mehr.

Darauf konnte Isabella gut verzichten. Sie wollte nur bei ihrer Tante sein. Da fühlte sie sich wohl, geborgen und verstanden. Aber das glaubte ihr keiner mehr.

An ihrer neuen Schule gab es auch eine Köchin. Sie hatte lange weiße Haare zu einem Zopf geflochten und einem Dutt aufgedreht. Isabella hatte Interesse am Kochen und Backen gezeigt und die Köchin von ihrem Wissen und Können überzeugt. So durfte sie sich in der Küche aufhalten, wann immer sie wollte. Die Küche erinnerte sie ein wenig an ihr verlorenes Zuhause bei ihrer Tante Brunhilda und so verbrachte sie dort sehr viel Zeit. Sie schaute zu, lernte, half beim Kochen und Backen und hielt die Küche sauber.

Wenn die Arbeit getan war, saßen die beiden Frauen noch beisammen.

„Das ist fast wie zu Hause bei meiner Tante. Da haben wir auch oft abends zusammen gesessen. Aber ihren Töchtern hat das nicht gefallen, obwohl die fast nie zu Hause waren."

„Bist du deshalb hier?"

„Ich glaube schon."

„Vermisst du deine Tante?", fragte die Köchin sie eines Abends.

„Sehr."

„Dann will ich dir mal was zeigen."

Die Köchin erhob sich in Richtung der Feuerstelle. Mit einem Fingerzeig forderte sie Isabella auf, ihr zu folgen.

Die alte Frau entfachte ein Feuer. Von den vielen, um den Herd herum stehenden Kräutertöpfen zupfte sie hier und da einige Blättchen, Stengel und Blüten und gab sie in das schnell kochende Wasser. Sie rührte den Sud gut um und ließ ihn ein ganzes Weilchen köcheln.

„So, mein Kind. Du hast dir die Zutaten gemerkt?"

Isabella nickte.

„Wenn der Sud so weit fertig ist, brauchst du nur noch eine spezielle Zutat."

Sie griff Isabella in ihr langes dunkles Haar und zog ihr ein einzelnes aus. Das gab sie in den dampfenden Kessel. Dazu sprach sie noch einen Zauberspruch:

„Kräutersud aus treuer Hand,
über dem Feuer der Sehnsucht gebrannt.
Lass mich dich schauen im Augenblick.
Herr gib mir des Wunsches Erfüllung und Glück!"

Der Dampf über dem Kessel verdichtete sich. So dann begann er von der Mitte her klar zu werden.

„Da, sieh nur, meine liebe Tante!"

Isabella hatte nach dem Arm der Köchin gegriffen.

„Ja, sieh nur hin, Isabella. Deine Augen können sie jetzt sehen und dein Herz fühlt die Freude darüber."

Der Tante ging es gut. Sie saß wieder in der Bibliothek mit ihren Handarbeiten. Ihre Töchter Mathilde und Clothilde saßen bei ihr.

Der Dampf waberte ein ganzes Weilchen über dem Kessel. Als das Bild dann verblasste, bedankte sich Isabella bei der Köchin.

„Gleich Morgen werde ich zu Hause anfragen, ob ich die Tante für einige Tage besuchen kann. Die Ferien stehen ja vor der Tür. Sag, Köchin, wie oft kann ich diesen Sud bereiten?"

„So oft du möchtest, mein Kind."

„Oh, das ist wunderbar. Jetzt bin ich nicht mehr so allein."

Isabella fühlte sich so glücklich, wie sie nicht mehr gewesen war, seit sie hier in der Schule angekommen war.

Aber das Glück war nicht von langer Dauer. Wenige Tage nach dem freudigen Erblicken der Tante kam Isabella traurig in die Küche.

„Ach, Köchin. Es ist so unfassbar. Die Tante will mich nicht sehen."

„Aber du hast ihr doch einen Brief geschrieben."

„Ja, das schon."

„Hat sie denn noch nicht geantwortet? Das macht sie ganz bestimmt noch."

„Nicht sie hat geantwortet, sondern Clothilde. In ihrem Namen. Sie schreibt, die Tante will mich nie wieder sehen und auch nicht mit mir sprechen."

Die Köchin versuchte, Isabella zu beruhigen.

„Das kann selbst ich nicht glauben. Nach allem, was du mir von deiner Tante erzählt hast, ist sie eine verständnisvolle Frau, die auch Fehler verzeihen kann."

Isabella holte tief Luft.

„Ja, ja. Ich weiß mein Kind. Ich glaube keinen Augenblick, dass du den Schmuck gestohlen hast."

Die Köchin überlegte.

„Wir brauchen ein paar Ohren im Haus deiner Tante. So werden wir erfahren, was man dort über dich spricht."

Geschäftig begann sie in der Küche zu hantieren. Alle anderen waren bereits zu Bett gegangen und so würde sie keiner stören.

„Isabella, sei so lieb und bringe mir ein schönes Stück Käse aus der Speisekammer."

Gehorsam lief das Mädchen los und war im Augenblick mit dem schönsten Stück guten kräftigen Käses zurück.

„Sehr schön. Den legen wir nun hier in diese kleine hübsche Mausefalle und warten was passiert. Aber du, mein Kind, gehst für heute erst einmal schlafen."

Die ersten Sonnenstrahlen des neuen Tages fanden Isabella schon in

der Küche.

„Eine Maus! Du hast tatsächlich mit dem Käse eine Maus gefangen!"

„Und heute Abend schicken wir sie auf die Reise, wenn alle anderen bereits wieder durch die bunten Träume der Nacht wandern."

Als Isabella zwischen Abend und Nacht die Küche betrat, war die Köchin schon fleißig bei der Arbeit.

„Komm her zu mir. Ich brauche wieder ein Haar von dir."

Das Haar sank in den heißen Sud, der Dampf brodelte.

„Stengel, Blüten,Wurzel und Gekräute,
wir bitten um ein paar Ohren als Hilfe heute.
Nicht nur zu sehen, auch zu hören
wünschen wir die Leute,
um zu erkennen der finstren Lügen
unschuldige Beute."

Die Köchin nahm vorsichtig die Maus aus der Falle und warf das Tier in den immer dichter werdenden, über dem Kessel stehenden Dampf.

Ehe Isabella etwas sagen konnte, klärte sich der Dampf zum Spiegel und sie sah die Maus, die völlig unversehrt vor ihrem Auge erschien und durch die einen Spalt offen stehende Bibliothekstür huschte. Sie lief weiter auf ihren kurzen Beinchen bis zum Sofa, auf dem die Tante saß und versteckte sich darunter. Gerade rechtzeitig, denn im gleichen Augenblick betraten die Schwestern den Raum.

„Was ist, Mutter? Du bist heute schon den ganzen Tag so nachdenklich."

Clothilde hatte gesprochen.

„Ach Kinder. Ich denke an Isabella und frage mich, warum sie uns bis heute nicht einen einzigen Brief geschrieben hat. Sie muss doch wissen, dass ich ihr schon lange verziehen habe."

Mathilde antwortete sofort:

„Sie wird sich immer noch schuldig fühlen. Wir haben sie bei uns aufgenommen und wie hat sie es uns gedankt. Bestohlen hat sie dich, liebe Mutter. Dass sie nicht schreibt spricht nur für ihre Schuld."

Isabella stöhnte auf.

„Aber das ist doch nicht wahr. Jede Woche schreibe ich einen langen Brief an die Tante. Nun weiß ich wenigstens, warum sie nie geantwortet hat. Aber wo sind die ganzen Briefe von mir?"

„Lass uns weiter zuhören."

„Es war richtig, sie weg zu schicken!"

„Aber sie hat immer wieder beteuert, dass sie nichts genommen hat. Vielleicht stimmt das und wir tun ihr Unrecht?"

„Mutter! Wer sonst sollte dich denn bestohlen haben. Es war zu diesem Zeitpunkt kein anderer im Haus. Oder willst du etwa uns beschuldigen?"

Clothilde hatte das Gesicht in den Händen vergraben. Es sah aus, als würde sie weinen.

„Nicht doch, Kinder. Natürlich beschuldige ich euch nicht. Ihr habt sicherlich Recht mit dem, was ihr sagt."

Traurig schüttelte Tante Brunhilda den Kopf und packte ihre Handarbeiten zusammen.

„Es ist spät. Ich werde zu Bett gehen."

„Tu das, liebe Mutter. Gute Nacht!"

„Gute Nacht, Clothilde, gute Nacht, Mathilde!"

Als sich die Tür hinter der Tante geschlossen hatte und ihre Schritte auf der Treppe verhallt waren, atmeten die Schwestern hörbar auf.

„Das sie immer noch darüber grübelt. Verdammt!"

„Hast du die Briefe gut versteckt?"

„Was denkst du denn. In der alten Truhe des Vaters wird Mutter nie stöbern. Wir machen einfach so weiter und fangen alle Briefe ab. Irgendwann wird sie einsehen, dass das Warten sich nicht lohnt."

„Genauso machen wir es. Ich habe keine Lust, das Erbe unserer

Mutter mit so einem Eindringling zu teilen. Wir haben Glück, dass die Mutter sich nicht mehr so für das tägliche Einerlei interessiert. Sonst wäre das mit der Post wesentlich schwieriger."

„Ich habe es gewusst, diese hinterlistigen Wesen. Ich will doch gar nichts von irgend einem Erbe. Sie hätten mich nur fragen müssen."
„Sie schließen von sich auf andere, Isabella. Sie kommen gar nicht auf die Idee, dass du deine Tante wirklich gern hast."
„Aber was kann ich tun?"
„Wir können erst mal nur abwarten und die Schwestern beobachten. Wir haben keine richtigen Beweise. Selbst wenn du plötzlich vor ihrer Tür stehen würdest, wäre das aussichtslos. Sie würden die Briefe verbrennen und du hast wieder zwei Menschen gegen dich."
Isabella tröstete sich damit, so oft es ging, ihre Tante im Zauberdampf des Kessels zu sehen. Die Maus lieh ihr nicht länger ihre Ohren. Die Köchin hatte ihr gesagt, dass der Zauber nur einige wenige, viel zu kurze Stunden anhielt. Aber Isabella bemerkte, dass es ihrer Tante immer schlechter ging. Es war nicht nur die Traurigkeit. Eine geheimnisvolle Krankheit schien an ihr zu zehren. Nicht einmal mehr ihre geliebten Handarbeiten konnte sie verrichten.
„Köchin! Mit meiner Tante stimmt etwas nicht. Sie ist krank. Das kam aber ziemlich plötzlich nachdem es um meinen letzten Brief ging. Ich muss ihr helfen!"
Die Köchin ließ sich die Tante zeigen.
„Kind, ich habe einen schlimmen Verdacht. Vielleicht wollen die beiden bösartigen Schwestern nicht mehr länger auf das Erbe warten."
„Oh, du denkst, sie tun ihr was an?"
„Es ist anstrengend, über Jahre zu lügen und ständig auf der Hut sein zu müssen, dass eine Nachricht von dir kommt."
„Meine liebe Tante! Was kann ich tun?"

„Wir müssen ins Badehaus. Komm!"
Auch hier machte die Köchin, wie die anderen Male, ein Feuer.
„Merk dir die Kräuter , die ich ins Feuer gebe. Lerne und behalte den Zauberspruch dazu. Wenn der Dampf beginnt zu steigen, öffne das Fenster. Und gib mir ein Haar!"
Isabella tat, wie ihr geheißen. Sie merkte sich die Kräuter, achtete auf den Dampf und öffnete das Fenster. Dann lauschte sie aufmerksam den Worten der Köchin:

„Regen und Sonne, ihr Freunde mein,
ihr erhaltet Erde, Mensch und Tier am Sein.
Das Schönste, was ihr am Himmel zeichnet, ich erbitte,
so dass der Regenbogen heute wird für mich zur Brücke."

Der Dampf füllte den gesamten Raum und traf nun auf die kalte Nachtluft. Und da war er – der Regenbogen. Strahlend schön bog er sich zum Fenster.
„Hab keine Angst, Isabella. Du kannst auf ihm gehen wie auf einer richtigen Brücke. Er spannt sich von hier bis zum Fenster deiner Tante. Geh nun und erzähl ihr alles. Aber am Morgen musst du zurück sein. Mit der steigenden Sonne wird er verblassen und du verlierst den Weg und den Halt."
Isabella umarmte die Köchin voller Dankbarkeit. Die schob das Mädchen von sich.
„Geh jetzt. Die Nacht steht nicht still wegen dir."
Isabella hielt sich am Fenster fest und setzte vorsichtig einen Fuß auf das bunte Band am Himmel. Es füllte sich tatsächlich fest wie Stein an. Sie stieg hinauf, winkte der Köchin und lief los. Sie lief und lief und verlor jedes Zeitgefühl. Plötzlich stand sie vor dem Schlafzimmerfenster ihrer Tante. Leise klopfte sie an. Es brannte noch immer eine Kerze. Ihre Tante konnte wieder nicht schlafen.
Isabella klopfte noch einmal, diesmal etwa lauter.

Sie hörte ein Geräusch im Zimmer, dann wurde der Vorhang bei Seite geschoben und sie sah das liebe Gesicht ihrer Tante.

„Tantchen, ich bin es , deine Isabella. Bitte erschrick nicht. Ich bin kein Geist."

„Ich werde wohl träumen. So schlimm ist es schon um mich bestellt, dass du mir im Traum erscheinst. Wenn ich doch noch einmal mit dir sprechen könnte, um dir zu sagen, dass ich dir glaube. Ich weiß zwar nicht, was passiert ist, aber wir könnten es vielleicht heraus finden."

Die Tante war dabei, den Vorhang wieder zu schließen.

„Nicht, Tante, ich bin doch hier. Ich habe dir etwas zu sagen. Gib mir deine Hand."

So unwirklich es ihrer Tante erschien, dass mitten am Nachthimmel ihre Nichte auf einem Regenbogen stand, so streckte sie doch die Hand aus.

Isabella ergriff sie und hielt sie fest. Erschrocken zuckte die Tante zusammen.

„Isabella, bist du es wirklich?"

„Ich bin es."

Die Tante half Isabella ins Zimmer und die fiel ihr um den Hals.

„Liebe Tante. Wir haben nicht viel Zeit. Hör mir zu. Ich habe dir etwas Wichtiges zu sagen."

Isabella wurde in ihrer Erzählung bald von der Tante unterbrochen.

„Isabella, hör auf. Bist du gekommen, um weiter Lügen zu verbreiten. Ich war dabei, dir zu glauben, dass du mich nicht bestohlen hast. Wenn du mich gegen meine Mädchen aufhetzen willst, dann ist es besser, du gehst wieder und wir vergessen das alles hier. Dann ist es nur ein böser Traum, den mir meine Krankheit schickt."

„Liebe Tante. Jedes Wort ist war. Und die Köchin der Schule ist meine Zeugin. Schau einfach in die alte Truhe deines Gatten und bitte trinke nicht mehr die heiße Schokolade, die dir eine deiner Töchter jeden Abend bringt. Ich komme in genau einer Woche wieder. Wenn es nicht stimmt, was ich dir heute erzähle, dann brauchst du mich nie wieder zu sehen. Bitte!"

„Gut. Ich schaue in die Truhe. Dann sehe ich weiter."

Der Himmel wurde langsam heller und der Regenbogen blasser.

„Ich muss zurück. Bitte glaube mir."

Lange noch zurück schauend lief Isabella auf dem bunten Regenbogen zurück ins Badehaus, wo die Köchin sie erwartete.

Isabella mixte jeden Abend den Kräutersud für den Dampfspiegel. Aber weder am ersten noch am zweiten Abend geschah etwas.

„Kind, du musst Geduld haben. Für deine Tante ist es nicht einfach. Sie steht zwischen dir und ihren Töchtern und ihr alle buhlt um ihre Gunst. Dich hat sie schon einmal verloren. Es wird schlimm, wenn sie erkennt, wer hier das Böse gesät hat."

Am darauf folgenden Abend hatten die Töchter ihrer Mutter den Trank verabreicht und als diese sich auf ihr Zimmer zurückgezogen hatte, verließen sie zusammen das Haus. Sicher, dass ihre Mutter gleich schlafen würde und viel zu schwach wäre, um im Haus herum zu laufen.

Nachdem die Haustür ins Schloss gefallen war, kam aber Bewegung in das Zimmer ihrer Tante.

Isabella verfolgte, wie die Tante langsam und schwer atmend die Treppe zum Dachboden hinauf stieg. Sie suchte die alte Truhe ihres Mannes. Nach einer gefühlten Ewigkeit fand sie sie, versteckt unter alten Teppichen.

„Hier habe ich sie aber nicht abgestellt."

Die Tante schob die schweren Teppiche zur Seite und öffnete die Truhe.

Hier war alles durcheinander gewirbelt.

„Ich hatte alles gut sortiert und die Kleider zusammengelegt."

Ganz am Boden der Truhe, in einen alten Mantel eingewickelt, fand Brunhilda schließlich die Briefe von Isabella.

„Ich hätte dir fast schon wieder Unrecht getan, liebes Kind. Welche

Mutter hört schon gern, das ihre Kinder sie betrügen und nun vielleicht sogar nach dem Leben trachten. Denn Isabella hat die Wahrheit gesprochen mit den Briefen. Dann werde ich wohl bei der Schokolade wirklich vorsichtig sein müssen."

Die Tante nahm das Bündel Briefe an sich. Sie las die ganze Nacht und weinte viel. Erst am Morgen schlief sie ein. Aber vorher versteckte sie nun ihrerseits die Briefe.

Clothilde und Mathilde hingegen sahen ihre noch schlafende Mutter als ein gutes Zeichen.

„Langsam beginnt das Gift zu wirken."

An den folgenden Abenden schaffte es die Tante, ihre Töchter abzulenken, wenn sie ihr den Schlaftrunk gebracht hatten. Sie goss ihn in eine neben dem Sofa stehende Pflanze.

Bereits am zweiten Tag bemerkte sie, dass es ihr besser ging. Sie spielte weiterhin die schwer Kranke. Ihre Enttäuschung über ihre gierigen Kinder half ihr dabei. Die Trauer überschattete die zurückkehrenden Kräfte. Nun stand sie jeden Abend am Fenster und wartete auf Isabella.

Am siebenten Tag floh der Abend in die Dunkelheit der Nacht. Aber am Himmel erschien ein helles Band, was stetig stärker und bunter wurde. Dann war er vollständig und glänzend am Himmel zu sehen. Und plötzlich erschien eine Gestalt, die auf dem Regenbogen lief wie über eine feste Straße.

Die Tante schloss Isabella in die Arme.

„Kind, kannst du mir verzeihen?"

„Aber Tante, das habe ich schon lange. Aber nun komm mit mir. Du darfst hier nicht länger bleiben.

Schnell wurde ein Bündel geschnürt und auch an die Briefe wurde gedacht. Dann trug der Regenbogen zwei Frauen an sein anderes Ende.

Tante Brunhilda, die Köchin und Isabella hatten sich sehr viel zu erzählen.

Am nächsten Morgen ging Clothilde in die Bibliothek um nachzuschauen, ob ihre Mutter bereits wach wäre. Die fand sie nicht vor, dafür aber etwas anderes, sehr Beunruhigendes.

„Mathilde, komm, ich muss dir was zeigen."

In der Bibliothek angekommen, zeigte sie auf die Pflanze.

„Schau, sie ist verwelkt. Dabei sind alle anderen noch grün und gesund. Was hat das zu bedeuten?"

Die Mädchen schauten sich die Pflanze und den Topf genauer an und fanden schließlich am Rand Reste des Schokoladengetränkes.

„Das kann nicht sein. Das bedeutet doch, dass uns die Mutter drauf gekommen ist. Aber wie sollte das geschehen sein?"

„Lass uns nachsehen, ob sie in ihrem Zimmer ist."

Die Schwestern schlichen nach oben und öffneten vorsichtig die Tür zum Schlafzimmer ihrer Mutter. Wie erschraken sie, als sie das Zimmer leer und das Bett unberührt fanden.

Die Mutter war nicht zu finden, im ganzen Haus keine Spur von ihr.

Am anderen Ende des Regenbogens beschlossen die drei Frauen, dass die Mutter mit Isabella in das Haus der Tante zurückkehren sollten, damit die Mädchen bestraft werden konnten.

Sie zauberten den Regenbogen herbei.

Die beiden Schwestern hörten das Öffnen des Fensters im ersten Stock und liefen ängstlich hinauf. Voll Panik und Entsetzen sahen sie Isabella mit ihrer Mutter auf dem Regenbogen stehen.

„Mutter, können wir dir helfen? Hat Isabella dich entführt?"

„Wie lange wollt ihr noch lügen?"

Die Mutter hielt die Briefe hoch. Sie stand nun wieder auf dem Boden ihres Zimmers. Isabella folgte ihr gerade.

„Clothilde! Mathilde! Wir sind gekommen, um euch der gerechten Strafe zuzuführen. Ihr seid meine Töchter und ich habe euch sehr geliebt. Aber ihr trachtet nur nach Geld und Reichtum, den euer Vater schwer erarbeitet hat. Es wäre genug dagewesen für uns alle.

Aber die Gier hat euch zu schlechten Menschen werden lassen. Ihr habt keinen Platz mehr in meinem Leben, das ich von nun an wieder mit Isabella verbringen werde. Wir werden euch am Morgen dem Richter überantworten."

Die Schwestern begannen zu weinen und zu klagen, aber die Mutter ließ sich nicht mehr erweichen. Zu schwer wogen die schlimmen Taten ihrer Töchter.

Clothilde war es, die ihre Schwester dann anstieß.

„Sie hat uns nun doch bei der Mutter verdrängt. Wir müssen verschwinden, bevor der Richter uns bekommt."

Sie schaute sich um.

„Ich weiß auch, wie. Folge mir einfach."

Mit diesen Worten drängte sie an Isabella vorbei und war mit einem Sprung auf dem Regenbogen.

Mathilde folgte ihr ohne Widerspruch.

Die Mutter und Isabella versuchten, sie zurück zu halten.

„Der Regenbogen beginnt zu verblassen. Dann stürzt ihr ab. Bleibt hier!"

Aber die Angst trieb die Schwestern vorwärts.

„Clothilde, es stimmt. Die Farben hier werden immer weniger."

Mathilde sah zu der vor ihr laufenden Schwester und schrie auf. Clothilde blieb stehen und sah nun ihrerseits ihre Schwester an. Beide sahen das selbe.

„Oh, Schwester. Wir werden beide auch blasser. Siehst du das?"

„Ja, ich sehe es. Was geschieht mit uns?"

Eh die eine der anderen die Antwort geben konnte, waren sie verschwunden und nur ein wenig Wasserdampf war noch zu erkennen. Und auch nur, weil er statt farblos schwarz war. Der Dampf verdichtete sich und schwarze Regentropfen fielen zur Erde. Als sie die Erde berührten wurde aus ihnen schwarzer Samen, der tief in die Erde einsank. Aus ihm wuchs mit der Zeit eine Pflanze mit schwarzen Blättern und Blüten. Sie vermehrte sich schnell und bösartig und versuchte, anderen Pflanzen das Sonnenlicht und die Nährstoffe streitig zu machen. Manchmal gelang es ihr, manchmal waren die anderen Pflanzen stark genug, um sie zu besiegen.

Die Mutter und Isabella begannen ein neues Leben mit sehr viel Rücksicht und Liebe zueinander.

Manchmal schauten sie nach der Köchin. Ab und zu sprang eine kleine Maus der Mutter auf den Schoß.

Und wenn ihr einen Regenbogen am Himmel seht, kann es sein, dass sie einander auch besuchen.

Ich habe noch keinen Regenbogen betreten, obwohl ich ganz genau weiß, dass er stark wie eine Steinbrücke ist und mich tragen kann.

Der Zwerg verstummte.

Ich füllte sein Glas noch einmal. Er schlürfte genussvoll den funkelnden Traubensaft. Diesmal hatte ich eine Kerze mitgebracht und ihr Licht brach sich in den Gläsern, obwohl sie nun fast heruntergebrannt war.

„Hat sie dir gefallen, meine Geschichte?"

„Ich glaube dir jetzt, wenn du sagst, dass du nur die schönsten Geschichten in deiner Erinnerungskiste aufbewahrst."

Der Saft war alle, die Pralinen im Bauch meines kleinen Freundes verschwunden. Ich machte mich bereit zu gehen. Plötzlich fiel mir etwas ein.

„Sag, kleiner Mann, musst du eigentlich hier oben hausen?"

„Ich bin da, wo meine Truhe ist."

„He, das heißt ja, wenn ich die Truhe mit hinunter nehme, dann kommst du mit!"

Der Zwerg nickte.

„Willst du denn hier auf dem kalten Dachboden ganz allein und einsam warten oder kann ich dich nach unten einladen? Du wirst doch erst sichtbar, wenn du den Traubensaft bekommst, richtig?"

Wieder bekam ich ein Nicken zur Antwort.

„Wenn du unsichtbar bist, wo bist du dann?"

„Ich kann mich dann dort frei bewegen, wo meine Truhe steht."

„Wenn die Türen offen stehen, kannst du praktisch durch das ganze Haus wandern?"

„Kann ich."

„Ah, eines noch. Können Katzen dich sehen?"

„Alle Tiere können mich sehen. Aber das macht nichts. Ich bin ein verträglicher Kerl."

Er grinste wieder sein Lausbubengrinsen.

„Dann nehme ich deine Truhe jetzt mit?"

Er war schon verschwunden. Ich hörte ihn noch lachen.

Ich nahm die Truhe und platzierte sie hinter unserer Couch. Da würde sie niemand vermuten.

Die Katzen waren an diesem Abend besonders unruhig. Das fiel auch meinem Mann auf.

„Du weißt doch, sie sehen alles. Vielleicht traut sich jetzt endlich unser Hausgeist zu uns."

Mein Mann lachte.

„Wenn er ein Guter ist, dann sei er willkommen!"

Nicht lange danach war es ein nächstes Mal an der Zeit, Saft und Schokolade auf den Tisch zu stellen.

Mein Zwerg war sofort zur Stelle.

„Gefällt es dir hier unten? Ärgern dich die Katzen?"

„Es ist alles optimal, warm und kuschelig mit den Vierbeinern. Schenk ein, schenk ein!

Ich erinnere mich dunkel an eine sehr schöne Geschichte. Mal sehen, ob ich die Erinnerung finde."

Er kramte und kramte und hielt dann jubelnd ein paar Samen in der Hand. Dazu kam eine bemalte Tonscherbe.

Er sprang auf die Couch neben mich und zog sich den Teller mit der Schokolade heran.

„Köstlich! Nougat und Marzipan, meine Lieblingssorten!"

Er leckte sich die Finger ab und hielt mir sein Glas hin.

Dann begann er zu erzählen.

Die Zauberpalmen

Margarita war ein junges hübsches Mädchen. Zeitig in ihrem noch so jungen Leben hatte sie ihre Mutter verloren. Ihr Vater verwand diesen Verlust nie. Wenige Jahre nach dem Tod seiner Frau folgte er ihr nach. Margarita trauerte auch lange um ihn. Doch sie versuchte auch ihr Leben weiter zu leben.

Wenn sie sehr traurig war zog sie sich an ihren Lieblingsplatz am Meer zurück. Sie kannte eine kleine verborgene Bucht, die zu Fuß nur schwer zu erreichen war. Hier saß sie im Sand, beobachtete die Möwen und die Wellen, ließ den Wind an ihren Haaren zerren wie es ein übermütiger Spielkamerad tun würde. Das Rauschen der Wellen und das Singen des Windes beruhigten ihr klopfendes Herz und vertrieben die traurigen Gedanken so wie die Sonne es bei bösen Träumen tat, die einfach verschwanden, wenn ihre Strahlen Margaritas Zimmer des Morgens erreichten.

An einem dieser Tage war das Wetter stürmisch. Es regnete und der Wind peitschte die kalten Tropfen in alle Richtungen. Auf dem Weg zum Strand kam dem Mädchen eine alte Frau entgegen. Sie war klein und verhutzelt und der Wind versuchte sie von den Füßen zu reißen. Margarita eilte der Alten entgegen und half ihr über die ungeschützte Fläche in den Windschatten der Felsen beim Übergang zur Bucht.

Erschöpft ließ sich die alte Frau in den Sand fallen. Margarita überließ ihr die Trinkflasche, die sie mit sich trug. Dankbar nahm die Alte ein paar Schluck von ihrem heißen Tee. Schweigend saßen die beiden Frauen für eine lange Zeit nebeneinander.

Schließlich sprach die alte Frau.

„Ich sehe dein Herz. Es ist traurig und allein. Das muss aber nicht so bleiben."

„Ihr wollt mich nur trösten. Das ist lieb von Euch."

„Mädchen, ich möchte mich bei dir bedanken. Nicht jeder eilt so zu Hilfe!"

„Das war doch aber selbstverständlich."

Margarita wurde nun doch ein wenig rot ob des Lobes der alten Frau.

„Gut. Dann lassen wir es dabei."

Die Alte erhob sich schwer aus dem Sand.

„Trotzdem möchte ich dir etwas schenken. Ich habe nicht viel, aber das will ich mit dir teilen."

Sie wühlte in ihrer Rocktasche und brachte ein kleines abgewetztes Beutelchen zum Vorschein. Es war schon so viele Male geflickt, dass es nur noch aus diesen Flicken zu bestehen schien.

Die Alte griff hinein und holte ein paar Kerne heraus. Sie ergriff Margaritas Hand, drehte sie um und zählte ihr zwölf Dattelkerne in den Handteller. Die schaute erst sehr überrascht auf die Kerne und dann der Alten ins Gesicht.

„Ich sehe, du wunderst dich, Kind. Vertrau mir und der Natur und kümmere dich um die Kleinen in deiner Hand. Widme jedem Kern einen eigenen Gedanken deines traurigen Herzens."

Damit drehte sie sich um und entfernte sich mit schweren langsamen Schritten von Margarita. Die schaute noch mal benommen auf die Kerne in ihrer Hand. Als sie den Blick hob war die Alte verschwunden. Wo war sie so plötzlich so schnell hin? Das Land war flach vor ihren veilchenblauen Augen und nirgends war ein Mensch zu sehen.

Margarita zuckte die Schultern, verstaute die Kerne in ihrem Rockbund und folgte den kreischenden Möwen zum Strand. Das erste Mal seit Wochen weinte sie nicht mit der Gischt um die Wette. Ihre Augen blieben klar und die leuchtende Sonne fand einige Lichtreflexe im weiten Blau der Iris des Mädchens.

Als sie später am Nachmittag nach Hause kam, ließ sie die Kerne in einen großen Blumentopf fallen und bedeckte sie flüchtig mit etwas

Erde.

Die Zeit verging und Margarita hatte jeden Tag genügend Arbeit – waschen, putzen, kochen. Die Kerne gerieten in Vergessenheit.

Dann eines Morgens sang ein kleiner bunter Vogel vor ihrem Fenster. Margarita schaute hinaus in den hellen honigfarbenen Morgen. Das Vögelchen saß auf dem alten Blumentopf und sang für sich und die ganze Welt. Aber was war das? Aus der Erde sahen winzige grüne Spitzen hervor.

„Die Kerne!"

Margarita warf sich ein Tuch um die Schultern und lief hinaus. Sie konnte es kaum fassen. Da versuchten doch tatsächlich mehrere Pflänzchen das Sonnenlicht einzufangen.

Das Mädchen spürte plötzlich Wärme, Dankbarkeit und Freude in ihrem einsamen Herzen. Es schlug schneller, freudiger und Margarita rief ein lautes „Danke" in den aufsteigenden Tag. Der Wind nahm es auf und trug es davon. Dann kam er zurück und umkoste das Mädchen mit zarten weichen Wogen seines kühlen Atems.

Ein Lächeln erschien auf Margaritas Gesicht, wurde strahlender und leuchtete wie eine einsame Gischtwelle im tiefblauen Meer. Sie lief nach der Gießkanne und dachte voller Wärme an die Alte. Wie glücklich machten sie diese kleinen Pflänzchen.

„Oh, ihr sollt wachsen und groß werden und ich werde mich gut um euch kümmern!"

Margarita verspürte auf einmal die Lust zu singen. Erst leise und zögerlich, dann immer sicherer und klarer flog ihre Stimme über den Garten und das Haus wie eine flügge gewordene Schwalbe.

Die Tage liefen im Gleichklang dahin. Aber es hatte sich für Margarita alles verändert. Sie sah die Farben des Tages klarer, die Nächte wiegten sie in ihren dunklen warmen Händen und die Pflänzchen wuchsen langsam und stetig dem blauen Himmel entgegen.

Das Mädchen pflegte die Setzlinge. So oft sie konnte lief sie am Tag schauen und sprach mit den Pflanzen. Ihr Herz hatte die messerscharfe Traurigkeit verloren. Margarita erfreute sich wieder am Leben.

Bald waren die Pflänzchen so groß, dass sie beschloss sie einzeln in Blumentöpfe einzusetzen, damit jede von ihnen genügend Freiraum zum Wachsen bekam. Das Mädchen besorgte große irdene Gefäße. Jedes einzelne bemalte sie. Beim ersten Topf geschah es fast noch unbewusst. Aber da bemerkte sie bereits, dass sich aus den Bildern ein Thema ergab. Sie schaute sich ihr Werk an und da fiel ihr ein, was die Alte am Strand ihr geraten hatte.

Der erste Topf war mit einem Schiff bemalt mit großen Segeln und weitem Meer, Möwen und weißen Wolken. Den zweiten Topf zierte bald ein schönes neues kleines Häuschen mit einer Veranda. Da malte sie sogar die Palmen dazu, alle zwölf.

Margarita malte und malte. Sie hatte auf einmal so viele Ideen, dass sie gar nicht aufhören konnte. Der Tag ging schlafen, die Nacht kam und ging und der neue Morgen fand das Mädchen immer noch bei der Arbeit. Sie bemalte den letzten Topf. Überhaupt nicht müde, dafür glücklich, legte sie die Pinsel bei Seite. Sie betrachtete noch einmal alle Gefäße und schickte dem neuen Tag ihr glockenhelles Lachen.

Sie aß eine Scheibe ihres selbst gebackenen Brotes und trank einen Becher klares frisches Wasser. Dann ging sie wieder ans Werk. Jede einzelne der zwölf kleinen Pflanzen setzte sie vorsichtig in einen ihrer bemalten Töpfe. Zum Schluss bekamen alle auch frisches Wasser aus der großen roten Gießkanne.

Margarita schob die Töpfe vor ihr Fenster an die Hauswand. Keine Pflanze verdeckte die andere und alle bekamen das Sonnenlicht ungehindert ab. Margarita lief an den Töpfen auf und ab, erfreute sich an ihrer Arbeit, den Pflanzen und den Töpfen. Sie zeigte den Möwen was sie geschaffen hatte. Spät am Tag erst ging sie zu Bett, noch nicht wirklich müde, aber sehr, sehr glücklich.

Im Traum begegnete ihr die alte Frau:

„Sehr schön hast du das gemacht, Mädchen! Dein Vertrauen soll belohnt werden."

Die Tage kamen und gingen. Sie reihten sich aneinander wie kleine bunte Perlen einer Halskette, wurden zu Wochen und diese zu Monaten. Der Herbst zog ins Land. Er brachte viel Regen und der Sturm peitschte das Meer gegen die kahlen Felsen der Bucht. Der Strand war fast völlig verschwunden.

Margarita baute aus Holzscheiten und Treibgut einen Wetterschutz für ihre Pflanzen. Die wuchsen so schnell als hätten sie es eilig ein Ziel zu erreichen. Margarita ließ in der Pflege der Palmen nicht nach. Oft saß sie am Fenster ihrer kleinen Hütte und betrachtete die zwölf voller Liebe. Da sie die Pflanzen anschaute, sah sie auch immer die von ihr gemalten Bilder auf den irdenen Gefäßen, die fast schon zu klein geworden waren für ihre Bewohner.

In der folgenden Nacht schreckte Margarita aus dem Schlaf. Grell leuchtende Blitze und wütendes Donnern zogen über das Land und ihr Haus. Als sie wieder eingeschlafen war träumte sie von der Alten.

„Geh hinaus zum Strand, Kind. Geh hinaus."

Später am nächsten Tag erinnerte sich das Mädchen an den Traum. Sie packte sich warm ein und lief zu ihrer Bucht. Als sie angekommen war staunte sie. Der nächtliche Sturm hatte ihr ein Geschenk gebracht. Eine riesige geschnitzte Truhe lag auf der Seite. Der Deckel war aufgesprungen und bunter Stoff lugte hervor.

Vorsichtig näherte sich Margarita der Truhe. Sie schaute sich um, ob irgendwer zu sehen wäre. Sie lauschte auf einen Ruf. Aber nichts passierte. Das Mädchen zog unter Aufbietung aller Kräfte die Truhe höher auf den Strand, damit die nächste Flut sie nicht eventuell wieder mit nahm oder noch mehr beschädigte.

Die nächsten Stunden verbrachte sie damit, alles was in der Truhe war, in ihr Haus zu schaffen. Als sie müde die letzten Teile aufraffte überlegte sie, ob sie die Truhe am Strand zurücklassen sollte. Sie lief um sie herum. Dabei bestaunte sie die Schnitzereien und beschloss, auch die Truhe zu bergen. Sie holte ein Seil aus dem Schuppen und knotete es an einem der Truhenseitengriffe fest. Am anderen Ende machte sie zwei Schlingen, die sie sich um die Schultern warf und zog die Truhe über das flache Land. Vorsichtig wich sie Löchern oder kleinen Felsen aus, um die Truhe und die Schnitzereien nicht noch mehr zu beschädigen. Die war aus gutem Holz und auch leer noch richtig schwer. Aber das Mädchen ließ sich Zeit und spät am Abend war auch die Truhe im Haus angekommen.

Der Inhalt der Truhe lag verstreut umher um zu trocknen. Margarita machte im Herd ein Feuer, wärmte sich den Rest Suppe vom Mittag auf und während sie am Feuer aß begutachtete sie ihre Fundstücke.

Die Truhe gehörte einer Frau. Die vielen Kleider waren aus bunten und kostbaren Stoffen genäht. Sie waren schlicht im Schnitt, aber teilweise reich verziert.

Einen ganzen langen Tag musste Margarita warten bis alles getrocknet war. Eigentlich wollte sie die Kleidungsstücke – Röcke, Blusen, Kleider – zusammenlegen und wieder in der Truhe verstauen, die sie ebenfalls gesäubert hatte. Aber sie wäre kein Mädchen, wenn sie nicht Gefallen an all den bunten Stoffen gefunden hätte. Neugierig betrachtete sie alles und fühlte die wunderschönen Stoffe in der Hand. Die Kleider schienen ihr zuzurufen: Probier uns an! Und das tat sie dann auch.

Ein Rock so blau wie der Sommerhimmel, eine Bluse so weiß wie die Gischt, ein buntes Kleid wie eine blühende Herbstwiese. Alles probierte sie an und oh Wunder – alles passte, als wäre es für sie genäht worden. Ein feuerrotes Kleid mit einem weiten schwingenden Rock war sogar mit einer goldenen Borte verziert. In diesem tanzte sie im Zimmer herum und zur Tür hinaus und zeigte es ihren Freunden den Palmen. Wie sie so an ihnen vorbei wehte wie ein kleines leichtes Flämmchen, tanzend im großen Feuer, stutzte sie plötzlich. Staunend blieb sie vor einem ihrer Blumentöpfe stehen. Was sie da gemalt hatte, einmal rund herum, war immer wieder sie selbst in neuen schönen Kleidern. Sogar ein ganz rotes war dabei. Aber wie konnte das sein?

Ihr fiel die Alte wieder ein und auch an ihre Worte konnte sie sich erinnern: „Widme jedem Kern einen Gedanken deines traurigen Herzens."

Sollte das möglich sein? Aber bald verwarf sie diese Gedanken wieder. Da spielte ihr wohl ihre Phantasie einen Streich.

Einmal pro Monat ging Margarita zum Markt in dem kleinen Hafenstädtchen. Sie verkaufte ihr selbst angebautes Gemüse und verdiente mit Näharbeiten ihren Unterhalt. In der letzten Zeit hatte sie auch bemaltes Geschirr angeboten. Da gab es schon Bestellungen, sogar mit Wunschmotiven.

Heute hatte sie sich hübsch gemacht und trug das rote Kleid. Und nicht nur damit fiel sie auf.

„Du strahlst ja heute richtig."

„Deine Wangen sind heute so rot wie dein Kleid!"

„Es ist schön, dich lächeln zu sehen."

Die Leute aus dem Ort freuten sich, Margarita so glücklich zu sehen. Sie nahmen es hin ohne die Gründe zu hinterfragen. Bis auf einen alten gebeugten Mann. Er stand verborgen hinter einer Hausecke und beobachtete das Mädchen mit giftigen Blicken. Er hatte etwas Verschlagenes an sich, wirkte wie ein Schatten. Weder passte noch gehörte er hier her.

„So, so, sieh an, die Kleine also. Na das dürfte dann nicht so schwierig werden."

Zufrieden wickelte er sein Sackleinen um seinen dürren klapprigen Körper und zog sich zurück. Er hatte genug gesehen. Geduldig wartete er auf den Abend und folgte dem Mädchen auf dem Weg nach Hause. Er wollte schon fast umkehren als er die Palmen bemerkte.

Er zischte einmal wie eine Natter in seinen grauen Spitzbart.

„Sie ist weiter als ich angenommen habe. Nun ist Eile geboten. Gut,

dass ich doch nachgeschaut habe wo das brave Kind wohnt."

Mit raschen, leise schlurfenden Schritten entfernte er sich in Richtung der Felsen am Strand. Dort verschwand wenig später eine schwarze Natter in einer fast unsichtbaren Spalte im Gestein.

In dieser Nacht war es Margarita als ob sie Stimmen hören würde. Es zischte und wisperte rund um ihr Häuschen, aber die Sprache des Windes war für gewöhnlich eine andere.

Der neue Morgen stieg schwer mit grauen Nebeln behangen aus dem eisigen Meer. Es war gerade so als wolle er das Mädchen nicht wirklich wecken. Aber Margarita war bereits auf den Beinen. Sie trat aus dem Haus um ihre Palmen zu begrüßen. Doch wie furchtbar – ihre geliebten Bäume waren verschwunden! Der Platz vor dem Fenster war verwüstet. Ihre wunderschönen bemalten Blumentöpfe waren zertrümmert worden. Die bunten Scherben lagen verstreut umher. Ein einzelner Palmwedel wurde ihr vom Wind vor die Füße gerollt. Margarita bückte sich und hob ihn auf. Sie drückte ihn an ihr Herz und weinte um ihre Palmen. Sie stürzte auf die Knie und blieb lange so im Staub liegen. So fand sie der Abendwind. In seinem tröstenden Wispern ertönte die Stimme der alten Frau, nur war sie diesmal kräftig und voll tönend:

„Steh auf, mein Kind! Geh in deine Kammer und sieh dir die Truhe genau an. Sie kann dir helfen."

Verwirrt hatte Margarita den Kopf gehoben und gelauscht. Sie hatte die Stimme erkannt und doch klang sie anders. Das war ganz sicher nicht die Stimme einer alten Frau. Aber sie folgte der Anweisung und ging ins Haus. Sie zog die Truhe aus der Ecke, in der sie stand, und schob sie in die Mitte des Raumes. Dann nahm sie sich viel Zeit und betrachtete aufmerksam die Schnitzereien, die sich wie ein Band um den Holzkörper wanden. Die Bilder schienen wie aus einer längst vergangenen Zeit und erzählten eine Geschichte von einer reichen und glücklichen Familie. Aber dieses Glück wurde ihnen geneidet und von einem hinterlistigen Zauberer genommen. Die unermesslichen Schätze verschloss er in den Bergen und Felsen rund um das Schloss. Die Königin verzauberte er in eine ewig alte Frau und den Sohn der Königin sperrte er in einen goldfarbenen Kristall und versenkte ihn im Meer. Hier an dieser Stelle endeten die Bilder. Das Mädchen lief nochmals um die Truhe herum. Das konnte, nein, durfte nicht alles sein. Ihr Blick fiel auf den Deckel der Truhe. Doch da war nur ein großes Schiff zu sehen. Schon wollte sie aufgeben als ihr eine Idee kam. Der Boden war noch eine Möglichkeit. Sie wuchtete die Truhe auf die Seite. Doch welche Enttäuschung! Der Boden war glatt, ohne ein Bild, nicht der kleinste Hinweis war zu sehen.

Margarita wollte die Truhe zurück drehen und änderte ihre Körperhaltung ein wenig. Was war das?

Spielte ihr ihr Unterbewusstsein schon einen Streich? Aber da blitzte es wieder. Die Sonne schien durch das Fenster und die Strahlen wurden durch irgendetwas reflektiert. Sorgsam untersuchte das Mädchen die Stelle. Und sie fand einen winzigen Splitter. Was es war konnte sie nicht erkennen. Vorsichtig pulte sie ihn aus dem winzigen Riss in der Holzplatte. Sie legte ihn in ihre Hand und ließ die Sonnenstrahlen darauf tanzen. Aber plötzlich begann der Splitter zu glühen und fing an zu wachsen. Es war auch kein Splitter. Das glänzende Etwas war oval und wurde etwa so groß wie ein Wachtelei. Goldfarben lag es in der Hand des Mädchens und fühlte sich warm an. Und dann erschien auf einmal ein Gesicht im Stein. Das Antlitz gehörte einem jungen Mann. Die Züge waren markant, aber er wirkte traurig.

„Das muss der Junge aus der Bildergeschichte sein", dachte das Mädchen.

Dann sprang sie vor Überraschung auf die Füße.

„Das ist der Prinz!"

„Und mein Sohn."

Vor Margarita erschien schemenhaft die Gestalt einer groß gewachsenen schönen Frau. Überrascht wich das Mädchen einen Schritt zurück. Der Schemen streckte den Arm nach ihr aus.

„Hab keine Angst, Margarita. Du wirst mich nicht erkennen."

„Vielleicht nicht. Aber du siehst aus wie die Königin auf den Bildern und ich erkenne deine Stimme. Doch als wir uns trafen warst du eine alte Frau."

„So erscheine ich allen. Du kannst mich jetzt in meiner richtigen Gestalt sehen, weil du den Stein gefunden hast."

„So ist alles wahr was auf der Truhe abgebildet ist?"

„Ja, alles ist so geschehen."

„Kann euch geholfen werden? Kann ich helfen? Gibt es einen Grund, dass du zu mir gekommen bist?"

„Helfen kann uns nur ein liebendes Herz, das ohne Hass und Gier ist. Trotz der Dinge, die du schon erlebt hast in deinem jungen Leben bist du aufgeschlossen und liebevoll geblieben und hilfsbereit. Einmal in hundert Jahren darf ich an die Oberfläche kommen, denn auch ich bin in den Berg verbannt. Ich habe einen Tag Zeit, ein unschuldiges Herz zu finden. Beobachtet habe ich dich schon lange. Aber wie du selbst erlebt hast, ist es nicht einfach. Der schwarze Natternkönig tut alles, um unsere Befreiung zu verhindern."

„Wer bist du?"

„Ich bin die Königin der Wünsche."

„Hast du mir deshalb die Palmenkerne geschenkt?"

„Da du mit niemandem über deine Wünsche sprechen konntest, musste ich einen anderen Weg finden, sie in Erfahrung zu bringen."

Das erste Mal sah Margarita ein Lächeln auf dem Gesicht der Königin.

„Aber warum gerade zwölf?"

„Zwölf ist die Einheit. Es sind zwölf Stunden, die gerechnet werden, zwölf Monate hat ein Jahr.

Erinnere dich! Oftmals geht es in den Märchen die du kennst um die Zahl Zwölf – zwölf Schwestern oder Brüder oder Aufgaben, die zu lösen sind. Deshalb muss ich der Person meiner Wahl ebenfalls zwölf Wünsche erfüllen. Und dabei musst du unschuldig und bescheiden bleiben.

Daran bin ich leider schon oft gescheitert."

„Warum denn?"

„Weil viele Menschen sich verändern, wenn sie plötzlich alles bekommen, was sie sich je erträumt haben. Sie verlieren dabei die Demut und werden gierig."

„Ist der Natternkönig das auch, gierig?"

„Nicht nur das. Er will auch die Macht an sich reißen. Die Wunscherfüllung hält das Glück auf der Erde und macht die Welt hell und freundlich. Aber die Natter liebt das böse Dunkel und will keine glücklichen Menschen sehen."

„Was ist mit den Palmen?"

„In denen steckt meine Zauberkraft und die kann er auch gegen mich verwenden. Aber dazu benötigt er Hilfe und deshalb können wir ihn finden."

„Wessen Hilfe und wie finden wir ihn?"

„Du willst mir also helfen?"

„Aber ja, ja natürlich. Deine Palmen haben mein Herz geheilt und ich liebe sie und dich für deine Gabe. Was ist mit deinem Sohn, Königin?"

„Erst müssen die Palmen sicher zurück in ihren Heimatgarten. Dann kümmern wir uns um meinen Sohn."

Die Königin machte eine Pause und sah Margarita forschend an.

„Eins musst du noch wissen, mein liebes Kind. Wenn du mir helfen willst, können wir deine Wünsche als Unterstützung benutzen. Aber sie sind dann für dich verloren."

„Was nutzen mir erfüllte Wünsche, wenn sie mit eurer Freiheit erkauft sind. Und außerdem gäbe es die Erfüllung ohne dich doch gar nicht!"

Das Mädchen hatte sich richtig ereifert bei ihren letzten Worten. Die Königin blickte sie voller Liebe und Dankbarkeit an. Sie ergriff die Hand des Mädchens und schaute in die Augen ihres Sohnes.

„Diesmal könnten wie es schaffen, mein Herz!"

Sie schloss die Finger der Mädchenhand fest um den goldenen Stein.

„Pass gut auf ihn auf, er darf nicht verloren gehen."

„Das tue ich, versprochen."

Die Wärme, die der Stein in der Hand des Mädchens verursachte, weitete sich aus und zog bis zu ihrem Herzen. Sie liebte den Prinzen bereits, ohne einen Grund nennen zu können. Aber braucht Liebe einen Grund?

„Mein Kind. Ich kann dir raten, aber eigentlich musst du diese Aufgabe allein lösen. Wann immer du mich brauchst, nimm den Stein zur Hand. Sei auf der Hut bei allem was du von jetzt an tust und fang mit der Truhe an."

Bei diesen Worten begann das Bild der Königin zu verblassen und verschwand dann völlig.

Margarita sann über die letzten Worte der Königin nach. Was sollte sie mit der schweren Truhe anfangen?

Am besten wird es sein, ich mache sie einfach mal komplett leer. Vielleicht fällt mir dann etwas ein.

Gesagt, getan. Schnell waren alle Kleider aus der Truhe genommen. Als sie das letzte Teil heraus nahm, erstarrte sie mitten in der Bewegung. Der Boden der Truhe war innen mit geschnitzten Bildern bedeckt. Sollte hier die Antwort liegen wie sie die Königin befreien konnte?

Da war die Truhe selbst abgebildet. Sie war eindeutig zu erkennen. Aber sie war nur noch zur Hälfte eine Truhe. Die andere Hälfte war ein Schiff mit großen weißen Segeln. Margarita erinnerte sich an einen ihrer Blumentöpfe. Sie hatte ein solches Schiff gemalt, weil sie gern einmal übers Meer fahren wollte. Also hatte sie hier einen

Traum, den sie verwirklichen konnte und würde darüber helfen. Aber wohin sollte sie reisen? Mal sehen, was die Bilder verrieten.

Der Bug des Schiffes zeigte auf einen steilen Felsen im tosenden Meer. Wenn sie genau hin sah, konnte man glauben auf der Spitze einen Baum zu sehen. Das musste ihr Ziel sein. Aber wie kam sie dahin?

Margarita begann müde zu werden. Sie schloss den Deckel der Truhe. Für heute sollte es genug sein. Das auf dem Deckel abgebildete Schiff war dasselbe wie auf dem Boden. Doch halt! Hier oben war der Sternenhimmel dazu abgebildet. Das Mädchen erkannte die Sternenbilder, ihr Vater hatte ihr das beigebracht. Sie sah es ganz deutlich – die Schlange wies den Weg.

Müde legte sie sich schlafen. Doch der neue Morgen fand sie schon geschäftig. Sie hatte bereits den Picknickkorb gepackt und suchte nun die wenigen Dinge zusammen, die sie mitnehmen wollte. Den goldenen Stein hatte sie in einem kleinen selbst genähten Beutelchen, das sie um den Hals trug. So wie sie die Truhe nach Hause gebracht hatte, so kam sie wieder an den Strand. Das Seil versteckte Margarita unter einem großen Stein. Die Morgensonne stieg über den Horizont und das goldene Licht ähnelte dem des Steines, den sie am Herzen trug. Als das Sonnenlicht auf das Wasser traf bildete sich eine Welle, die größer wurde, je näher sie dem Strand kam. Sie erreichte die Truhe, schwappte über sie hinweg und wuchs weiter. Margarita war ein Stück zurück gewichen, nicht aus Angst, nass zu werden. Sie wollte es sehen, wenn es etwas zu sehen gab. Die Welle wich langsam und zog sich in Richtung Meer zurück. Erst war nur eine Mastspitze zu sehen, dann der ganze Mast und schließlich schaukelte am Strand ein wunderschönes elegantes Segelschiff. Margarita jubelte.

Aber wer sollte es steuern und takeln? Sie griff nach dem Stein unter ihrer Bluse. Der Wind umsäuselte sie und im Säuseln erkannte sie die Stimme:

„Geh nur, steig ein. Mein Freund der Wind wird dein Helfer sein."
Voll Vertrauen bestieg das Mädchen das stolze Schiff.
„Sag dem Wind wohin es geht!"
Margarita war oft mit ihrem Vater auf dem Meer unterwegs gewesen. Er hatte ihr die Grundzüge der Navigation beigebracht. An Hand der auf dem Truhendeckel vorhandenen Sternzeichen wusste sie die ungefähre Richtung in die sie segeln musste,
„Wind, lieber Wind! Wir müssen nach Norden!"
Der so Gerufene blähte die Segel und trieb das Schiff in die gewünschte Richtung.

Je mehr sie nach Norden kamen umso stürmischer wurde das Meer, umso dunkler das Licht. Margarita wusste bald nicht mehr wie lange sie schon unterwegs waren – sie, das Schiff und der Wind. Sie stand am Bug des Schiffes und versuchte die Sternzeichen zu erkennen. Die schwarzen Wolken am Himmel taten alles, um das zu verhindern.

Die nächste Bö blies dem Mädchen ihren eisigen Atem ins Gesicht. Margarita blinzelte in den dunklen Abgrund des Himmels und sah einen Schatten auf sich zu kommen. Dann prallte etwas auf das Deck. Ein leises Fiepen war zu hören und Flügelschlagen. Das Mädchen eilte an die Stelle und fand eine Möwe. Das Tier war offensichtlich verletzt. Behutsam nahm das Mädchen den Vogel zwischen ihre Hände. Die Möwe schien zu spüren, dass ihr keine Gefahr drohte. Sie drückte sich in die warme Kuhle der Mädchenhände.

Margarita brachte den Vogel unter Deck. Die kurze Untersuchung ergab, dass das Tier nicht verletzt war, nur erschöpft durch das Fliegen im Sturm. Die Möwe bekam Brotkrumen und etwas Wasser in einem kleinen Schälchen. Dann putzte sie sich das Schnäbelchen, steckte den Kopf unter den Flügel und schlief zufrieden ein. Vorher hatte sie ein paar Mal mit dem Kopf genickt, so als wollte sie sich für die Pflege und das Futter bedanken.

In der nächsten Nacht erwachte Margarita weil das Schiff an Fahrt verlor. Sie eilte an Deck. Ihr Gefühl hatte sie nicht getrogen. Im Singen des Windes erklang die Stimme der Königin:
„Du bist am Ziel deiner Reise angekommen. Vergiss nicht, du musst vorsichtig sein. Du bist nun im Reich des schwarzen Königs angekommen und er kann in seinem Reich alles sehen, vor allem das Glück kann sich nicht verbergen. Schon ein Lächeln verrät dich."
Die Nacht hier im Reich der Natter war vollkommen klar, als dürfe nichts verborgen bleiben. Unwirklich nah erschien Margarita die Felseninsel, die sie schon in den Bildern der Truhe gesehen hatte. Aber nun im eisigen Mondlicht erkannte sie, dass das, was sie für einen Baum gehalten hatte, in Wirklichkeit ein spitz aufragender Felsen mit Auswüchsen war, die sich wie Äste in den Nachthimmel reckten.
Das Mädchen griff nach dem Stein, der an ihrem Herzen ruhte.
„Königin, was soll ich tun?"
Das Bild der Königin erschien vor ihr. Die Gestalt war in schwarze Gewänder gehüllt, Kopf und Gesicht durch einen nachtblauen Schleier verhüllt. So verschmolz sie fast mit der realen Nacht.
„Im Turm hat der Natternkönig seine Fenster, die ihm das Glück zeigen, wo immer es auftaucht.
Das sind keine richtigen Fenster aus Glas. Es sind vielmehr zwölf Laternen, deren Leuchtkraft sich vom Glück nährt."
„Was bedeutet das?"
„Das bedeutet, dass die Laternen anfangen zu leuchten, wenn irgendwo auf der Welt ein Glück erblüht. Je stärker es ist umso heller leuchtet die Laterne aus deren Richtung das Glück kommt. So kann der König sehen von wo es kommt und mit seinen Zaubern vernichten.
Siehst du die Felsenspitzen am Turm? Es sind zwölf, wenn du sie zählst und sie sind kreisförmig um die Spitze angeordnet."
Die Königin wies mit ihrem ausgestreckten Arm hinüber zur

Felseninsel.

„So bleibt ihm kein Winkel der Erde verborgen."

„Dann wird er mich aber auch sehen. Wie gelange ich in seine Burg und wie finde ich unsere Palmen und bringe sie zurück zu euch?"

In diesem Moment lies sich die Möwe auf der Reling des Schiffes nieder. Sie flog frei umher, blieb aber immer in der Nähe des Mädchens. Die Königin wies auf den Vogel.

„Sie kann dir helfen. Erinnert sie dich nicht an etwas?"

Margarita betrachtete grübelnd das Tier.

„Aber ja doch. Du spielst auf einen meiner Wünsche an, nicht wahr? Ich wollte wie eine Möwe fliegen können, frei im türkisblauen Morgen."

Mit großen Augen schaute Margarita die Königin an.

„Kannst du mir diesen Wunsch erfüllen?"

„Die Möwe wird dir helfen."

Die Königin schwenkte den Arm und murmelte einige Worte. Vor Margaritas Augen wuchs die Möwe. Sie wurde größer und immer größer. Sie wuchs bis sie die stattliche Größe eines Drachens hatte, so wie das Mädchen sie aus den Märchen kannte. Der Riesenvogel schaukelte auf dem Wasser neben dem Segler.

„Hier im Land gibt es so riesige Vögel. Da fällt weder sie auf noch du auf ihrem Rücken. So gelangst du ins Schloss. Ab hier hilft dir dein vierter Wunsch. Du hast dir vorgestellt wie es wäre, wenn du aus wundervollem Garn zauberhafte Kleider nähen könntest. Ist es nicht so, mein Kind?"

Margarita nickte nur stumm.

„Nun, ich glaubte in deinem Sinn zu handeln, als ich aus meinem Zaubergarn für dich einen Tarnmantel nähte. Er macht dich unsichtbar und so kannst du dich frei im Schloss bewegen. Die Palmen musst du suchen. Da weiß ich nicht genau, wo er sie untergebracht hat. Er muss warten bis nach der Blütezeit. Er braucht die neuen Kerne, um mit ihnen die Palmen vernichten zu können."

„Was mache ich, wenn ich die Bäume gefunden habe? Wie bringe ich sie da weg?"

„Das, mein Kind kann selbst ich dir nicht sagen. Nur bis zu diesem Moment kann ich helfen. Von nun an bist du auf dich allein gestellt. Ich wünsche dir alles Gute. Selbst das hierfür gebräuchliche Wort darf nicht ausgesprochen werden. Er würde es hören."

Die Gestalt der Königin verschwand und ließ Margarita mit der unheimlichen Nacht allein. Aus dem Dunkel schwebte ein federleichtes Gespinst herab. Margarita fing den Mantel auf. In der Kabine probierte sie ihn an und tatsächlich verschwand sie vor ihren Augen. Gut, die Königin hatte nicht zu viel versprochen. Der Zauber wirkte.

Entschlossen packte das Mädchen ihre wenigen Sachen zusammen. Nun war sie so weit gekommen. Was sollte sie jetzt noch zögern, alles andere würde die Zukunft zeigen. Sie nahm ihr Bündel, ging an Deck und schwang sich auf den Rücken der wartenden Möwe. Und nur Sekunden später waren sie in der Luft, in Richtung des schwarzen Schlosses. Margarita schmiegte sich an das Federkleid des Vogels und sie genoss den Flug, auch wenn sie ihn nicht aus Freude unternahm. Schnell kamen die schwarzen Felsen näher. Margarita erinnerte sich an ihre Aufgabe. Ängstlich schaute sie zu den Turmspitzen, wo die Laternen standen. Fest verschloss sie die Freude über den Flug in ihrem Herzen. Die Laternen blieben dunkel.

Vorsichtig umkreiste sie die Festung einmal mit dem Vogel. In der Nähe einer der Spitzen fand sie ein natürliches Plateau. Hier ließ sie die Möwe landen und entsandte sie wieder in die Nacht, nachdem sie abgestiegen war.

Im tonlosen Dunkel sah sie am Ende des Plateaus eine Tür. Sie schlich sich hinüber, blieb stehen und lauschte in die Nacht. Es war nichts zu hören, nicht einmal ein Windhauch war zu spüren. Margarita nahm all ihren Mut zusammen und drückte die Klinke herunter. Dann schob sie die Tür auf. Das leise Quietschen der

Scharniere ließ sie zusammen zucken. Sie erstarrte. Lauschte. Nichts! Kein weiterer Laut erreichte ihre Ohren. Sie öffnete die Tür ganz und spähte in das Dunkel dahinter. Die Treppe begann unmittelbar hinter der Tür. Stufe für Stufe arbeitete sich Margarita nach unten.

Nach endlos vielen mühevollen Schritten weitete sich der Turm in einen Raum. Das Mädchen entdeckte die nächste Tür. Gerade als sie diese öffnen wollte, glaubte sie, ein Geräusch zu hören. Sie öffnete die Tür einen Spalt und wurde fast zu Stein. Sie hielt die Luft an. Vor ihr lag der Mittelturm. In diesem Raum wuselten winzige Gnome herum. Es waren wenigstens acht oder zehn. Der Anblick erfreute sie aber dann doch ein wenig. Zwischen diesen kleinen Gestalten standen ihre Palmen. Und die Gnome schienen mit der Pflege betraut zu sein. Ein Lächeln erwachte auf ihrem Gesicht. Plötzlich war ein spitzer kurzer Aufschrei zu hören:

„Ein Licht! Die Laterne im Süd-Süd-West-Turm glimmt!"

Die Gnome schreckten aus ihren Tätigkeiten auf, ließen was immer sie gerade in den Händen hatten fallen und eilten davon. Nur einige wenige blieben wahrscheinlich als Wache zurück.

Margarita schlug sich auf den Mund. Aber die Königin hatte die Wahrheit gesagt. Die Laternen fanden das allerkleinste Glück und also sogar ein dünnes Lächeln. Nun wusste sie wie vorsichtig sie sein musste, um sich nicht zu gefährden.

Sie wollte den Gnomen hinterher und warf sich den Mantel um. Keinen Augenblick zu spät. So mit ihren Gedanken beschäftigt, hatte sie nicht auf ihre Umgebung geachtet. In dem Moment, in dem sie durch den Mantel verschwand, erschien auf der anderen Seite des Raumes der Herr des Schlosses.

Das Mädchen stutzte. Hatte sie diesen Mann nicht schon einmal gesehen? Vielleicht war er anders gekleidet, aber in dieses spitze verschlagene Gesicht hatte sie schon mal geschaut.

Aber zum Nachdenken war keine Zeit.

Der Herr des Hauses schaute unwirsch drein.

„Was gibt es?"

Die ausgeschwärmten kleinen Männer kehrten bereits zurück.

„Eine Laterne hat aufgeleuchtet."

„Ganz kurz nur…"

„Es war nur ein Glimmen, Herr, eine Viertel Sekunde. Jetzt ist alles wieder dunkel."

Die Gnome hielten die Köpfe gesenkt und eilten wieder zu den Palmen. Sie erwarteten das herrschaftliche Donnerwetter. Das blieb aber heute aus. Der Herr hatte Wichtigeres zu tun.

Er wandte sich den Palmen zu und kontrollierte die Blütenstände. An der ihm am nächste stehenden Pflanze schob er einen der Gnome beiseite und begutachtete selbst die harten Beeren.

„Wie lange noch, ihr verwachsenen Gestalten?"

„Einige Tage müsst Ihr Euch noch gedulden, Herr."

Der Schlossherr packte den Sprecher am Hals und hob ihn unsanft in Augenhöhe.

„Ich habe keine Tage! Lasst euch gefälligst etwas einfallen, ihr unnützes Pack. Sonst lasse ich mir für euch was einfallen!"

Der Spitzgesichtige hatte sich in Rage geredet und dabei verfiel sein Sprechen eher wieder in ein Zischen.

Er schleuderte sein Opfer in hohem Bogen schräg hinter sich. Der Arme flog genau in Margaritas Richtung. Die wich einen Schritt zurück – aber sie war nicht schnell genug. In dem Moment, wo sie den Fuß rückwärts setzte, landete der fliegende Gnom unsanft auf dem Boden vor ihr. Er landete auf dem nachwehenden Zipfel des unsichtbar machenden Mantels. Die gegenläufigen Bewegungen von Mädchen und Mantel rissen Margarita diesen vom Kopf. Erschrocken hielt sie sich die Hand vor den Mund um nicht laut aufzuschreien. Sie blickte dem auf dem Boden liegenden Zwerg direkt in die überrascht blickenden Augen. Aber sie fasste sich sofort, zog den

Mantel unter ihm hervor und warf ihn wieder um. Keine Sekunde zu spät! Der Herr des Schlosses drehte sich nach seinem bestraften Untertanen um. Irgendetwas hatte die Aufmerksamkeit der anderen Gnome erweckt. Sie waren in ihren Bewegungen erstarrt. Ihre Blicke gingen an ihm vorbei nach hinten.

„Was gibt es? Habt ihr noch keinen Fliegenden von Eures Gleichen gesehen?"

Ein hässliches Grinsen verzerrte seine spitzen Züge zu einer grotesken Maske.

Der abgeurteilte Gnom erhob sich langsam und schaute dabei genau wo er hin trat. Er ordnete seine Kleidung und antwortete dann seinem Herrn: „Ich werde mich sofort um die Palmen kümmern. Wir werden es mit einem Schnellwachstrunk versuchen, Herr."

Er blickte sich in der Runde seiner Kollegen um, winkte dann drei zu sich und wandte sich zum Gehen. Die drei folgten ihm. Die restlichen Zwerge vertieften sich wieder in ihre Arbeiten. Der Schlossherr war so mit seinen Gedanken beschäftigt, dass er die verschwörerischen Blicke, die zwischen den kleinen Männern hin und her flogen, nicht wahr nahm.

Margarita entschloss sich, den Vieren erst mal zu folgen, die den Mittelsaal verließen.

Die Vier liefen wortlos die Wendeltreppe hinunter in den Keller. Hier öffnete er eine der Türen, ließ die anderen drei an sich vorbei und blieb noch stehen. Er machte eine einladende Handbewegung in Richtung des Ganges. Die drei anderen schauten ihn leicht irritiert an. Nach einer weiteren halben Minute trat er ebenfalls in das kleine Labor und schloss die Tür hinter sich.

Er sprach in die Luft: "Du kannst den Mantel jetzt ablegen."

Margarita folgte der Aufforderung.

„Warum habt ihr mich nicht verraten?"

„Warum sollten wir? Nur weil der Natternkönig unser Herr ist, heißt das nicht, dass wir auch so schlechte Gesellen sind."

Ein wenig war das Mädchen nun doch erschrocken. Das war also der Feind der Königin.

„Seid ihr schon lange seine Diener?"

„Seine Gefangenen trifft es wohl eher. Er hat unsere Laternen verzaubert und uns damit unserer Kraft beraubt."

„Eure Laternen?"

„Ja. Die Laternen, die ursprünglich einmal die Freude in die Welt gestrahlt haben, warnen ihn nun davor.

Aber nun zu dir. Was willst du hier in unserer traurigen Festung?"

„Ich brauche die Palmen. Für die Königin."

Die drei ersten Gnome schlugen sich vor Überraschung die Hand vor den Mund. Ihr Sprecher schien weniger überrascht.

„Das habe ich mir fast gedacht. Sonst wärst du wahrscheinlich nicht so weit gekommen. Und als Freund des Königs hättest du dich nicht verbergen müssen."

Er wandte sich an die drei anderen: „Ihr braut einen Rückwärtstrank. Los, los! Wir haben keine Zeit mehr. Der Herr wird uns schon bald vermissen."

Die die wuselten davon und sammelten sonderbare Pflanzen von den Raum hohen Regalen, die sie dann zerkleinerten und in verschiedene Glasphiolen gaben. Die ordneten sie dann in unterschiedlichen Höhen an einem Gestänge an, verbanden sie mit Glasröhrchen und zündeten unter dem ersten einen Kolben an.

Margarita hatte interessiert zugesehen.

„Warum braut ihr einen Rückwärtstrank und was ist das? Es sollte doch ein Schnellwachstrank werden?"

„Nun, Mädchen. Ich glaube dir. Und wir wollen doch nicht, dass die Natter die neuen Samen der Palmen bekommt. Wir lassen sie also rückwärts wachsen. Da der König bestimmt in der Welt noch mal nach dem Rechten schaut und jeder Trank eine Einwirkzeit hat, wird er den Unterschied zu spät bemerken."

Die drei Braumeister unterbrachen das Gespräch.

„Wir sind so weit."

„Gut. Dann beginnen wir."

Er schaute Margarita tief in die Augen.

„Wir vertrauen dir und bauen auf deine Hilfe. Wir müssen wissen, wie wir den Fluch umkehren können."

„Das weiß ich auch noch nicht, aber ich werde euch helfen!"

Das Mädchen zog sich wieder den Mantel über. Der erste Gnom öffnete die Tür und sie eilten zurück in den Mittelsaal.

Der Natternkönig war schon sehr ungehalten.

„Warum hat das so lange gedauert? Ihr wisst genau, dass ich noch etwas vorhabe!"

„Entschuldigt, Herr. Ich hatte nicht damit gerechnet, dass Ihr wartet. Ich glaubte, Euch gesagt zu haben, dass der Trank einige Zeit braucht, bis seine Wirkung einsetzt."

Wütend wie Skylla und Charybdis zogen sich die Augenbrauen des Königs zusammen. Ehe es zu einem weiteren Ausbruch des Herrschers kommen konnte, begannen die Gnome mit dem Verteilen des Zaubertrankes auf die Palmen.

Der Natternkönig beruhigte sich.

„Gut. Ihr beobachtet die Palmen. Lasst sie ja nicht aus den Augen, ihr Nichtsnutze! Ich bin gegen Mittag zurück."

Mit diesen Worten schlang er seinen schwarzen Mantel um seine dürre Gestalt, drehte sich im Kreis und verschwand vor ihren Augen.

„So, Mädchen! Der Trank ist verteilt. Nun liegt es an dir, uns zu helfen."

Margarita drehte sich zu einem der winzigen Fensteröffnungen. Sie umfasste den goldfarbenen Stein und dachte an die Königin.

„Ach, wenn sie mir nur helfen könnte!"

Der Gedanke war noch nicht einmal durch das Fensterchen geflogen, als Margarita die sanfte königliche Stimme in ihrem Kopf vernahm.

„Tapferes Mädchen! Aber diesmal kannst du dir selbst helfen. Denk an deine Wünsche!"

84

Margarita begann zu überlegen. Was konnte die Königin wohl meinen?"

Sie erfüllte die Wünsche der Menschen, also wenn sie frei war. Jetzt konnte sie ihre, Margaritas, Wünsche zur Hilfe einsetzen. Welchen ihrer Wünsche konnte sie denn nur benutzen? Nach wenigen weiteren Sekunden des Überlegens fiel es ihr ein.

„Königin! Ich möchte nicht mir, sondern den Gnomen einen Wunsch erfüllen."

„Du bist wirklich ein kluges Kind. Wenn du jemandem einen Wunsch erfüllen möchtest, dann verstärken sich meine Kräfte um deine und so lässt sich sogar ein Fluch auflösen.

Ängstlich fragte das Mädchen: „Hätte ich diesen nicht dann für deinen Sohn aufbewahren müssen?"

„Keine Sorge. Aber dafür sind deine Wünsche nicht stark genug."

„Aber wie befreien wir ihn dann?"

„Später, mein Kind. Erst brauchen wir die Palmen und helfen den Gnomen."

Die Stimme verschwand und Margarita bemerkte, dass die kleinen Männer unruhig wurden.

Einer von ihnen kam zu ihr, ergriff ihre Hand und zog sie mit sich.

„Es geht los, schau hin!"

Und tatsächlich! Erst nur ganz langsam, dann schneller werdend, wurden die Blätter der Palmen kleiner und kleiner, bildeten sich zurück, bis sie ganz verschwanden. Stück für Stück, also Blatt für Blatt und Stammteil für Stammteil wurden die Pflanzen kleiner und verschwanden endlich in der Erde. Die Gnome durchsuchten vorsichtig die Erde und brachten nach und nach zwölf Kerne zum Vorschein. Margarita konnte nicht anders. Ein Jubelschrei stieg zum Himmel.

Sie erschrak und der erste Gnom bestätigte ihre Befürchtung.

„Das bringt den Natternkönig schneller zu uns zurück."

Schon lag ein zischendes Rauschen in der Luft.

„Er steht mit den Laternen irgendwie in Verbindung. Schnell, wohin mit den Kernen? Er darf sie nicht bekommen!"

Margarita wusste, sie musste handeln, auch auf die Gefahr in, dass der König sie sah.

Sie nahm die zwölf Kerne entgegen, lief die Turmstufen empor, die vordem die Gnome zu den Laternen genommen hatten und rief laut nach der Möwe. Wie von Zauberhand gebracht, erschien der Vogel.

„Nimm die Kerne in den Schnabel. Bewahre sie und versteck dich gut. Flieg! Flieg!"

Kaum war der Vogel in einer dunklen vorüber ziehenden Wolke verschwunden, als der König neben Margarita erschien.

„Du bist das! Ich hätte nicht nur die Palmen mitnehmen sollen. Da habe ich dich glatt unterschätzt.

Nun bin ich wohl gerade noch rechtzeitig gekommen. Gleich halte ich die neuen Samen deiner Palmen in den Händen und dann kann ich deine Königin vernichten!"

Grob packte er Margarita an der Schulter und zog sie auf dem Weg nach unten hinter sich her.

Aber wie groß war sein Erstaunen, als sie im Mittelsaal ankamen. Er begann zu brüllen, was mit seiner hohen Stimme eher wie das Quietschen eines alten Scharniers klang. Er zog sich seinen Spitzhut vom Kopf und raufte sich seine wenigen Haare , die da noch ihr trauriges Dasein pflegten.

Zu den Gnomen gewandt, schrie er: "Ich verzaubere euch in Steinfiguren. Dann muss ich mich nicht mehr über euch ärgern!"

Fluchbereit hob er den freien Arm. Ängstlich wichen die kleinen Männer vor ihm zurück. Ihre Blicke suchten die Augen von Margarita, die im selben Moment die Stimme der Königin hörte:

„Dein Wunsch. Sprich ihn aus!"

Margarita richtete sich in der Umklammerung des Zauberers auf.

„Ich möchte den Gnomen einen Wunsch erfüllen. Die Laternen sollen wieder das Licht der Freude verbreiten!"

Der Natternkönig wand sich voll körperlichem Schmerz.

„Das wirst du mir büßen, du ungehorsame Tochter eines Nichtsnutzes!"

Plötzlich erklang ein leises Grollen, gefolgt von zwölf Knallgeräuschen, wie von Kanonenkugeln.

Beim ersten Knall waren noch alle zusammen gezuckt. Mit jedem weiteren Knall richteten sich die Gnome weiter auf. Sie zählten nun laut mit und mit jeder Zahl wuchsen sie in die Höhe. Als der letzte Knall verklungen war, standen zwölf stattliche junge Männer vor dem König und dem staunenden Mädchen.

Aber es blieb keine Zeit für Fragen oder Erklärungen. Der schwarze König umhüllte sich und das Mädchen und im nächsten Augenblick waren beide aus dem Saal verschwunden.

Margarita fand sich in einer schwarzen Wolke wieder, die rasend schnell über den Himmel zog.

Sie spürte den Natternkönig und seine feste Umklammerung. Aber sie hatte keine Angst mehr vor ihm. Sie hatte gerade gesehen, was ein Wunsch von ihr auslösen konnte. Sie schaute nach unten auf das öde Land rund um das Laternenschloss. Sie dachte an die blühenden Gärten, die sie sich gewünscht hatte bei ihren Palmen mit den bunten Blumentöpfen. Sie rief es laut hinaus in den Himmel. Die Natter in Menschengestalt zischte böse und aus den Augenwinkeln sah sie, wie Licht aus den Wolken brach und unter ihr alles mit Farbe und Leben überzogen wurde.

Ihr Herz jubelte. Wenn auch nur für wenige Sekunden.

Der Natternkönig erstickte ihre Freude in seiner dunklen Umarmung.

„Denk nicht, dass ihr mich schon besiegt habt, du und deine Wunschkönigin. Meine Zauber sind stark!"

Sie landeten an einem lichtlosen schwarzen Felsen, umgeben von schwarzem Geröll und schwarzem Wasser. Selbst die Schaumkronen der Wellen waren schwarz wie eine stürmische Nacht ohne einen einzigen Stern.

Ohne eine Warnung löste der Natternkönig seine Umklammerung. Margarita stolperte und fiel hin. So dicht mit dem Gesicht am Erdboden hörte das Mädchen das Zischen unzähliger Schlangen und beim vorsichtigen Aufrichten konnte sie die schlängelnden Schatten auch sehen. Ihr Vater hatte ihr beigebracht jedes Lebewesen zu achten. So versuchte das Mädchen beim Aufstehen keine der umher wuselnden Schlangen zu treten. Das bemerkten die Tiere, aber auch ihrem Herrscher blieb das nicht verborgen.

„Hast du keine Angst vor ihnen?"

„Doch, schon. Aber deswegen muss ich sie nicht vorsätzlich missachten oder verletzen."

„Na, mal sehen, wie lange dein gutes Herz durchhält."

Er wollte das Mädchen brechen, um jeden Preis. Er zog sich in eine der vielen Höhlen dieses Felsens zurück und überließ das Mädchen der kalten Nacht. Fliehen konnte sie nicht. Ein Zauber umgab das finstere Eiland wie eine unsichtbare Wand. Margarita kauerte sich hinter einem Felsvorsprung zusammen und schlief trotz Kälte und Angst ein.

Der König weckte sie laut und nicht sehr freundlich.

„Steh auf, du Gör! Zeit für den letzten Schlag gegen deine Königin!"

Er drehte sich zum Gehen und winkte dem Mädchen mit seinen langen knochigen Fingern, ihr zu folgen.

Es ging ein wenig bergauf auf einem schmalen Pfad, der aussah wie ein achtlos auf den Boden geworfener Strick. An seinem Ende sah man das graue, trostlose Meer unter einem eisgrauen Himmel. Der König blieb unvermittelt stehen. Margarita lugte hinter ihm hervor. Sie erblickte eine große, nicht ganz runde, glänzende Scheibe.

„Was ist das?"

„Sieh nur hinein, Schätzchen. Es wird dir gefallen."

Böse kichernd trat er bei Seite, um das Mädchen vorbei zu lassen.

Wenige Schritte nur, dann stand Margarita vor der Scheibe und sah hinein. Ihrem Mund entwich ein kleiner Schrei der Überraschung. Er entflog in den ungastlichen Tag wie ein ängstliches Vöglein.

„Nun, habe ich dir zu viel versprochen?"

Die Laune des Natternkönigs besserte sich mit jeder Sekunde der Trauer, die Margarita beim Anblick des Prinzen empfand.

„Du siehst, mir bleibt nichts verborgen. Ich kann sogar bis zum Grund des tiefsten Meeres schauen."

Der Alte rieb sich vergnügt die Hände.

„Nun werde ich deine Königin vernichten! Ihr wird nicht mehr danach sein, den Menschen sinnlose Wünsche zu erfüllen, wenn es ihren Sohn nicht mehr gibt!"

Seine Stimme war angeschwollen, laut und kräftig wie eine Sturmflut, die mit Freude Bäume entwurzelt und den Menschen ihr Land raubt.

Er schob das entsetzte Mädchen vom Spiegel fort, stellte sich davor und hob die Arme dem kalten Himmel entgegen. Sein Zauberspruch hallte über die Felsen, die sich scheinbar unter den gewaltigen Worten weg zu ducken schienen.

Margarita erwachte aus ihrer Starre. Mit aller Kraft warf sie sich gegen den schwarzen Mann und dann über den Spiegel.

„Nein! Er wird nicht sterben. Er wird leben! Er wird weiter leben!"

Ohnmächtig lauschte der Natternkönig den Worten des mutigen Mädchens.

Aus dem Grau des Himmels erklang plötzlich die klare Stimme der Königin.

„So sei es!"

Vor dem Mann und dem Mädchen manifestierte sich die hohe und stolze Gestalt der Königin.

Aber der Natternkönig fing sich schnell.

„Gut, gut. Dieser so unnütze Wunsch behindert meinen Spruch."

Wieso unnütz?"

„Meinst du denn, das ist ein lebenswertes Leben, eingeschlossen in einen kalten Stein?"

Der König war schon wieder guter Laune. Und das machte die Königin misstrauisch – nicht ohne Grund.

„Tja, Königin. Da hast du ja nach vielen Jahrhunderten eine treue Vassalin gefunden. Aber auch sie wird deinen Sohn nicht retten! Sie hat meinen Zauberspruch abgeschwächt, aber nicht aufgehoben. Nun verfüge ich, dass der Prinz nicht stirbt, aber für immer in den Tiefen des Meeres verschwindet!"

Margarita wandte sich dem Spiegel zu. Das durfte nicht geschehen. Ihr Herz schmerzte. Aber sie musste zusehen, wie der Stein mit dem Prinzen immer mehr verblasste – bis er verschwand.

Mit Tränen in den Augen drehte sie sich zur Königin.

„Wieso kann er das tun?"

„Er kann das tun, weil er sich auf seinem Zauberland befindet und seine Zauber da viel mehr Kraft besitzen als ein menschlicher Wunsch."

Die Trauer und der Schmerz der Königin waren fast körperlich zu spüren.

„Gibt es keine Rettung für deinen Sohn?"

„Ich fürchte, nein."

Der König frohlockte.

„Ich habe dich besiegt. Dein Schmerz besiegt dich. Er lässt deine Palmen verdorren und deine Lebenskraft versiegen."

Margarita traten die Tränen in die Augen.

„Nein, nein. Das darf nicht sein!"

„Es tut mir leid, mein Kind. Deine Aufopferung war umsonst. Ich habe dich um deine Wünsche gebracht."

„Die es ohne dich auch nicht gegeben hätte. Ich habe nichts verloren, meine Königin."

„Doch, Liebes. Dein Herz!"

„Wenn ich ihn am Leben weiß…"

„Aber du kannst ihn nicht sehen und weißt nicht, wo er ist, du dumme Trine!", mischte sich der Zauberer ein.

Das Mädchen dachte kurz nach.

„Was muss ich tun, damit ich das kann, giftige Majestät?"

„Du gibst wohl nie auf! Wie konnte ich das nicht gleich bemerken! Du liebst diesen im Stein Gefangenen. Du liebst ihn, obwohl du ihn nie berühren oder gar umarmen kannst."

Die Augen des Königs erstrahlten in tiefer, Boden loser Bosheit. Ihm war eine Idee gekommen.

„Du bist zwar ein völlig unnützes Ding, aber immerhin nett anzuschauen. Und meine geliebten Untertanen sehen das wahrscheinlich genauso. Außerdem hast du eine gute Erziehung. Also, hier ist mein Vorschlag: Du heiratest mich und im Gegenzug kannst du deinen Prinzen einmal in der Woche sehen. Retten kannst du ihn nicht mehr. Er befindet sich auf Zaubergestein und du hast ja sowieso niemanden mehr, der dir einen Wunsch erfüllt."

Margarita sah sich nach der Königin um. Die war in ihrer Trauer erstarrt.

„Sie wird mit der Zeit zu Stein erstarren, wenn sie ihren Sohn nicht sehen kann. Du kannst das verhindern, wenn deine Opferbereitschaft so weit gehen sollte."

Margarita überlegte nicht lange.

„Wenn ich ihn nur sehen kann, so will ich mich damit begnügen. Ein Leben ohne ihn ist ein Leben ohne Wärme und Licht. Gut denn, ich heirate dich unter dieser Bedingung. Aber führe mich nicht hinters Licht."

„Ich halte mein Versprechen. Ich beweise es dir. Schau in den Spiegel!"

Margarita folgte seinen Worten und erblickte wirklich im Spiegel das Antlitz ihres geliebten Prinzen.

„So lass uns nicht warten. Wir heiraten sofort."

Der Natternkönig zauberte ein wunderschönes Kleid aus natürlich schwarzer Spitze für Margarita, reich gedeckte Tische, Musik und alle seine Untertanen erschienen in Menschengestalt. Als Margarita ihn darauf ansprach, antwortete er, dass Menschen, die seine Dienste in Anspruch nahmen, sich in seinem Reich in schwarze Nattern verwandelten. Mit dem letzten Zauberspruch erschien ein großes Haus auf dem Felsenplateau über dem Spiegel. War es ganz aus schwarzem Stein, war es doch majestätisch und schön.

„Hier sollst du wohnen, immer mit dem Spiegel dein Versprechen vor Augen. Sieh, da kommt der Priester."

Er nahm Margarita am Arm und führte sie zum Altar aus ebenfalls glänzendem schwarzem Stein.

Der Priester machte es kurz und stellte schnell die alles entscheidende Frage. In Margaritas Antwort war kein Zögern, in ihrer Stimme kein Zittern. Laut und deutlich erklang ihr „Ja". Dabei waren alle ihre Gedanken und ihr Herz bei ihrem Prinzen, für den eigentlich dieses Wort gedacht war.

Nachdem Ihre Antwort verklungen war, geschah etwas Unfassbares!

Ein Aufschrei des Natternkönigs zog aller Blicke auf ihn.

Es brannte! Nein! Er brannte!

Die Flammen wurden immer höher und heller und verwandelten den gefürchteten Herrscher in ein Häufchen schwarzer Asche.

Ein frischer Wind erhob sich und trug die Asche mit sich fort.

Mit dem Wind kam das Licht. Es verschlang das Eiland in seiner gleißenden Helligkeit, vor der alle Anwesenden die Augen schlossen.

Als sie sie wieder öffneten, waren das Schloss, der Altar und alle schwarzen Steine verschwunden. An ihrer Stelle wogte grünes Gras um ihre Füße.

Was war passiert?

Margarita wollte nach der Königin sehen, aber die stand bereits neben ihr.

„Es ist unglaublich, was ihr Menschen vollbringen könnt. Euer Glaube und eure Gefühle haben wahrhaftig Zauberkraft."

„Was meinst du damit?"

„Nun, deine Liebe zu meinem Sohn war so stark, dass sie den Natternkönig verbrannt hat."

„Dann ist seine Herrschaft vorbei. Komm, lass uns nach dem Prinzen sehen."

Margarita raffte ihren Rock und lief zum Spiegel. Sie schaute hinein und sie sah – Nichts.

„Wo ist er? Ich kann den Prinzen nicht sehen!"

„Hast du vergessen, dass der König ihn versteckt hat. Du hast ihn zwar besiegt, hier. Aber über das Zaubergestein im Meer hast du keinen Einfluss, meine Liebe. Nur der König kannte diesen Platz und er hat dieses Geheimnis mit sich genommen."

Margarita konnte das nicht glauben. Es konnte nicht alles umsonst gewesen sein.

Sie beugte sich über den Spiegel. Dabei griff sie unbewusst nach ihrem Halsband. Der Bernsteinsplitter lag warm in ihrer Hand. Im Spiegel erschien das Bild des Prinzen. Erschrocken ließ das Mädchen den Stein los. Der Prinz verschwand. Konnte das sein? Sie umschloss den Stein fest mit ihren Fingern. Sofort erschien er wieder, der Prinz.

„Königin, seht doch! Ich kann ihn sehen! Ich sehe den Prinzen!"

Auch die Königin konnte ihren Sohn sehen.

„Wie machst du das?"

„Hier, mit meinem Halsband. Ich habe doch damals in der Truhe einen kleinen Splitter gefunden. Du hast gesagt, ich soll gut auf ihn aufpassen. Das geht am Besten, wenn ich ihn bei mir trage."

Margarita hielt den Stein fest. Der Prinz sollte nicht verschwinden. Sie überlegte.

„Frau Königin, wenn diese beiden Teile in Verbindung stehen, dann können wir deinen Sohn doch darüber finden!"

„Das Meer ist so riesig. Es gibt so viele Tiefen, Höhlen und Schluchten. Wie sollen wir ihn in diesem Labyrinth finden, ohne unsere Lebenszeit dafür zu verbrauchen?"

Habe ich denn noch freie Wünsche oder habe ich schon alle

aufgebraucht?"

„Du kluges Kind! Lass mich nachsehen."

Die Königin beschrieb einen Kreis in der Luft und sprach eine kurze Formel. Vor ihr erschien ein schwebendes Buch, in dem sie einige Zeit blätterte. Dann schlug sie erfreut die Hände zusammen.

„Du bist sehr sorgsam mit deinen Wünschen umgegangen. Neun deiner Wünsche hast du bisher benutzt, also bleiben noch drei."

Die Königin verstand die Frage in den großen Augen Margaritas.

„Es ist alles gut. Deine Möwe hat mir die Kerne gebracht und die Palmen stehen wieder in all ihrer Pracht in meinem Garten. Dort, in ihrer Heimaterde wachsen die Palmen in jeder Minute einen Meter. Sie haben also ihre volle Wunscherfüllungskraft wieder.

Wie lautet also dein Wunsch?"

„Ich möchte so schnell schwimmen wie das schnellste Meerestier und so tief tauchen wie es ein Tier oder Fisch nur kann. Der Stein wird mich leiten. So werde ich den Prinzen finden."

„Dein Wunsch wird dir erfüllt!"

Vor den Augen der staunenden Menge verwandelte sich das Mädchen in einen Delphin. Gleichzeitig erhob sich eine riesige Welle über den Felsvorsprung und der Delphin verschwand im Blau des Wassers. Der Stein lag um den Nacken des Tieres. Er glühte wie ein warmes Trost spendendes Licht in der Einsamkeit.

Aus dem Delphin wurde ein Wal, eine Krake….. eine Moräne und schließlich ein graues unansehnliches Geschöpf mit einem unförmigen Körper und trüben Augen. Margarita ließ jede neue Verwandlung geschehen und überließ sich dem Meer und dem Stein, der wie ein Magnet zu wirken schien und immer kräftiger vorwärts drängte. Sie hatte jede Orientierung verloren. Und sie fiel tiefer und tiefer. Es fehlte hier unten jedes Licht. Doch nein, was war das? Noch tiefer unter sich sah sie ein schwaches Leuchten. Und sie fiel diesem Licht entgegen. Ihr Herz schlug wie ein Trommelwirbel, gerade so, als wollte es den Prinzen grüßen.

Das Licht wuchs und wuchs, bis es plötzlich verschwand. Margarita hatte sich in irgendetwas verfangen. Sie drehte sich und versuchte, sich zu befreien. Aber ihre Bewegungen wurden immer mehr eingeschränkt.

„Da ist ja das Schätzchen!"

Ein uraltes Meerweib näherte sich dem Netz, in dem sich Margarita verfangen hatte.

Von den Meerweibern hatte der Vater oft erzählt. Sie hausen in den tiefsten Tiefen des Meeres und kennen kein Sonnenlicht. Sie hüten die Schätze, die sich in Jahrhunderten am Meeresboden sammeln und die ihnen von Sturm und leichtgläubigen Seeleuten gemacht werden. Sie haben schuppige, glänzende Haut, ein Fischmaul mit spitzen Zähnen und lebendes Haar aus Schwarzalgen. Ihre Augen sind trübe wie die der anderen Meeresbodenbewohner. So musste das Weib nahe an das Netz herantreten, um den Fisch zu betrachten, der Margarita war und den sie gefangen hatte. Margarita konnte die Schwimmhäute zwischen den knochigen Fingern des Meerweibes sehen, als diese das Netz zu sich heranzog.

„Du bist aber kein Fisch. Ich kann deine Seele sehen. Du bist ein Menschenkind. Wie kommst du hier her?"

„Lass mich erst aus deinem Netz."

„Na gut. Immerhin kann ich mal wieder mit jemandem sprechen. Die Menschen kommen normalerweise bereits stumm bei mir an."

Das Meerweib zerriss das Netz und winkte Margarita dann, ihr zu folgen.

Sie kamen in eine große Höhle. Margarita musste vor dem Glanz, der ihre Augen traf, diese schließen. Da funkelten Gold und Perlen, standen Truhen mit Kleidern und wertvollen Stoffen, goldenes Tafelgeschirr und Statuen aus Marmor und Stein.

Margarita erzählte ihre Geschichte und endete damit, dass sie den Stein schon glaubte, gesehen zu haben.

Das Meerweib hörte aufmerksam zu. Dann nickte sie zustimmend.

„Du hast Recht. Seit einigen Tagen glimmt im erloschenen Vulkan ein seltsames Licht. Das war vorher nicht da. Aber mach dir keine Hoffnungen. Da kommt niemand hin. Schon die kleinste Erschütterung des Bodens oder eine noch so winzige Bewegung eines Meeresbewohners bringt den Vulkan zum Ausbruch und vernichtet alles in seiner unmittelbaren Nähe. Und dein Stein schwebt in der Mitte des Kraters.

„Gibt es denn gar keine Hilfe?"

Das Meerweib schwieg eine lange Zeit.

„Wir Meerweiber können uns durch das Wasser bewegen, ohne dass eine Welle entsteht."

„Aber dann kannst du doch den Stein für mich holen. Bitte!"

„Ich sehe hier nur eine hässliche Unterwasserkreatur vor mir. Wie siehst du als Menschenkind aus?"

Margarita beschrieb sich, blieb aber auch dabei sehr bescheiden.

„Also ich denke, dass du ein schönes Mädchen bist mit deiner schlanken Gestalt, den langen braunen Haaren und deinem hübschen Gesicht. Schau mich an. Wer, glaubst du, will mich in seiner Nähe haben. Es gruseln sich sogar die Fische vor mir. Aber du kannst zaubern, oder? Mach mich schön und ich helfe dir. Ich muss für eine Bitte immer eine Gegenleistung fordern, sonst werde ich komplett zu einem Meerungeheuer."

„Aber ich kann nicht zaubern."

„Du bist doch aber hier und lebendig in einer Fischgestalt. Du zauberst, weil die Königin dir die Wünsche erfüllt."

Margarita musste ihr Recht geben. Sie hatte auch noch zwei Wünsche frei.

Sie griff nach ihrem Schmuckstück.

„Liebe Königin. Ich habe deinen Sohn gefunden. Damit ich ihn nach Hause bringen kann, brauche ich die Hilfe eines Meerweibes. Sie ist ein gutes Wesen und erbittet einen Wunsch von mir. Kannst du mir diesen Wunsch gewähren?"

Die Stimme der Königin erklang im Kopf des Mädchens.

„Du hast dir Freude und Schönheit auf der Welt gewünscht. Da gehört das Meer dazu. Ich kann dir diesen Wunsch erfüllen. Allerdings muss sie dazu an die Oberfläche kommen."

„Liebes Meerweib. Dir kann dein Wunsch erfüllt werden, an der Meeresoberfläche."

„Worauf warten wir dann!"

„Warte! Kannst du nicht vorher noch den Stein aus dem Krater holen?"

„Du bist zwar ein nettes Ding. Ich bin aber auch schon oft betrogen worden. Das musst du verstehen. Vielleicht hast du nachher keine Lust mehr und willst deinen Wunsch behalten."

„Treffen wir eine Abmachung. Du holst den Stein und wir schwimmen gemeinsam nach oben. Du behältst den Stein so lange, bis dein Wunsch erfüllt ist. Passiert nichts, kannst du den Stein wieder in den Vulkan versenken."

„Du bist dir deiner Sache sehr sicher. Gut. Ich glaube, darauf kann ich mich einlassen.

Warte hier, ich bin gleich zurück."

Damit erhob sich das Meerweib, stieß sich vom Meeresboden ab…

Und plötzlich hatte sie einen Fischschwanz.

Ohne einen Laut und ohne jegliche Bewegung des Wassers schwamm sie davon.

Nach einer gefühlten Unendlichkeit war sie zurück und hielt den Stein in ihrer Hand. Margarita schwamm auf sie zu und wollte nach dem Stein greifen. Aber das Meerweib wehrte sie ab.

„Denk an dein Versprechen!"

„Ich möchte nur sehen, ob es der richtige Stein ist."

„Das kannst du auch, wenn ich ihn halte."

„Natürlich!"

Margarita berührte ihren Stein.

Langsam erschien ein Schatten, der sich verdichtete.

„Da, sieh nur, der Prinz!"

„Gut, nun weißt du, dass ich meinen Teil erfüllt habe. Jetzt wird es Zeit für deinen."

Die beiden Geschöpfe des dunklen Meeres machten sich auf den Weg. Die Verwandlungen des Mädchens in verschiedene Tiere des Wassers erfolgte rückwärts. Das Meerweib erstaunte sich nur beim ersten Mal.

Dann waren sie an der Oberfläche angekommen und das Meerweib und der Delphin durchbrachen die Wasseroberfläche. Ein Jubel erhob sich von den am Ufer Wartenden, als der Delphin mit einem Sprung den Strand erreichte und sich in das Mädchen Margarita zurück verwandelte.

Als Mensch vernahm Margarita nun die Bemerkungen über das hässliche Wesen, dass sie mitgebracht hatte. Mit einer Handbewegung stoppte die Königin den Wortsalat.

„Dieses Wesen lebt auf unserer Welt wie wir alle. Es mag nicht schön aussehen, hat aber ein gutes Herz. Erinnert euch bitte, dass vor nicht all zu langer Zeit einige hier noch als schwarze Nattern durch die Gegend krochen und niemand in euch einen Menschen vermutet hat. Die Belohnung für ihre gute Tat hat sie sich wahrhaft verdient."

Die Königin wandte sich Margarita zu.

„So erfülle ich dir nun deinen Wunsch."

Dann drehte sie sich zum Wasser und dem wartenden Meerweib.

„Für deine Wunscherfüllung brauche ich das Sonnenlicht, deshalb bat ich dich hierher. Ich danke dir dafür, dass du mir meinen Sohn gebracht hast. So möge nun die Sonne deine Schönheit erstrahlen lassen!"

Die Wasseroberfläche begann unter den hellen Strahlen der Sonne zu glitzern, so hell, dass alle geblendet die Augen schlossen. Ein erster Neugieriger, der die Augen wieder öffnete, brachte mit einem Aufschrei alle in Bewegung.

„Schaut nur, schaut!"

Den Anwesenden bot sich ein Bild voller Schönheit und Eleganz. Auf dem Wasser schwamm kein hässliches Weib mehr, sondern ein junges Mädchen mit weißer Haut, schlankem, wohl geformtem Körper, der in einem glitzernden Fischschwanz endete. Das Gesicht war von großen Meer blauen Augen und einem verführerischen roten Mund bestimmt. Eingerahmt wurde dieser Liebreiz von Meter langem weizenblondem Haar, in dem der Wind spielte.

Die Ausrufe der Menschen vor ihr veranlassten das Meerweib zu einem Blick in die Wellen. Vor Überraschung hätte sie beinahe den Stein fallen lassen. Sie betrachtete voller Freude ihr Spiegelbild und konnte ihr Glück kaum fassen.

Elegant schwamm sie ans Ufer und übergab Margarita den Stein.

„Ich danke dir. Du hast dein Wort gehalten. Ich wünsche dir alles Glück. Du hast es dir wirklich verdient!"

Damit schwamm sie davon, blieb aber noch lange an der Oberfläche und freute sich an ihrem Spiegelbild.

Während dessen trug Margarita den Stein vorsichtig zu dem Platz, wo die Königin wartete.

„Nun sind wir wieder vereint. Aber noch ist der Prinz eingeschlossen in diesem goldenen Stein. Was können wir tun?"

„Welchen Wunsch habe ich noch übrig?"

„Du wolltest einen Baum pflanzen, der jedem Sturm trotzen kann."

„Der Stein mit dem Prinzen soll wachsen wie ein Baum. Groß und stark soll er werden und jedem Sturm widerstehen. Ich will ihn pflegen wie die Palmen. Mein Lachen ist seine Sonne, meine Tränen sind das Wasser, was er zum Wachsen braucht. Er soll schnell wachsen wie deine Palmen, Königin. Vielleicht finden wir dann einen Weg, ihn aus dem Stein zu befreien."

Margarita legte den Stein auf den kahlen Boden.

So ausgesprochen, begann der Wunsch sich zu erfüllen. Der Stein sank ein wenig in den felsigen Boden und blieb aufrecht stehen. Die

Sonne schien und umschmeichelte die glatte Oberfläche des Steines mit ihren warmen Strahlen. Margarita's Tränen fielen auf den Boden und versickerten. Sie hatte alle ihre zwölf Wünsche aufgebraucht und der Prinz war noch nicht befreit.

Aber der Stein wuchs und wuchs, bis er Mannshöhe erreicht hatte.

Urplötzlich zog ein Sturm auf. Dunkle Gewitterwolken rasten auf sie zu, Blitze zuckten, Donner grollte. Der Stein schien das Unwetter regelrecht anzuziehen. Er stand einsam auf dem Felsen und der Sturm würde ihn treffen und vernichten. Das durfte nicht geschehen.

Margarita lief gegen den unbändigen Wind an und kämpfte sich Schritt für Schritt vorwärts. In dem Moment, wo sie den Stein erreicht hatte, zuckte ein riesiger Blitz aus den schwarzen Wolken, die das Mädchen an den Natternkönig erinnerten. Sie warf sich gegen den Stein, um ihn zu schützen.

Aber zu spät!

Der Blitz schlug ein!

Margarita hatte die Arme um den Stein geschlungen und ließ nicht los. Sie spürte wie Splitter des Steines sich lösten und weg sprangen. Ihre Tränen liefen mit dem Regen um die Wette.

„Nein, nein! Das darf nicht sein! Ich lasse nicht los! Du darfst nicht sterben! Ich liebe dich doch! So sehr liebe ich dich!"

Schluchzend drückte sie ihren zitternden Körper an den Stein.

Plötzlich spürte sie etwas. Nein, sie hörte etwas. Es klang wie ein Herzschlag. Im Moment des Erkennens spürte sie wie zwei starke Arme sie umschlingen. Und dann hörte sie die Stimme:

„ Es ist gut, mein Herz. Ich sterbe nicht. Ich fange gerade wieder an zu leben!"

Margarita hob den Kopf und fand sich in den Armen des Prinzen wieder. Sie konnte nichts sagen. Sie musste ihn nur anschauen.

„Wieso wunderst du dich. Dein Wunsch war, dass der Baum jedem Sturm trotzt. Er verliert vielleicht die Rinde oder einen Ast im Sturm, aber er lebt weiter. Du hast klug gewählt."

„Nicht wirklich. Es war einfach nur der letzte übrig gebliebene Wunsch."

Die Königin unterbrach die beiden, die immer noch in ihrer Umarmung verharrten.

Die Königin umarmte nun ihrerseits ihren Sohn. Der küsste sie auf die Wangen.

„Mit Margarita hast du eine kluge Wahl getroffen, Mutter."

„Es hat auch sehr, sehr lange gedauert. Aber ohne ihre Ausdauer und ihr gutes Herz hätten wir es auch nicht geschafft. Aber Recht hast du. Sie hat ihre Wünsche klug eingesetzt."

Das Gewitter hatte sich verzogen. Die Sonne strahlte wieder.

Margarita schaute über das Wasser.

„Schaut mal. Was glitzert da am Ufer entlang?"

Alle liefen nach unten um nachzusehen.

„Das sind Splitter des Steines, in dem du eingeschlossen warst, mein Sohn."

„Mögen diese Splitter auf ewig zu finden sein und immer von der Liebe und Treue meiner Braut erzählen."

„So sei es. Das soll auch der erste Wunsch sein, den der zukünftige König der Wünsche erfüllt.

Nach seiner Farbe Amber soll er Bernstein heißen."

Und so geschah es und jeder von uns hat schon mal einen Bernstein gesucht oder sogar gefunden.

Zur Hochzeit des Prinzen war ich natürlich eingeladen. Ich traf eine wunderschöne glückliche Braut, einen stolzen Bräutigam und eine zufriedene Mutter und Königin. Zu Besuch waren auch die zwölf Brüder vom Schloss der Freude. Gefeiert wurde am Meer, denn natürlich war auch die Meerjungfrau eingeladen. Und sie kam nicht allein. Auch sie hatte einen Bräutigam gefunden. Ihr zukünftiger Ehemann war der Sohn des Meereskönigs und gemeinsam würden sie viele schöne Töchter haben.

Ich erhielt die Erlaubnis, euch das Geschehen zu berichten, damit die Ereignisse nicht verloren gehen. Das habe ich hiermit getan. Ich werde noch ein wenig mit Margarita, dem Prinzen, der Königin, der Meerjungfrau und den Brüdern feiern. Vielleicht erfahre ich im Gespräch mit den weiteren Gästen eine neue spannende Geschichte. Die erzähle ich euch, wenn ich aus dem Reich der Wünsche zurück bin.

Nachdem der wunderbare Märchenerzähler geendet hatte, schwiegen wir beide lange. Ich schenkte ihm Traubensaft ein, er naschte die letzte Schokolade.
„Mein Lieber, ich glaube, das wird für immer meine Lieblingsgeschichte."
„Das freut mich. Ich freue mich überhaupt, dass du hier eingezogen bist, weil du so gern meine Geschichten hörst."

Es wurde für uns eine schöne Gewohnheit, uns bei Saft und Schokolade zu treffen. Ich freute mich auf jeden Abend mit meinem Geschichtenerzähler. So auch heute.
Der Traubensaft glänzte in den Gläsern, die Schokolade duftete nach Zimt und anderen Kräutern. Unser Mitbewohner griff zu, erfreute sich an Speis` und Trank. Ich hatte schon etwas aus der Truhe heraus genommen.
„So, so, was hat dich denn so fasziniert?"
Ich hielt ihm eine geflochtene Schnur unter seine Knubbelnase.
„Oh, diese Geschichte habe ich lange nicht erzählt. Gute Wahl, meine Liebe. Dann lass` uns beginnen!"

Das sprechende Geschenk

Es war einmal vor sehr langer Zeit ein Mann, der hatte eine Tochter. Der Vater besaß einige sehr schöne und wertvolle Pferde. Er liebte seine Tiere und pflegte sie entsprechend. Seiner Tochter übertrug er seine Liebe zu den Tieren. Das Lieblingspferd seiner Tochter war ein silbergrauer Wallach.

Der Vater hielt ein offenes Haus und so waren oft Gäste anwesend. Die Besucher blieben gern über Nacht und wurden reichlich bewirtet. Sie zahlten mit Geschichten und Erlebnissen ihrer Reisen.

Der Vater hatte bereits viele Jahre ohne eine Frau auf seinem Hof verbracht. Er verspürte die Sehnsucht nach jemandem, der ihn umsorgte und liebte. So hielt er Brautschau und schon bald gab es ein prächtiges Hochzeitsfest am Hof des Pferdebauern.

Die neue Bäuerin kümmerte sich um Haus und Hof und natürlich um den Bauern. Ein Dorn im Auge waren ihr die ständigen Gäste, die so freigiebig bewirtet wurden. Darüber begannen die Eheleute einen Streit, der immer wieder aufflammte, wenn neue Gäste eintrafen.

Eines Abends wurde ein alter Mann, der um eine Unterkunft für die Nacht gebeten hatte, Zeuge der Auseinandersetzungen. Der Bauer brachte ihm Brot, Käse, etwas Pferdewurst und einen Krug roten Weines an den großen Tisch in der Halle und setzte sich zu ihm.

„Ich danke dir für deine Großzügigkeit, Bauer. Sie ist weithin bekannt und berühmt. Aber deine Freude an den Gästen wird getrübt."

Der Alte riss ein Stück vom Brotlaib ab, nahm ein Stück von der Wurst und begann zu essen.

„Recht hast du, Fremder und eine gute Beobachtungsgabe."

„Eher wohl gute Ohren, aber es war nicht zu überhören."

„Die Bäuerin hat Angst, dass wir an euch unser Hab und Gut verlieren."

„Verzeih die Offenheit, Bauer. Aber es ist wohl eher die Angst um eure Gewinne, die sie geschmälert glaubt durch solche wie mich."

„Vielleicht kann ich sie noch vom Gegenteil überzeugen. Ich habe dadurch auch immer gute Geschäfte gemacht. Aber sag, was treibst du so, Alter?"

„Ich mache aus allen möglichen Materialien Schmuckgegenstände. Die verkaufen sich gut."

„Aus was könntest du hier bei mir etwas herstellen?"

„Nun es gibt eine alte Knotenkunst. Normalerweise nimmt man Garne, Wolle oder auch stärkere Seile. Aber ich habe auch schon Pferdehaar ausprobiert. Das ist stabil und lässt sich sehr gut verarbeiten."

„Das würde ich gern sehen."

Der Bauer wurde von seiner Frau gerufen und wünschte seinem Gast eine gute Nacht.

Am Morgen überraschte ihn der alte Mann mit einem Stück Geflochtenem.

„Das ist ja ausnehmend gut anzuschauen."

Der Bauer überlegte kurz.

„Alter, kannst du mir einen Gefallen tun? Meine Tochter hat in wenigen Tagen Geburtstag und ich glaube, sie würde sich über so etwas sehr freuen."

Der alte Mann brauchte nicht lange zu überlegen.

„Was hältst du von einer zarten Halskette?"

„Das klingt doch gut."

„Hat deine Tochter ein Lieblingspferd?"

„Hat sie. Komm, ich zeig es dir. Wie lange brauchst du für die Halskette?"

„Da ich das Haar schneiden und waschen muss, bevor ich beginne, denke ich, einen Tag."

„Bleib so lange du willst. Du bist zur Feier eingeladen. So hier, der Wallach ist es."

„Ein sehr schönes Tier. Deine Tochter hat Geschmack."

Wenige Tage später wurde der Geburtstag der Tochter des Pferdebauern gefeiert.

„Marilena, komm zu mir. Ich möchte dir dein Geschenk geben."

Das Mädchen eilte zu ihrem Vater. Es war von schlanker Statur. Das goldbraune Haar fiel ihr über die Schultern bis zur Taille. Heute war es zu einem lockeren Zopf geflochten.

Der Vater legte seiner Tochter die Halskette um. Der Alte hatte sich selbst übertroffen. Mehrere geflochtene Stränge des silbernen Wallach-Haares waren nochmals ineinander verflochten und in der Mitte glänzte eine riesige Glasperle wie ein Tautropfen auf einem Grashalm, wenn der kühle Morgen erwachte. Die Farbe der Kette erstrahlte vor den braunen Locken, die das Gesicht Marilenas umtanzten wie kleine Windspiele.

Marilena freute sich sehr über die Halskette.

„Vater! Dieses Geschenk ist das schönste, das ich je bekommen habe. Wo hast du das gefunden?"

„Danke, mein Kind. Das Geschenk hat aber wohl eher dich gefunden. Der alte Mann, der seit einigen Tagen unser Gast ist, hat es aus den Haaren deines Pferdes geflochten."

Ungläubig strich Marilena mit den Fingern über das Flechtwerk. Das Mädchen machte sich auf die Suche nach dem Alten. Sie fand ihn im Stall bei den fuchsroten Stuten.

„Mein Vater sagte mir, dass du meinen tollen Halsschmuck gefertigt hast?"

„Das habe ich."

Der Alte betrachtete das Mädchen und sah die Freude in ihren Augen.

„Er gefällt dir."

„Ja. So sehr! Sag, ist der wirklich aus den Haaren meines Pferdes?"

„Ja. Ich nahm ein paar aus dem Schweif und ein paar aus der Mähne."

„Und die wunderschöne Perle?"

Liebevoll strich Marilena nochmals über den Schmuck.

„Die Perle ist aus einer Glasscherbe, die ich in der Halle fand. Ich habe die Scherbe über dem Feuer erhitzt und geformt."

„Vielen, vielen Dank, du Zauberer. Möchtest du mich nicht begleiten und meinen Kuchen probieren, den ich heute für die Gäste gebacken habe?"

„Das tue ich sehr gern, mein Kind."

Während die beiden über den großen Hof zur Halle gingen versank das Mädchen in Gedanken.

Plötzlich blieb sie stehen und nahm den Alten am Arm.

„Sag, kannst du mir das beibringen, das Flechten und das Glas bearbeiten?"

Der alte Mann hob überrascht den Kopf und betrachtete das Mädchen aufmerksam.

"Warum willst du das lernen?"

Ein bisschen verlegen antwortete Marilena.

„Ich denke, nein, ich weiß, das mir diese Arbeit sehr viel Freude bereiten würde. Diese Freude kann ich dann über die Gegenstände an andere Menschen weiter geben. Außerdem ist es schön, etwas von seinem Lieblingspferd zu haben. Dann ist es immer bei dir, verstehst du?"

Der Alte nickte.

Marilena sprudelte wie eine frische Bergquelle.

„Und selber Perlen aus Glas herstellen ist toll. Du hast aus einer unnützen Scherbe eine wundervolle Perle gezaubert, die in der Sonne funkelt..."

„Marilena, wenn ihr nicht gleich kommt, dann ist dein Kuchen alle. Dein selbst gebackener Vorrat schmilzt dahin wie Eis in der Sonne."

Der Vater stand in der großen Tür zur Halle.

„Wir kommen, Vater!"

Zu dem alte Mann gewandt, sagte sie:

„Überlege es dir. Bitte, ja?"

Der Alte lächelte sie an.

„Das mach ich! Aber zu Erst brauche ich eine ordentliche Stärkung."

Marilena konnte in dieser Nacht nicht schlafen. Sie schlich sich zu ihrem geliebten Pferd in den Stall.

„Schau nur, mein Schöner! Siehst du das wunderbare Halsband? Das ist aus deinen prächtigen Haaren geflochten."

Marilena drehte sich fröhlich vor dem Wallach hin und her. Das Tier schaute sie mit seinen großen Augen aufmerksam an und nickte dann wie zur Bestätigung.

„Jetzt bist du immer bei mir. Nicht, dass du weit weg bist. Ich sehe dich ja jeden Tag, füttere und kämme dich. Nun bist du aber auch bei mir bei der Küchenarbeit, dem Putzen, dem Einkauf und sogar in der Nacht, wenn ich von dir träume."

Wie konnte das arme Ding auch ahnen, dass es anders kommen sollte.

Natürlich übernahm der alte Mann die Ausbildung von Marilena. Er brachte ihr alles über das Knotenhandwerk bei, was er selber wusste. Gleichzeitig lernte sie wunderschöne glänzende Glasperlen herzustellen und noch verschiedene andere Künste, die der Alte beherrschte.

Der Pferdebauer mochte den Alten, dem auch nie die wundersamsten Geschichten ausgingen. Er freute sich, dass sich der Alte auf dem Hof wohl fühlte.

Und nicht nur das!

Es sprach sich in der Umgebung herum, was der Alte so konnte und so riss der Besucherstrom nie ab. Der Pferdebauer hatte immer genügend zahlende Gäste auf dem Hof und konnte dabei auch für sich sehr profitable Geschäfte abschließen.

Marilena war eine fleißige und sehr aufmerksame Schülerin. Das Handwerk wirkte wie ein Teil von ihr. Schnell begriff sie die

Techniken und schon bald fertigte sie eigene Schmuckstücke nach eigenen Ideen an. Sie lernte Quasten machen, konnte Taschen und Gürtel flechten. Ihre Armbänder und Halsketten übertrafen an Kunst und Pracht bald die ihres Lehrers.

So zog unbemerkt ein Jahr ins Land. Marilena nannte den Alten längst Großvater.
Zur Sommersonnenwende nahm der Alte sie bei Seite.
„Marilena, meine Liebe. Ich habe dir nun alles beigebracht, was ich weiß und kann. Du warst mir eine fleißige und geschickte Schülerin und bist in vielem schon besser als ich.
Es wird Zeit, dass ich weiter ziehe. Mir gehen langsam die Geschichten aus, die dein Vater so gern hört."
Marilena war selbstverständlich sehr traurig und versuchte, ihn zum Bleiben zu bewegen. Wenige Wochen später aber verabschiedete sich der alte Mann von ihr und ihrem Vater. Er wollte vor dem Winter noch über das Gebirge in sein Heimatland. Es war für ihn an der Zeit heimzukehren, wie er sagte.
Es wurde ein tränenreicher Abschied, der nur die Bäuerin freute, die sich im Beisein des Alten nie richtig wohl gefühlt hatte.

Am Abend vorher hatte der Alte Marilena bei Seite genommen.
„Meine liebe Tochter. Bevor ich dich morgen verlasse, möchte ich dir noch etwas schenken."
Er überreichte Marilena ein fuchsrotes breit geflochtenes Armband und einen schwarzen schmalen Gürtel mit einem Muster aus roten und grauen Rhomben..
„Oh, Großvater! Wie immer hast du dich selbst übertroffen. Das Armband ist von unseren fuchsroten Stuten, die dir besonders gefallen. Der Gürtel ist hauptsächlich aus den Haaren von Vater`s Rappen. Ich danke dir von ganzem Herzen. Ich werde sie immer tragen und auf sie acht geben.

Aber auch ich habe ein kleines Geschenk für dich."
Damit überreichte sie ihrem Lehrer ein kleines Lederbeutelchen. Es war mit Pferdehaar von ihrem Wallach genäht. Das lange Zugband zum Verschließen war ebenso fuchsrot wie das Armband, von wenigen grauen Haaren durchzogen.
„Schau hinein, Großvater!"
Der Alte öffnete vorsichtig das Beutelchen und griff hinein. Heraus zog er einen Gegenstand aus Glas. Er öffnete seine Hand und da lag ein Herz aus Glas auf seiner Handfläche. Es war aus rotem Material. Er erinnerte sich an Marilena`s Lieblingsvase, die ihr im Frühjahr aus der Hand gefallen war. Aber da war noch mehr. Im Inneren des Herzens blühte ein zartes Gänseblümchen.
„Das ist eine prachtvolle Arbeit, mein Kind! Du bist eine Künstlerin. Bewahre dir die Liebe für dein Handwerk. Es wird sich auszahlen in Liebe und Bewunderung der anderen."

Am nächsten Tag zog der Alte in seine Heimat.
Die ersten Tage waren sehr schwer für Marilena. Ohne ihren geliebten Lehrer waren die Plätze im Hof, wo sie oft gemeinsam gesessen hatten, leer. Die Werkstatt glühte nicht so voller Phantasie. Trost fand sie in ihrer Arbeit.
Sie war so hervorragend, dass ihr Ruf auch bald bis an den Königshof drang.

An einem sonnigen warmen Tag im Spätherbst erreichte ein Reitertrupp den Pferdehof. Freundlich begrüßte der Vater die neuen Gäste und bat sie zu Tisch. Nachdem die Männer sich gestärkt hatten, rief der Anführer nach dem Vater.
„Wir danken dir für die reichliche und freundliche Bewirtung. Wir sind jedoch nicht zufällig hier vorbei gekommen. Du hast eine Tochter, die sehr fingerfertig sein soll?"
„Ja, Herr. Meine Tochter Marilena kann flechten und das Glas

bearbeiten."

„Höre unsere Botschaft. Der König möchte deine Tochter sehen. Er wünscht ein Geschenk von Ihr, dass einem König würdig ist. Sie wird zum großen Jagdball im Schloss erwartet."

Damit erhoben sich die Männer, bestiegen ihre Pferde und ritten vom Hof.

Zurück blieb ein ratloser Vater. Er suchte seine Tochter und fand sie auf der Weide bei den Pferden.

„Marilena!"

„Vater."

„Ich muss mit dir sprechen!"

Das Mädchen lief zu ihm. In der Hand hatte sie mehrere Strähnen Pferdehaar.

„Vater, sieh nur. Ist es nicht wunderschön!"

„Sicher, mein Kind."

Marilena bemerkte, dass ihr Vater ihr nicht wirklich zuhörte.

„Was hast du, mein Väterchen?"

„Ach Tochter, der König will dich sehen. Schon bald."

„Der König? Du scherzt Vater."

„Hast du die Männer bemerkt, die hier pausiert haben?"

Als Marilena nickte, sprach er weiter.

„Das waren Boten des Königs. Er erwartet dich zum Jagdball mit einem Geschenk für ihn, eines König`s würdig."

Wider Erwarten freute sich Marilena über die Einladung des Königs.

„Oh, Vater. Das ist doch sehr schön. So kann ich mir das Schloss ansehen. Die Stallungen des Königs werden überall gelobt und er soll die schönsten Pferde haben, die es gibt."

Marilena drehte sich um ihre eigene Achse und ihr Haar schwang mit ihrem bunten Rock um die Wette. Einer der Knechte kam gerade mit einem Pferd vorbei. Marilena schaute ihm nach.

„Und jetzt habe ich auch schon eine Idee für das Geschenk. Lass mich nur machen, Vater."

Marilena verlor keine Zeit und eilte in ihre Werkstatt. Der Vater schaute ihr hinterher und schickte ein Gebet in den Himmel, dass alles gut ausgehen würde.

Das Mädchen ging sofort an die Arbeit. Sie wusch, trocknete und kämmte das Pferdehaar, dass sie von der Koppel mitgebracht hatte. Dann setzte sie ihr Vorhaben in die Tat um.

„Meine liebe Tochter. Morgen ist der Ball im Schloss und der König erwartet dich mit dem Geschenk."

„Ich bin bereit, Vater, und das Geschenk ist schon seit Tagen fertig. Möchtest du es sehen?"

Natürlich wollte der Vater. Er war begeistert.

„Das ist eine fantastische Idee von dir."

„Es gefällt dir also?"

„Sehr, Töchterchen. Ich bin sicher, auch der König wird mehr als zufrieden sein."

Der Vater nahm sein Kind in den Arm.

„Dann kann ich dich getrost auf die Reise schicken."

Marilena`s Bündel war schnell gepackt. Sorgfältig verstaute sie ihr Geschenk an den König. Dann lief sie los zum Schloss. Sie übernachtete bei einer Tante vor den Toren der herrschaftlichen Stadt.

Am Morgen meldete sie sich im Schloss.

„Der König erwartet mich. Ich bringe ihm sein Geschenk."

„Bist du das Pferdemädchen, dass sich auf die Kunst der Knoten versteht?"

„Das bin ich."

„Dann komm` mit mir."

Der Diener führte Marilena unverzüglich zum König. Auf dem Weg durch den Schlosshof kamen sie an einem Trupp junger Jäger vorbei. Einer von ihnen überragte alle anderen um Haupteslänge.

Er war es auch, der ihr entgegensah. Marilena glaubte, ein leichtes

Erstaunen in seinem Blick zu spüren. Einen Augenblick nur versanken ihre Augen ineinander. Dann zwinkerte er ihr zu und wandte sich wieder zu seinen Begleitern um.

Marilena hatte keine Zeit über das Geschehen nachzudenken. Sie betrat das Schloss und folgte ihrem Begleiter in den Thronsaal. Der König war ebenfalls in Aufbruchstimmung.

„Hofmarschall, die Jäger sind bereit?"

„Jawohl, Majestät."

„Dann reiten wir los!"

Der König setzte sich in Bewegung und kam geradewegs auf Marilena zu. Das Mädchen verneigte sich.

„Guten Tag, Eure Majestät."

„Guten Tag, guten Tag."

Der König wollte erst an dem Mädchen vorbei rauschen, stutzte dann jedoch und stoppte seinen Lauf.

„Wer bist du? Du gehörst nicht zu meinem Hofstaat."

„Majestät haben mich rufen lassen. Ich bin die Tochter des Pferdebauern."

„Ach, du bist also dieses geschickte Mädchen. Hast du mein Geschenk dabei?"

„Selbstverständlich, mein König."

„Gut. Zeige es mir heute Abend, ich muss zur Jagd...oder nein, zeig es mir sofort. Ich bekomme so gern Geschenke."

Der König klatschte in die Hände:

„Nun zeig schon, zeig her, was du hast."

Marilena öffnete ihr Bündel und zog das sorgfältig in ein Wolltuch eingeschlagene Geschenk heraus. Der König griff ungeduldig in das Tuch und nach dem Gegenstand.

„Was ist das?"

Einen Augenblick später war die Hülle entfernt.

„Oh! Das ist ja ein Zaumzeug. Sehr schön, sehr schön."

Der König begutachtete das Leder, die Riemen und das bunte

Beiwerk. Als er die leuchtend roten Quasten berührte, staunte er.

„Das ist doch nicht etwa Pferdehaar, Mädchen? Das geht ja gar nicht."

„Sicher geht das, mein König. Ich habe für die Verzierung Eures Zaumzeuges Haare aller unserer Pferde verwendet. Seht hier, die schwarzen sind vom Rappen meines Vaters, die braunen von unseren Stuten und Fohlen. Hier die silbernen sind von meinem geliebten Wallach. Das leuchtend rote Haar kommt von unseren fuchsroten Stuten. Das ist eine besondere Züchtung meines Vaters."

Marilena hatte überschwänglich von den Pferden erzählt und die Euphorie und Freude kamen im Rot ihrer Wangen und im Strahlen ihrer Augen zum Vorschein.

Der König starrte auf sein Geschenk und seine Finger fuhren über das geknotete Pferdehaar und verkrampften sich dann in den herrlichen Quasten.

„Majestät, gefällt euch mein Geschenk? Ich hoffe, Ihr seid mit meiner Arbeit zufrieden."

Der König setzte seinen Weg in den Hof fort. Dort blieb er vor seinen Pferden und Jägern stehen.

Mit dem Zaumzeug in der Hand, vollführte er eine kreisende Handbewegung.

„Mädchen, siehst du hier irgendwo Pferde mit so herrlichem Haar wie die, die dein Vater sein eigen nennt?"

Marilena schüttelte vorsichtig ihren Kopf. Sie stand hinter dem König, der ihre Antwort so nicht sehen konnte. Er wollte sie aber auch gar nicht sehen oder hören. Bei seinen nächsten Sätzen wurde seine Stimme immer lauter und zorniger.

„Ich frage dich, wieso hat ein einfacher Pferdebauer schönere Tiere als der König? Und warum hat er sie mir, dem König, noch nicht gebracht. Mir gebühren die schönsten Pferde für meinen königlichen Stall und meine Hofjäger. Ist das nicht so?"

Der König hatte sich in Rage geredet. Er drehte sich zu Marilena um.

Im Drehen warf er das Zaumzeug in weitem Bogen von sich.

„Ich kann nicht als König dieses Landes auf einem Pferd reiten, das mit deinem Zaumzeug angetan ist, wenn das Zaumzeug mein eigenes edles Pferd an Schönheit überstrahlt. Das ist eine Unverschämtheit. Dafür wirst du bestraft und vom Hof deines Vaters lasse ich alle Pferde noch heute abholen. Wache! Wa-a-a-ache! Steckt dieses vorlaute Gör ins Verlies! Los,los, ab mit ihr!"

Die Wachleute führten das Mädchen ab. Marilena verstand gar nicht, warum der König so zornig war. Sie fürchtete sich und hatte Tränen in den Augen. So bemerkte sie auch gar nicht, dass sie an dem hochgewachsenen Jäger vorbeigeführt wurde. Er war von seinen Begleitern auf den Streit aufmerksam gemacht worden. Als der König das Zaumzeug warf, fing er es auf. Vom ersten Moment an erkannte er die Kunstfertigkeit der Arbeit.

„König,was ist los?"

Noch immer wutschnaubend wie ein verletzter Stier quälte sich der König unmutig die Geschichte heraus. So bekam der junge Mann die Schilderung der Lage. Er kam erst einmal nicht zu einer Erwiderung.

„Ich will nichts hören, von niemandem. Wir gehen jetzt auf die Jagd. Die Garde bringt mir bis heute Abend alle Pferde und den Bauern dazu."

Damit stieg der König auf sein Pferd und ritt los. Der Hofstaat mit den Jägern und den Hundeführern tat es ihm nach. Der junge Jäger schüttelte unmutig sein blondes Haar. Nachdem er nochmals das Zaumzeug bewundert hatte, übergab er es seinem Knappen zur sorgfältigen Aufbewahrung. Dann schloss er sich dem Jagdtrupp an. Er kannte seinen König und wusste, dass jetzt nichts auszurichten war.

Die Wache brachte Marilena ins Verlies. Hier im Turm war es dunkel und nass. Sie schlang sich ihre Wolldecke um die Schultern und kauerte sich ängstlich zusammen. Sie war schuld daran, wenn ihr Vater jetzt alles verlor. Beim Raffen der Decke berührte ihre Hand den Schmuck an ihrem Hals. Seit dem Tag, an dem sie die Kette von ihrem Vater geschenkt bekommen hatte, trug sie sie jeden Tag. Zärtlich strich sie nun über das Flechtwerk und dachte dabei an ihren Wallach.

„Ach, wenn ich euch doch warnen könnte! Ihr müsst fliehen, Menschen und Tiere und euch verstecken vor der Wut des Königs. Dich, mein treuer Freund, dessen Haar ich geflochten um den Hals trage, dich würde ich bitten, mich zu holen. Vorsichtig müsstest du sein, damit niemand dich entdeckt. Ich liebe euch alle und glaubt mir, niemals wollte ich, dass so etwas passiert."

Marilena ließ den Tränen freien Lauf.

In der Zwischenzeit geschah Merkwürdiges auf dem Pferdehof.

Der Wallach, der bis eben noch friedlich grasend auf der Koppel stand, fing an zu schnauben. Er stellte sich auf die Hinterbeine und wieherte. Dann lief er los und trieb die anderen Pferde zusammen. Die Stuten und Fohlen waren auf der Nachbarkoppel. Der Wallach übersprang die Absperrung und raste auf die Tiere zu. Er galoppierte im Kreis, den er immer enger zog.

Ein kleiner Junge beobachtete den Wallach und alarmierte den Bauern. Der stand an der Koppel und schaute irritiert dem Treiben des Pferdes zu.

Der Wallach hatte jetzt die Stuten und Fohlen auf engstem Raum beisammen. Er stieg wieder in die Luft und wieherte. Dann lief er los und schaute zurück, lief ein Stück weiter und schaute nochmals. Zufrieden schien er mit dem Kopf zu nicken. Die Tiere folgten ihm. Am anderen Ende der Koppel, wo der Wald anschloss, trat er die Holzbohlen nieder. Der Weg von der Koppel zum Wald war frei. Er trabte nun hinter die Herde und stupste die Tiere vorwärts. Als alle Muttertiere mit ihrem Nachwuchs im Wald verschwunden waren, kam der Wallach zurück.

Der Vater verstand , dass dieses verrückte Tier nun auch noch die anderen Pferde holen wollte. Er sprang dem Wallach in den Weg und hob die Arme. Das Tier blieb sofort stehen. Es neigte den Kopf und schüttelte die silberne Mähne. Im Folgenden hob das Pferd das Haupt vorsichtig und näherte sich dem Vater. Der blieb eisern stehen. Als der Wallach den Menschen erreicht hatte, versuchte er, den Mann zur Seite zu schieben. Als der Vater nicht wankte, erhöhte der Wallach seine Kraft. Mehr und mehr. Der Vater bemerkte, dass das Tier nicht einfach nur wild war. Das Pferd wollte ihn offensichtlich nicht verletzen. Schließlich gab der Vater nach. Er trat an die Seite und sah zu, wie das Lieblingstier seiner Tochter seine gesamte Herde in den Wald führte.

Viel Zeit zum Nachdenken blieb ihm nicht. Erst hörte er den Ruf nach sich, dann laute Stimmen und Krawall. Er rief den kleinen Jungen.

„Peter, versuche, den Pferden zu folgen und schau, wohin der Wallach sie bringt."

Der Junge nickte und rannte ohne ein weiteres Wort den Pferden hinterher. Der Bauer sah die Soldaten des Königs kommen.

„He, Bauer. Wir sollen deine Pferde holen! Befehl vom König."

Der Bauer fing an zu lachen.

„Da gibt es nichts zu lachen. Gib sie raus. Wo sind sie?"

„Ob ihr es glaubt oder nicht. Die sind gerade verschwunden. Seht ihr da hinten die zerborstenen Bohlen? Das ist das Werk meiner Pferde. Vielleicht wussten sie, dass ihr kommt. Man hört von eurem Herrn, dass er seine edlen Tiere nicht sehr pfleglich behandelt."

„Pah, was heißt hier Herz. Laufen müssen sie, uns tragen, nichts anderes. Jeder weiß, dass es nicht darauf ankommt, ob und wie ein Pferd sich fühlt.

Aber da du wahrscheinlich deine Pferde vor unserem Herrn versteckst, nehmen wir dich mit. Im Kerker, bei Wasser und Brot, überlegst du es dir anders. Da kannst du deiner frechen Tochter Gesellschaft leisten."

Die Soldaten fesselten den Bauern und warfen ihn auf ein Packpferd.

Die anderen Bewohner des Hofes schauten starr vor Angst zu.

Die Bäuerin hingegen hatte dem ganzen Treiben still zugesehen. Als die Soldaten ihren Ehemann verschnürten, trat ein kaltes Glitzern in ihre Augen. Die Truhen im Haus waren voll. Sie selbst hatte immer etwas abgezweigt, ob es nun Stoff, Geschirr oder Geld war. Wenn die Pferde sich wieder anfänden, wäre das ein schöner Zugewinn. Aber auch ohne die wäre sie reich. Sie musste nur dafür sorgen, dass der Bauer weg blieb.

Der Kommandant der Garde war ein schneidiger Mann und durchaus ihr Typ. Durch ihn käme sie vielleicht sogar an den Hof. So bedankte sie sich artig für die Komplimente von ihm und machte ihm ihrerseits schöne Augen.

Der Trupp verließ mit dem verschnürten Bauern den Hof, nicht ohne den Hinweis des Truppenführers, dass er nach dem Rechten sehen würde. Er müsste ja kontrollieren, ob die Pferde zurück kommen.

Der Bauer sah, dass seine Frau keinerlei Anzeichen von Angst oder Trauer zeigte. Doch es wunderte ihn nicht besonders. Seit der Alte ihm die Augen geöffnet hatte in einer der lauen Sommernächte, wo alle am Feuer saßen und lachten, tranken und Geschichten erzählten. Der Alte hatte ihm erzählt, wo seine Frau das Diebesgut versteckte. Er hatte angefangen, alles aufzuschreiben. Damals war er dem Alten am Anfang böse gewesen. Dann hatte er allmählich begriffen, dass dieses Weib ihn nie geliebt hatte. Es ging ihr immer nur um Geld und Reichtum. Deshalb war sie auch immer gegen sein offenes Haus aufgetreten und hatte immer wieder Streit angefangen. Schon länger hatte er den Gedanken, sich von ihr zu trennen. Nun musste er sehen, dass er seinen Hof behalten konnte. Mit einem Feind, dem König, traute er sich zu, fertig zu werden. Aber der Feind im eigenen Heim konnte ihn zu Fall bringen. Er musste doch für die Zukunft seiner Tochter sorgen. Oh mein Gott, Marilena! Was war nur passiert! Warum war der König so sauer? Warum wollte er seine Pferde? Und vor allem, wie ging es seiner

Tochter?

Der Trupp setzte zu scharfem Galopp an. Der Vater kam erst einmal nicht mehr zum Nachdenken. Der liegende Ritt in seiner verknoteten Haltung war sehr schmerzhaft für ihn.

Derweil war Peter den Pferden gefolgt. Der Wallach führte sie weit in den Wald, da wo es keine Wege mehr gab und kaum noch Licht hinein drang durch die dichten Kronen der Bäume. Er geleitete sie bis vor eine hohe Felswand. Hier schien der Weg zu Ende zu sein. Das Pferd wandte sich nach links. Nach einigen Metern öffnete sich im Felsen ein Schlot. Nacheinander passierten die Pferde einzeln diesen engen Durchgang. Dahinter fand sich ein breites helles Tal mit einem Bach und saftigen Wiesen. Die Pferde verteilten sich und erholten sich bei frischem Quellwasser und gutem Futter von der anstrengenden Flucht. Auch Peter fand etwas zu essen. Am Bach entlang wuchsen wilde Beeren. Er stopfte sich den Bauch voll und trank ein paar Hände Wasser aus dem Bach. Dabei fühlte er sich beobachtet. Tatsächlich! Der Wallach hatte ihn im Blick. Peter erschrak. Das Pferd war sehr groß und kräftig. Der Junge blieb stehen wo und wie er stand, mit halb erhobenen Händen, aus denen das Wasser aus dem Bach auf die Wiese tropfte.

Langsam kam der Wallach näher. Als er den Jungen erreichte, rieb er vorsichtig seinen Kopf an dessen Schulter. Peter traute sich nach einem Moment des Zauderns und strich dem Wallach sanft über den Hals. Nach einigen Minuten bewegte sich das Tier in Richtung Ausgang. Peter folgte ihm. Am Durchgang schob der Wallach Peter zurück in Richtung Tal. Sollte er hier bleiben? Der Junge trat einen Schritt zurück, dann noch einen. Das Pferd hob und senkte den Kopf. Sie hatten sich verstanden. Der Wallach wollte, dass Peter bei den Pferden blieb. Er selber trabte aus dem Tal. Er hatte noch eine zweite Aufgabe bekommen.

Die königliche Jagd war nicht sehr erfolgreich – für den König. Er war unkonzentriert, verpatzte die besten Gelegenheiten und schoss meistens daneben. Seine Jäger und seine Gäste waren wesentlich erfolgreicher. Das verbesserte die königliche Laune auch nicht gerade.

Die Jagdgesellschaft war gerade im Schloss angekommen, als auch die Soldaten mit ihrem Gefangenen in den Schlosshof einritten. Der Kommandeur zog den Bauern vom Pferd und lies ihn einfach zur Erde fallen. Keiner der Anwesenden nahm davon Notiz. Nur der junge Jäger und seine kleine Gesellschaft waren unangenehm berührt. Einer der jungen Männer wollte etwas sagen, doch ein Wink des Jägers hielt ihn zurück. Er verständigte sich mit seinen Freunden mit Blicken. Die führten ihre Pferde zum Stall, stiegen ab und überließen sie ihren Stallburschen. Scheinbar uninteressiert verließen sie den Hof. Der Jäger blieb allein zurück.

Dem König war das kleine Intermezzo seiner jugendlichen Gäste entgangen, so sehr war er mit seiner Wut auf den Bauern beschäftigt.

„Kommandant, wo sind diese viel gerühmten Pferde? Wo habt ihr sie gelassen?"

„Eure Majestät. Der Bauer hat sie versteckt und will uns glauben machen, sie wären ausgerissen."

„Warum habt ihr sie nicht eingefangen?"

„Es war weit und breit kein Pferd zu sehen. Und der Wald hinter den Koppeln ist viel zu dicht, um Pferde darin zu jagen."

„Nun gut. Ich will mir nicht noch den restlichen Abend mit dem guten Mahl verderben lassen. Werft ihn zu seiner Tochter ins Verlies. Da können sie gemeinsam beraten, wie sie mir meine Tiere wieder beschaffen."

Der Bauer begehrte auf.

„Aber mein König, wieso eure Tiere?"

„Das fragst du noch? Du lebst auf meinem Grund und Boden und demnach gehört alles mir, was du herstellst oder züchtest. Also auch deine Pferde.

Du hast mir meine Pferde vorenthalten. Du wolltest mich betrügen, ist das nicht so?"

„Freilich ist das so, mein König!"

Die Stimme kam vom Tor und gehörte der Frau des Bauern. Sie war dem Trupp gefolgt, um zu sehen, was sie tun könnte, um ihr Ziel zu erreichen. Besser konnte es gar nicht laufen. Sollte der König doch die Pferde bekommen. Sie hätte einen guten Stand als treue Untertanin und könnte alles andere behalten. Dann wäre sie eine gemachte Frau.

Sie eilte zum König, verbeugte sich.

„Ich kann bezeugen, wie dieser Mann, den ich heiraten musste, immer wieder geprahlt hat, dass er schönere Pferde als der König hat und ihm diese nie überlassen würde."

Das Herz des Bauern tat vor Entsetzen einen Sprung in seiner Brust. Er konnte nichts mehr sagen.

Die Soldaten führten ihn ab. Die Bäuerin wurde mit einer huldvollen Handbewegung des Königs entlassen. Der König selbst begab sich an die Tafel im Thronsaal und die anderen Gäste folgten ihm. Es wurde bald laut und fröhlich und der König trank sehr viel von seinem guten Rotwein.

Der junge Jäger mit seinen Freunden war auch zugegen. Aber im Gegensatz zu den anderen Gästen stillten sie nur ihren Hunger und ihren Durst. Dann schickte der Jäger die anderen zu Bett. Er selber wollte noch ein wenig die Stille der Nacht und die Frische der Abendluft genießen. Er spazierte über den südlichen Wall, als er das Wiehern eines Pferdes vernahm. Er lauschte. Das Wiehern wiederholte sich. Das dritte Mal ertönte danach eine Stimme. Es war die Stimme eines Mädchens und er kannte sie.

„Silbermond, bist du das?"

Ein leises freudiges Wiehern war die Antwort.

Dann blieb es still.

Der Jäger lief in die Richtung, aus der die Stimme gekommen war. Bald schon wusste er, dass er über den Verliesen stand.

„Mädchen....Mädchen, hörst du mich?"

Erst nach vielen Minuten kam eine leise Frage zurück.

„Wer ruft da?"

„Erinnerst du dich an den Jäger von heute Morgen?"

Täuschte er sich oder war ein kleines Lächeln in der Antwort.

„Jäger? Es gab so viele davon heute Morgen im königlichen Schlosshof."

„Aber nur einer hat dir zugezwinkert."

Das Mädchen blieb die Entgegnung schuldig.

„Mädchen? Kann ich dir helfen?"

„Ich kann niemandem trauen. Du gehörst auch zum Gefolge des Königs."

„Versuch es!"

„Nun gut, ich habe nichts zu verlieren. Sieh zu, dass mein Vater und ich am Morgen im Schlosshof sind und mach das Tor auf."

Diesmal lies der Jäger die Antwort aus.

Im Kerker wandte sich die Tochter dem Vater zu. Nach einer tränenreichen Begrüßung hatten sie sich ihre Erlebnisse des vergangenen Tages erzählt.

„Der König ist gierig und nicht gut zu seinen Untertanen."

„Aber Tochter!"

„Du hast doch selbst gesehen, wie er uns behandelt hat. Wir wollten ihm ein Geschenk bringen und er nimmt sich alles, was wir haben, nur weil er neidisch ist. Er kann doch ein Pferd von dir kaufen und selber züchten, oder etwa nicht."

„Was hast du denn vor und vor allem, traust du diesem Jäger?"

„Legen wir uns schlafen, lieber Vater."

Marilena legte sich neben den Vater und bedeckte beide mit der Wolldecke. Sie wartete bis der Vater eingeschlafen war.

Sie erhob sich leise noch einmal von ihrem Lager und trat an das vergitterte Fensterchen. Sie berührte ihren Halsschmuck und dachte an ihr Pferd. Leise bat sie es dann, am Morgen zum Tor zu kommen. Als sie sich wieder neben den Vater legte, erklang ein leises Wiehern wie eine Antwort auf ihre Bitte.

Der nächste Morgen fand den jungen Jäger mit seinen Freunden schon im Schlosshof. Sie machten sich fertig für die Heimreise. Der König erschien auf der Treppe zum Thronsaal.
„Guten Morgen, König."
„Guten Morgen."
„Du willst also wirklich schon reiten."
„Ja. Mein Vater wartet auf uns. Aber sag, König, was wird mit dem Bauern und seiner Tochter?"
„Was wohl. Ich werde sie bestrafen. Wie muss ich mir noch überlegen, aber es eilt ja nicht. Erst einmal müssen wir meine Pferde finden. Warum fragst du, hast du eine Idee?"
„Mhm, vielleicht. Lass sie doch mal herbringen, wenn es dich nicht stört."
„Als letzten Wunsch vor deiner Abreise werde ich das sogar tun."
Er rief nach den Wachen.
„Holt den Taugenichts und seine Tochter!"
Kurz darauf standen der Pferdebauer und seine Tochter im königlichen Schlosshof.
Marilena schaute sich um. Sie sah den Jäger und sie sah auch, dass das Tor bereits offen war.
Der Jäger hatte Wort gehalten.
Sie streifte ihn nochmals mit einem Blick.
Er zwinkerte ihr zu.
Sie senkte den Blick und berührte ihre Halskette.
„Silbermond, wo bist du?"
„Was flüsterst du, dummes Ding?"

Im selben Moment erklangen Huftritte auf dem steinigen Torweg. Aus dem Dunkel des Durchganges erschien ein silbergraues Pferd. Es blieb am Tor stehen. Der Vater blickte seine Tochter erstaunt an.

„Woher kommt der denn jetzt?"

„Das möchte ich auch wissen, na ja, vielleicht auch nicht. Da du das Tier erkannt hast, Bauer, ist es also eins von deinen. Fangt es ein!"

Die Wache setzte sich in Bewegung. Der Wallach auch. Er trabte an, zog einen Kreis, wurde dabei schneller und stand plötzlich vor Marilena und ihrem Vater.

Das Mädchen zögerte nicht und sprang auf. Sie streckte ihrem Vater die Hand entgegen.

„Komm!"

Er griff zu. Marilena zog ihn auf das Pferd. Der Wallach, der nicht wirklich still gestanden hatte, verfiel aus seinem tänzelnden Schritt in einen kräftigen Galopp und schoss wie eine Kanonenkugel auf das Tor zu. Die Wache sprang zur Seite. Ein Mann war aber bereits am Tor und begann es zu schließen. Trotz seiner Kraft und Schnelligkeit würde es das Pferd nicht schaffen.

Das erkannte auch der Jäger. Er sprang seinerseits auf sein Pferd.

„Ich nehme die Verfolgung auf. So kommen sie nicht weit! He, lass das Tor auf!"

Der Jäger folgte dem Wallach und holte ihn noch auf der Brücke ein. Sie ritten fast nebeneinander.

„Nun, ich habe mein Wort gehalten. Aber so entkommt ihr nicht. Ihr seid zu schwer für euer treues Pferd."

Marilena schaute ihn an. Ihre Locken wehten im Wind .

„Vertrau mir noch einmal."

Marilena schüttelte den Kopf.

„Du musst, sonst bekommt er euch. Sei nicht so stur!"

Sie hatten die Zugbrücke passiert.

„Marilena, lass deinen Vater hier runter. Ich verstecke ihn. Dann kannst du entkommen und die Pferde suchen und nach dem Hof sehen. Schnell, meine Männer können uns nicht mehr lange verdecken."

Das Mädchen schaute zurück und sah erst jetzt, das die Begleiter des Jägers wirklich in einer Front ritten. Ihr Vater löste schon den Griff, mit dem er sich bis jetzt an ihr festgehalten hatte.

Marilena nickte.

„Reite in das Nachbarkönigreich und frage nach König Johann. Da wirst du mich und deinen Vater finden."

Der Vater lies sich vom Pferd herunter und der Wallach stob mit seiner geringeren Last davon. Der Jäger drängte den Bauern zum Wegesrand und er verkroch sich im Gebüsch.

„Bleib hier, bis ich dich hole."

Dann wendete der Jäger sein Pferd.

„Es hat keinen Sinn. Der Gaul ist schneller und besser als gedacht!"

„Lieber Oheim, da wollte ich dir noch ein Abschiedsgeschenk machen und nun muss ich mich geschlagen geben. Kannst du mir verzeihen?"

„Es wäre schön gewesen, wenn das nicht passiert wäre oder du sie bekommen hättest. Aber ich werde sie jagen, bis ich sie habe. Dann werden sie hängen oder brennen!"

„So verlassen wir dich jetzt bis zum nächsten Jahr. Auf Wiedersehen, König!"

Wieder ritt der Trupp zum Tor hinaus. Am Wegesrand rief der Jäger leise nach dem Bauern.

„Schnell, schnell, auf`s Pferd."

Der Bauer sprang auf eines der Packpferde und bekam einen Jägerhut auf. Sie ritten so schnell wie möglich und erst nach der Grenze verlangsamten sie das Tempo ein wenig.

„So, Bauer. Willkommen im Reich von König Johann, meinem Vater. Hier haben wir viel Zeit für deine Geschichte."

Nachdem sie sicher sein konnten, nicht mehr verfolgt zu werden, verlangsamten Marilena und Silbermond ihren Lauf. Marilena bedankte sich bei ihrem treuen Freund.

„Ich weiß zwar nicht, wie das geht mit dir und dem Halsschmuck und das du mich verstehst. Aber ich danke dir für deine Hilfe und dem Großvater, der diesen Schmuck für mich angefertigt hat."

Sie streichelte liebevoll den Hals ihres Pferdes.

„Wo reitest du denn nun hin? Das ist nicht der Weg zum Hof."

Der Wallach schüttelte den Kopf.

„Lauf nur, ich habe sowieso keine andere Wahl, mein Freund."

So trabten sie bis zum Abend, bis sie in dem versteckten Tal ankamen.

Mit großer Freude sah Marilena alle ihre Pferde gesund auf der Wiese grasen und schloss überglücklich den kleinen Peter in die Arme. Der erzählte ihr dann die ganze Geschichte der Flucht stolz noch einmal.

Die Nacht verbrachten sie im Tal. Am Morgen war klar, Marilena musste noch einmal zum Hof, um nach dem Rechten zu schauen. Sie traute ihrer Stiefmutter nicht über den Weg und wollte nachsehen, was noch zu retten wäre. Sie versprach Peter, sich zu beeilen.

Auf dem Hof war es so schlimm wie sie gedacht hatte. Aber einige treue Leute hatten ausgeharrt. Sie bestätigten, dass die Bäuerin alles Wertvolle weg geholt hatte. Kein Brot und keinen Schinken hatte sie da gelassen.

„Den Wein hat sie dann auch mitgenommen?"

Die Knechte schmunzelten.

„Nicht direkt. Als wir merkten, das sie hier ausräumt und auch die Lebensmittel mitnimmt, haben wir vom Wein so viel wie möglich umgefüllt."

„Das heißt, sie trinkt demnächst gutes Brunnenwasser?"

Lautes Gelächter war die Antwort auf ihre Frage.

„Gut. So lasst uns alles einpacken, was für uns noch wichtig und notwendig ist. Wenn ihr mitkommen wollt, der Vater wartet auf uns. Dann sehen wir, wie es weiter geht."

Die Knechte und Mägde mit Familien und Kindern waren mehr als einverstanden. Dankbar packten sie alle zusammen, was auf die Wagen ging. Marilena lief in die Werkstatt. Hier war noch alles so, wie sie es verlassen hatte. Na ja, mit dem Werkzeug und den Rohstoffen, Pferdehaar und Glasscherben, konnte die Bäuerin nichts anfangen.

Der Abend brach an, bevor die Verladung beendet war.

„Liebe Leute. Ich reite zurück. Wir treffen uns morgen früh an der Kreuzung mit der großen Eiche.

Von da brechen wir auf. Ich bringe da noch jemanden mit."

„Vergiss nicht meinen Peter, Marilena!"

„Wie könnte ich, Anna. Er hat uns so sehr geholfen."

Sie sah jetzt noch das Bild vor sich, als sie Anna sagen konnte, dass ihrem Peter nichts passiert war.

Der freute sich natürlich auch, sie wieder zu sehen.

„Entschuldige, dass es so spät geworden ist. Es gab viel zu tun. Und das hier ist von deiner Mutter."

Damit drückte sie ihm einen dicken Kuss auf die Wange.

„Nicht doch, ich bin doch schon groß, Marilena."

Amüsiert sah sie dann zu, wie der Junge heimlich und verschämt eine Träne aus dem Augenwinkel wischte.

Noch halb in der Nacht begannen Marilena, Peter und die Pferde den beschwerlichen Weg.

In der Nähe der Kreuzung war Lärm zu hören.

Marilena ritt heran und sah zu ihrer Überraschung die Bäuerin mit einigen Schergen mitten im Tross.

„Das gehört alles mir. Ihr habt es gestohlen!"

„Hier hat niemand etwas gestohlen. Auf den Wagen sind nur die Dinge, die den Leuten rechtmäßig gehören. Auch die Wagen und

Pferde gehören ihnen. Den Rest hast du schon weg geschleppt. Du hast uns alle betrogen, vor allem meinen Vater."

Die Bäuerin war erschrocken, als Marilena plötzlich auftauchte.

„Du müsstest doch im Kerker schmoren. Ich nehme mir, was mir gehört, auch mit Gewalt."

Die Schergen begannen, die Knechte zu bedrängen.

In Ihrer Sorge griff Marilena nach ihrer Kette.

„Ich brauche deine Hilfe, Silbermond."

Aber der Wallach schüttelte seine Mähne. Was sollte er hier auch ausrichten, so allein. In Gedanken versunken, zupfte das Mädchen an ihrem Armband. Ihre Gedanken kreisten immer noch um die Hilfe, die sie brauchten.

Plötzlich brachen hinter ihr aus dem Wald die fuchsroten Stuten ihres Vaters hervor. Sie drängten sich zwischen den Tross der Knechte und die zänkische Bäuerin mit ihren Schergen. Dann begannen sie, wild mit den Hufen zu trampeln. Der Waldboden war sehr trocken. Es hatte lange nicht geregnet. Im Nu gab es eine Staubwolke, die größer und größer wurde. Ein Wind kam auf, der die Wolke über die Angreifer trieb. Wildes Husten und Gekrächze war zu hören. Im Schutz der Pferde fuhren die Knechte und Mägde davon mit ihrem Hab und Gut. Die Fuchsroten waren noch lange am Tanzen. Erst als wirklich kein Rollen eines Rades oder ein gesprochenes Wort mehr zu hören war, stoppten sie ihre Hufe und folgten dem Tross.

Die Bäuerin gab auf und zog mit ihren Bediensteten ab. Es wurde noch lange gehustet.

Bei der Menschengruppe gab es erst ein lautes Hallo, als die anderen Pferde zu ihnen aufschlossen.

Als die Roten von hinten dazu kamen, gab es laute Freudenrufe, frenetisches Klatschen. In der folgenden Pause wurden die Stuten ordentlich abgerieben und stärkten sich mit Wasser und Heu.

Sie fuhren und liefen die Nacht durch bis zur Grenze des

Königreiches. Sie überschritten sie und lagerten erst im Reich von König Johann.

„Marilena, jemand hat uns verraten."

„Ja, und das Schlimmste daran ist, dass es einer ist, dem wir vertrauen."

Sie saßen am Feuer beisammen, tranken von dem guten Wein und hatten ein paar Hühner gerupft.

„Wieso haben die Pferde uns eigentlich geholfen?"

„Ich kann euch das nicht erklären. Aber in dem Schmuck, den der Großvater für mich aus den Pferdehaaren unserer Pferde angefertigt hat, steckt ein Zauber."

Die Menschen am Feuer beließen es mit dieser Auskunft. Wichtig war nur, dass sie es geschafft hatten. Einer aber wollte, nein musste es genauer wissen.

Er wartete, bis Marilena eingeschlafen war. Er schlich zu Ihr und nahm ihr das Armband ab. Die anderen Schmuckstücke hatte er nicht gesehen. Der Hals des Mädchens war mit dem Tuch verdeckt und den Gürtel trug sie unter dem Oberrock. Als der Dieb das Armband entwendete, wurde der Wallach aufmerksam. Die fuchsroten Stuten wurden unruhig.

Marilena erwachte. Es dauerte eine Weile, bis sie den Diebstahl bemerkte. Erschrocken sprang sie auf die Füße.

"Warum nur habe ich es erzählt. Recht geschieht mir, man gibt ein Geheimnis niemals preis."

Jeder suchte überall, aber das Armband war nicht zu finden.

Marilena war traurig und wütend.

„Wir ziehen hier gemeinsam durch das Land und einer von uns spioniert für die Bäuerin. Warum? Was zahlt sie dir?

Ich zahle dir mit Feuer. Rot ist die Farbe des Feuers. Möge das Armband im Feuer meiner Liebe, die ich für unsere fuchsroten Stuten empfinde, verbrennen. Dann nutzt es niemandem mehr."

Im Moment, wo Marilena den Satz beendet hatte, erklang ein

Schrei. Der Küchenjunge sprang von einem Bein auf das andere und versuchte, sich etwas vom Arm zu reißen. Einige der Männer packten und hielten ihn. Sie schoben den Rest eines verbrannten Ärmels nach oben.

"Marilena, das musst du dir ansehen."

Das Mädchen schaute auf den Arm des Küchenjungen. Eine breite Verbrennung zog sich rund um sein Handgelenk. Es roch nach verbranntem Haar.

Die Männer schüttelten ihn so lange, bis er klein beigab und gestand, dass die Bäuerin ihn mit einer Stelle in der königlichen Küche belohnen wollte.

„Dann geh` zu deiner Bäuerin und dem ungerechten König. Und sage ihr, wenn sie uns weiter verfolgt, holen wir uns unser Hab und Gut zurück von ihr und sie muss ins Armenhaus. Das Mal an deinem Arm soll nie verheilen und dich immer an deinen Verrat erinnern."

Die Männer ließen den Küchenjungen los. Der lief die ersten Schritte rückwärts. Er hatte Angst, dass einer aus der Gruppe ihm noch etwas antun wollte. Als er in sicherer Entfernung war, drehte er sich um und rannte los.

Peter zupfte Marilena am Ärmel.

„Der weiß aber, wo wir hin wollen."

Marilena strich dem Jungen über die Locken.

„Ich weiß, aber wir werden sehen, was passiert. Ändern können wir daran erst mal nichts.

Also los, liebe Leute. Die Nacht weicht eh schon dem Morgen. Lasst uns den Weg fortsetzen."

Überall unterwegs schien man sie zu kennen. Sie wurden freundlich begrüßt, erhielten Speisen und Getränke und jeder erklärte ihnen den Weg zum Schloss von König Johann. Trotzdem dauerte es noch einen ganzen Tag, bis sie ihr Ziel vor Augen hatten.

Der Bauer begrüßte seine Tochter und seine Leute schon vor dem Tor. Er hatte es vor Ungeduld nicht im Schloss ausgehalten. Wie groß war seine Freude alle seine geliebten Pferde gesund wiederzusehen. Das Lager wurde errichtet, das Feuer entfacht und bald kreiste mit lautem Jubel der gute Wein durch die Hände aller Versammelten. Es gab so viel zu erzählen!

So bemerkte niemand, dass sich der Jäger unter die Menge gemischt hatte. An der Stelle, wo Marilena von der Rettung durch den Jäger im Schloss erzählte, konnte er sich eine Bemerkung dann aber nicht verkneifen.

„Na, da freue ich mich aber, dass ich in dieser tollen Geschichte wirklich Erwähnung finde."

Marilena sprang erschrocken auf die Füße.

„Ich, entschuldigt, Majestät, aber ich habe euch hier nicht erwartet."

„Du solltest immer mit dem Unerwarteten rechnen."

Er zwinkerte ihr zu.

„Nein, hier muss sich niemand entschuldigen außer mir. Ich war neugierig auf die ganze Geschichte. Der König ist mein Onkel, also der Bruder meines Vater. Aber die beiden sind sehr verschieden. Mein Vater und ich bitten euch, bleibt bei uns im Land. Ihr, Bauer bekommt einen Hof mit viel Weidefläche für die Zucht eurer Pferde. Da ist genügend Platz für alle von euch. Da kannst du, Marilena, auch eine Werkstatt einrichten."

So war es beschlossene Sache. Kurz darauf hatten der Bauer, Marilena, die Knechte und Mägde und alle Pferde wieder ein Zuhause.

Schon bald kündigte König Johann seinen Besuch an. Als Vater und Sohn einritten, staunte Marilena.

„Das ist mein Zaumzeug. Ich dachte, es wäre verloren."

„Ich fing es auf, als mein Onkel es wegwarf. Es hat schon sehr viel Bewunderung und Lob bekommen. Dieses Zaumzeug ist ein Kunstwerk."

„Da hat mein Sohn allerdings Recht. Und natürlich bestelle ich hier sofort eines für mich. Es muss einem König würdig sein und selbstverständlich auch viel viel schöner sein als das meines Sohnes."

Marilena erschrak nun doch ein wenig.

„Keine Angst mein Kind, das war ein kleiner Scherz. Ich bin zwar nur ein König, aber auch ich verstehe, dass jedes von dir hergestellte Teil anders aussieht. Deshalb ist auch jedes einzelne wunderschön. Aber nun zeig uns deine Pferde, Bauer."

Während die Majestäten und ihr Vater bei den Pferden waren, bereitete Marilena eine kleine Stärkung für die Gäste zu. Die freuten sich über die Einladung. Der König hob den Krug und bat damit um Ruhe an dem großen Holztisch.

„Ich habe die Pferde gesehen und bin von ihnen begeistert. Bauer, du verstehst dein Handwerk. Deshalb möchte ich, dass du ab dem heutigen Tag die Zucht und Betreuung der königlichen Pferde übernimmst."

Marilena brachte dem König nach einigen Tagen sein bestelltes Zaumzeug. Wie zufällig lief ihr der Königssohn über den Weg. Er zwinkerte ihr zu.

„Marilena, wir haben in drei Tagen ein großes Fest auf dem Schloss. Ich möchte auch dich und deinen Vater dazu einladen."

„Was wird denn gefeiert?"

„Mein Vater ist der Meinung, es sei an der Zeit für mich zu heiraten. Vielleicht ist ja in drei Tagen eine standesgemäße Braut für mich dabei."

Marilena war viel zu höflich, um diese Einladung auszuschlagen.

In den folgenden Tagen ging ihr der Prinz nicht mehr aus dem Kopf. Sie wunderte sich, warum sie traurig wurde, wenn sie an ihn dachte. Und warum tat ihr Herz so weh, wenn sie sich an ihre wenigen Gespräche mit ihm erinnerte. Wo sie auch ging, was sie auch tat, überall sah sie ihn vor sich, wie er ihr zuzwinkerte.

Zum Ball zog sie ihr schönstes Kleid an. Ihre Taille war geschmückt mit dem Gürtel, den sie vom Großvater bekommen hatte. Ihren Hals zierte die geflochtene Kette aus dem silbernen Haar ihres Wallachs. Das Schloss war prachtvoll geschmückt. Tausende Kerzen schienen zu brennen. Den ganzen Abend erklang wunderschöne Musik. Der Prinz hatte Marilena zwar begrüßt, schien aber mit anderen jungen anwesenden Damen mehr beschäftigt zu sein.

Traurig schlich sich das Mädchen aus dem Saal. Die Nacht war warm und so beschloss Marilena, ein wenig im Schlossgarten spazieren zu gehen. An einem der Springbrunnen setzte sie sich dann auf die Bank, die unter zwei verschieden farbigen Rosenbüschen stand.

„Hier bist du! Warum bist du nicht beim Tanz?"

Aus ihren Gedanken gerissen, schaute Marilena auf und genau in die Augen ihres Prinzen.

„Mir war nicht wirklich nach Tanz und Musik."

„Warum denn nicht? Hast du keine Freude daran?"

„Heute wohl nicht, mein Prinz."

Der junge Mann wies auf die Bank.

„Darf ich?"

Marilena nickte.

„Nun, ich warte."

„Worauf?"

„Auf deine Antwort."

Marilena wich seinem Blick aus..

„Nun?"

„Entschuldige, aber bist du nicht auf Brautschau?"

„Man antwortet nicht mit einer Gegenfrage, aber ja, bin ich. Stört dich das?"

„Hast du noch keine standesgemäße Braut gefunden oder warum vertrödelst du deine wertvolle Zeit mit mir?"

„Schon wieder eine Gegenfrage. Und aha, daher weht der Wind. Wer bitte sagt dir denn, dass ich meine Zeit mit dir vertrödele und dass ich nicht schon längst meine Braut gewählt habe?"

Der Prinz griff nach ihren Händen.

„Marilena! Standesgemäß heißt nicht, dass meine Braut eine Prinzessin sein muss. Es bedeutet für mich, dass sie mir ebenbürtig ist, meine Werte teilt und Mensch und Tier gleichermaßen achtet. Und das tust du doch!"

Marilena sah ihn ungläubig an. Der Prinz zwinkerte ihr zu, wie beim allerersten Mal auf dem Hof seines Onkels.

„Marilena, Prinzessin der Knoten und Perlen, willst meine Frau werden? Ich liebe dich, seit ich dich das erste Mal gesehen habe. Seitdem bewundere ich deinen Mut nie aufzugeben, für andere einzustehen und Menschen wie Tiere gegen Ungerechtigkeiten zu verteidigen. Wer wäre würdiger, die künftige Königin zu werden. Das sind die Werte, die einen guten König ausmachen."

Das Herz Marilena`s hörte auf zu schmerzen. Es füllte sich mit Freude, Licht und Liebe.

Arm in Arm ging das Paar in den Ballsaal zurück und der Prinz verkündete seine Entscheidung.

Es folgte, wie sich das für einen König gehört, eine bombastische Hochzeit mit vielen vielen Gästen.

Nur einer war nicht eingeladen, der Bruder des Königs und Onkel des Bräutigams.

Die Zeit ging ins Land und die Prinzessin Marilena gebar ihrem Ehemann ein Zwillingspaar, einen kräftigen Jungen und ein wunderschönes Mädchen. Den Jungen nannten sie nach dem König Johann, das Mädchen bekam auf den Wunsch der jungen Mutter den Namen von ihrer und hieß ab diesem Tag Rosalie.

Das Prinzenpaar war glücklich, der König machte reiche Geschäfte mit der Pferdezucht, der Bauer hatte immer eine glückliche Hand bei seinen Tieren.

So viel Glück bringt Neider hervor.

Der Bruder des Königs hatte seit der Hochzeit Spione am Hof seines

Bruders. Er wollte immer noch die Pferde zurück, die, wie er glaubte, sein Bruder ihm gestohlen hatte.

Die Frau des Bauern war seit der Trennung von ihm die Mätresse des Hauptmanns . Sie hatte somit den von ihr so heiß ersehnten Zugang zum Hof und wusste das Misstrauen des Königs gegen seinen Bruder und dessen Familie zu schüren. Mit der Geburt der Zwillinge war das Maß voll. Der König und die Mätresse schmiedeten einen bösen Plan.

Marilena suchte ein Kindermädchen, das sie bei den Zwillingen unterstützen sollte. Sie fand unter allen ein hübsches und bescheidenes Ding. Bald schon vertraute Marilena dem Mädchen ihre Kinder alleine an. So konnte sie wieder ihrer geliebten Arbeit nachgehen, Schmuck aus Pferdehaar und Perlen aus Glas herzustellen.

Eines Tages erklang ein herzerweichendes Wehklagen. Auf die lauten Rufe der Dienerin eilten alle herbei, der König, der Prinz, der Bauer und natürlich auch Marilena.

Die Dienerin zeigte voller Entsetzten auf die Bettchen der Kinder. Da lagen statt dieser zwei Fohlen in den königlichen Kissen.

„Sie ist eine Hexe. Sie hat ihre eigenen Kinder verzaubert. Sie hat den armen Prinzen genarrt. Sie brauchte sein königliches Blut, um Pferde zu erschaffen, die unsterblich sind. Sie will uns alle vernichten."

„Hör auf zu schreien. Warum sollte sie unsterbliche Pferde erschaffen?"

„Diese Tiere leben von Menschenfleisch. Sie ist in Wirklichkeit die Königin dieser Pferde und hat nur eine menschliche Gestalt angenommen. Nur ihr Schmuck schützt sie vor der Verwandlung. Hat einer von euch sie schon mal einen Tag ohne ihren Gürtel oder ihre Halskette gesehen."

Es war allerhand Volk zusammen gelaufen vor dem Schlafzimmer des Prinzenpaares. Alle sahen die Fohlen in den Kinderbetten. Alle kannten Marilena nur mit dem Gürtel und der Halskette.

Es braucht nur einen, der in die Verleumdungen einstimmt und schon entsteht ein Mob, der alles mit eigenen Augen gesehen haben will. Plötzlich stand der Hauptmann in der Tür.

„Nehmt sie fest, alle. Bringt sie in`s Verlies. Ihr zwei, ihr schafft die Fohlen zu den anderen Pferden."

"Was habt ihr vor?"

„Nun, mein König. Die Pferde werden zur Teufelsschlucht gebracht und zu Tode gestürzt. Die Hexe wird verbrannt. Der Bauer wird der Mittäterschaft angeklagt und wahrscheinlich geköpft. Euer Bruder, der König geht davon aus, dass ihr geblendet wurdet. Wenn ihr Glück habt, werdet ihr verbannt. Euer untreuer Sohn jedoch wird sein Leben im Kerker beschließen. Er hat der Hexe damals im Schloss eures Bruders zur Flucht verholfen. Bringt sie alle weg!"

Als Marilena an der Bäuerin vorbei gestoßen wurde, riss diese ihr den Gürtel von der Taille und die Kette vom Hals. Marilena schrie auf.

„Seht ihr wie sie reagiert, wenn man sie ihrer Zaubermittel beraubt."

Der Prinz hatte die ganze Zeit verzweifelt versucht, in die Nähe von Marilena zu gelangen. Aber vergebens. König, Prinz und Bauer wurden je in ein Kellerverlies gebracht. Marilena kam in den Turm, in die oberste Kammer.

Die Pferde wurden zusammengetrieben und von den Soldaten weggebracht. Auch der silberne Wallach war dabei.

Die Tage vergingen. Der Hauptmann führte das Regiment am Hof. Seine Mätresse kontrollierte die Gefangenen. Während der ersten zwei Tage verweigerte Marilena die Speisen. Aber dann siegte ihr Mutterinstinkt über die Trauer. Sie würde ihre Kinder suchen und finden. Dann würde sich auch die Intrige ihrer Stiefmutter aufklären lassen. So begann sie wieder zu essen. Sie trauerte um die Pferde, sorgte sich um ihren Vater, ihren Prinzen und den König. Sie versuchte heraus zu bekommen, was man mit ihren Kindern getan hatte. Aber der Soldat, der ihr das Essen brachte, schwieg zu allen ihren Fragen.

Marilena befreite sich und die ihren nicht und keine Pferde erschienen, um zu helfen. Das schürte das Gerücht der Stiefmutter, dass Marilena der Zauberutensilien beraubt sei und das sie die Wahrheit gesprochen hatte.

Inzwischen aber ging es Marilena immer schlechter. Von Tag zu Tag wurde sie schwächer. Auch das war für alle ein Zeichen, dass sie ihrer Zauberkraft beraubt, sich nicht mehr selbst helfen konnte.

Irgendwo in einem fernen Wald stand ein kleines gemütliches Holzhaus. Auf der Wiese vor der Tür ästen Rehe und sprangen Hasen herum. Der Bewohner kam aus dem Wald zurück, auf dem Rücken ein Bündel Holz. Er stellte es an die Seite und betrat die Hütte. Es brannte kein Licht. Der Hausherr stutzte. Normalerweise begrüßte ihn ein kleines rotes Leuchten gegenüber an der Wand. Heute war es dunkel. Unruhig zündete er die Kerze an, die auf dem Tisch stand und trat an das Regal.

Das kleine Herz aus rotem Glas, in dessen Mitte ein Gänseblümchen ewig blühte, dieses Herz war fast schwarz. Eilig nahm der Alte das Herz und verpackte es in das mit Pferdehaar genähte Beutelchen. Dann trat er vor die Tür. Ein Pfiff erklang. Es wurde lebendig im bis dahin ruhigen Wald. Flügelschlagen erklang und von allen Seiten kamen Vögel angeflogen, große und kleine, bunte und unscheinbare. Sie ließen sich rund um den Alten nieder. Der schöpfte mit einem Zinkteller gerade Quellwasser. Den Teller stellte er auf den Tisch vor der Hütte. Er wartete, bis das Wasser ruhig im Teller stand wie ein Bergsee. Dann sah er hinein.

„Oh, nein, mein armes Kind!"

Die kleinen Vöglein schickte er zur Kräuterwiese. Sie sollten jedes

Kräutlein mitbringen, das sie finden konnten. Die größeren schickte er aus, um nach den Pferden zu schauen. Er spürte, dass sie noch lebten. Unter den großen Tieren wählte er einen Adler aus. Der sollte die Arznei zu Marilena tragen. Aus den von den Vögeln gesammelten Kräutern braute der Alte einen Trank. Das kleine Fläschchen verpackte er sorgfältig in Tücher und in ein Beutelchen aus kräftigem Leder. Diese Post bekam der Adler um den Hals.

Der Alte verschloss seine Hütte, nicht ohne vorher genügend Futter für alle Tier bereit zu legen. Dann pfiff er ein zweites Mal, diesmal auf einer aus einem Birkenzweig geschnitzten Pfeife. Schon bald war Hufgetrappel zu vernehmen und aus dem Wald galoppierte der schönste Schimmel unter der Sonne.

„Mein Freund, ich hätte dich nicht gerufen, wenn es nicht um Leben und Tod ginge."

Der Schimmel neigte den Kopf und verharrte ruhig.

Der Alte stieg auf und wie ein Orkan verschwand der Schimmel über die Wiese und zwischen den Bäumen auf der anderen Seite der Lichtung.

Am Abend des Tages hörte Marilena Flügel schlagen. Dann war es, als wenn ein Vogel gelandet wäre. Hierher verirrte sich sonst keines dieser Tiere. Marilena schleppte sich zum Gitter in der Mauer. Und wirklich – davor auf dem Sims saß ein großer Adler. Als er Marilena sah, neigte er den Hals und das Mädchen erkannte den Beutel. Es dauerte, bis Marilena den Knoten geöffnet hatte, da sie nur mit einer Hand durch das Gitter langen konnte. Mit der anderen hielt sie sich an den Gitterstäben fest. Endlich löste sich der Beutel vom Hals des Vogels, Dieser erhob sich sofort wieder in die Luft. Marilena lies sich auf das feuchte Stroh fallen, was ihr Nachtlager war und öffnete das Lederbeutelchen. Sie zog die kleine Flasche und einen zusammen gefalteten Zettel heraus. Sie faltete mit zitternden Händen den Brief auseinander.

„Liebes Kind, in dem Fläschchen ist ein Kräutertrank. Bitte trinke ihn und rühre keine Speise mehr an. Man will dich vergiften. Ich bin auf dem Weg."

Unterschrieben waren die wenigen Zeilen mit – Großvater.

Marilena öffnete ohne Zögern die Flasche und trank. Die Flüssigkeit schmeckte nach Wald und Blüten. Bald schon bemerkte sie, wie ihre Kräfte zurück kehrten. Nun hatte sie Muße, den Beutel genauer zu untersuchen. Dazu gehörte auch die Schnur. Die war nicht nur um den Hals des Vogels geschlungen gewesen, sie hielt auch das Lederbeutelchen zusammen. Als Marilena die Schnur berührte, begann ihr Herz wild zu klopfen. Die Schnur war aus Pferdehaar. Sie stürzte zum Fensterdurchlass und hielt die Schnur in die letzten Sonnenstrahlen.
„Das ist ja meine Schnur von meinem Beutelchen, das ich dem Großvater geschenkt habe. Meine Schnur aus den Haaren von Silbermond und denen der fuchsroten Stuten."
Marilena konnte ihre Tränen nicht zurück halten.
Sie presste die Schnur an ihr Herz.
„Oh, meine Lieben. Wie trauere ich um euch. Ich fühle mich verantwortlich für eurer Schicksal, aber ich habe meine Kinder nicht getötet oder verzaubert. Ihr würdet das wissen.
Was kann ich tun?"
Marilena verbarg die Schnur tief in ihren mittlerweile verschlissenen Kleidern.

Auf einer Weide im Land des habgierigen Königs begann es zu regnen. Die Pferde, die hier gehalten wurden, hoben die Köpfe. Sie schmeckten das Salz in den Regentropfen. Eines von Ihnen, ein grauer Wallach stellte sich auf die Hinterbeine und wieherte. Die ihn umgebende Herde antwortete.

Auf dem Schloss von König Johann war sein Bruder eingetroffen. Er hatte sich absichtlich Zeit gelassen, um die Gefangenen und vor allem seinen Bruder zu demütigen. Sein Bruder war schon immer der Beliebtere, der Klügere, der Bessere gewesen. Er hatte eine kluge und stolze Frau bekommen, die ihm einen Nachfolger gebar. All das war ihm nicht vergönnt gewesen. Nun kam die Zeit, dass er sich rächen konnte. Er würde sich das Reich seines Bruders wieder nehmen und damit die ursprüngliche Größe des Königreiches seines Vaters wieder herstellen. Außerdem besaß er jetzt die schönsten Pferde der Welt.

Er ließ verkünden, dass er Gericht halten wolle über die Hexe und ihre Helfershelfer. Das Volk strömte zum Schloss, viele, weil sie ihren geliebten König Johann noch einmal sehen wollten.

Der Königsbruder hatte den Thron in den großen Hof tragen lassen. Dann brachte man die Gefangenen. Der König, der Prinz, der Bauer und Marilena sahen sich nach vielen Tagen das erste Mal wieder. Erschrocken bemerkten alle den großen Scheiterhaufen in der Mitte des Hofes.

Der König sah das mit Freude.

„Bringt das Mädchen gleich auf den Scheiterhaufen. Ihr, mein lieber Bruder und ihr,mein lieber Neffe und auch du, du dummer Bauer, ihr werdet zusehen, wie sie brennt. Dann hat der Spuk ein Ende. Danach verkünde ich eure Urteile, die ihr ja schon kennt. Ich habe keinen Grund, daran auch nur eine Kleinigkeit zu ändern."

Marilena schüttelte die Hände der Soldaten ab und schritt stolz auf den Scheiterhaufen zu. Da trat ihre Stiefmutter auf sie zu.

„Wieso bist du wieder gesund? Du warst schon kurz vor dem Tod."

„Warum wolltest du mich vergiften, doch sicherlich nicht, um mir das hier zu ersparen."

„Nein, ich wollte allen zeigen, dass, wenn du stirbst, du dich im Tode des menschlichen Körpers wieder in ein Pferd verwandelst, was du in Wirklichkeit bist!"

„Das Schauspiel kann ich dir nicht bieten. Du weißt doch, dass ich zaubern kann. Deshalb bin ich auch wieder gesund. Fürchte meine Rache!"

Damit ließ Marilena ihre Stiefmutter stehen und ging an ihr vorbei, weiter ihrem Schicksal entgegen. Die Soldaten stießen sie den Holzstoß hinauf. Der Prinz konnte sich losreißen und lief in ihre Richtung. Seine Untertanen machten ihm Platz. So kam er bis zum Scheiterhaufen, ehe die Schergen seines Onkels ihn wieder greifen konnten. Der zitterte vor Wut. Er hatte gesehen, wie das Volk immer noch zu seinen ehemaligen Herrschern stand.

„Neffe! Ich wollte wenigstens dein Leben schonen, aber du hast es dir anders ausgesucht. So stirb mit deiner Hexe."

Beide wurden nun an den Stamm gefesselt. Ihre Hände berührten sich. Die Finger des Prinzen griffen nach denen seiner Prinzessin. Er fand sie und die Schnur. Er holte tief Luft.

„Schweig, Liebster! Ich weiß noch nicht, ob ich uns retten kann."

Marilena krampfte ihre Finger um die Schnur und rief in Gedanken nach ihren geliebten Pferden.

Der Prinz umschloss mit seiner Hand die von Marilena. Auch er war der Meinung, dass die Tiere noch lebten. Dafür war sein Onkel viel zu gierig.

„Marilena. Sie leben noch."

„Ich weiß, mein Herz."

Das Volk im Schlosshof wurde unruhig. Der Prinz war immer sehr beliebt gewesen. Die ersten Stimmen des Unmutes kamen auf.

„Zündet sie an. So macht doch!"

Die Schergen befolgten den Befehl und setzten den Scheiterhaufen in Brand. Das trockene Holz war willkommenes Futter für die Flammen, die schnell höher schlugen.

Auf einmal war wildes Hufgetrappel zu vernehmen. Durch das Tor galoppierten braune, schwarze, gefleckte, weiße, graue, fuchsrote Pferde, angeführt von einem silbernen Wallach und einem strahlend weißen Schimmel. Auf dem ritt ein Mann in den besten Jahren. Er lenkte den Schimmel vor den Königsthron. Die Herde folgte dem Wallach zum Scheiterhaufen. Die Tiere traten das Holz auseinander und stampften das Feuer nieder. Der Wallach zerbiß die Fesseln. Der Prinz schwang sich auf den Rücken des Pferdes und hob Marilena vor sich. Die Menschen begannen zu jubeln und machten den Weg frei für das Prinzenpaar. Der Wallach hielt neben dem Schimmel. Die, die neben den anderen Gefangenen gestanden hatten, befreiten diese ebenfalls von ihren Stricken.

Der König war im Thronstuhl zusammen gesunken.

Der Mann auf dem Schimmel richtete sich auf. Seine Kleidung war aus dem besten Stoff, den man je gesehen hatte und reich verziert mit allen nur erdenklichen Edelsteinen. Ebenso hervorragend gearbeitet war das Zaumzeug seines Pferdes. Die Mähne des Schimmels war in viele Zöpfe geflochten und in jedem einzelnen glitzerten unzählige Rubine, Smaragde, ja sogar Diamanten.

„Höre, du gieriger und grausamer Tyrann. Zu dir spricht Faunus, der Herr über die Tierwelt. Meine Mutter Fauna hat mich in dein Reich gesandt.

Du willst die schönsten Pferde der Welt besitzen, aber du pflegst sie nicht. Sie sollen dir dienen, aber du dankst es ihnen nicht.

Du hast es gewagt, einen ehrlichen Mann zu bestehlen. Du hast ihm seine Pferde genommen und seinen Hof. Du hast ihn um seine Tage inmitten seiner geliebten Tiere gebracht. Die in dir gewachsene Gier nach Reichtum hat dich verblendet.

Dein Vater hat dich anders erzogen. Dein Bruder lebt so, wie ihr es von eurem Vater gelernt habt. Er hat verstanden, dass es einem König auch nur dann gut geht, wenn es seinem Volk an nichts mangelt. Jedes Lebewesen hat seinen Sinn in unserer Welt. Wir brauchen die Ameise genauso wie die Vögel oder die Pferde.

Pferde sind sehr klug. Sie sind gern mit den Menschen zusammen. Sie lieben die Arbeit mit uns, ob auf dem Feld oder unter dem Reiter.

Aber wie auch jeder Mensch brauchen sie wie alle Tiere Zuwendung, Dank und Anerkennung. Und sie brauchen keine Peitsche oder gar Schläge.

Du hast es nicht verstanden, wie wertvoll solche Menschen wie Marilena und ihr Vater sind, die mit den Tieren sprechen können.

Deshalb höre mein Urteil! Du sollst spüren, was es heißt, schwer zu arbeiten. Deshalb wirst du ab heute in den Steinbrüchen die schweren Felsbrocken ziehen. Aber nicht mehr als Mensch! Den Rest deines Lebens verbringst du als Pferd. So lernst du, was du als Mensch nicht begreifen wolltest."

Ein Donner erklang, ein Blitz fuhr zur Erde. Der König war während der Rede von Faunus vor dem Thron in die Knie gesunken. Statt der zusammen gesunkenen Gestalt stand da nun ein kräftiges braunes Pferd mit schwarzer Mähne.

„Bringt es in den Stall! Einer meiner Männer schafft es dann in die Berge zu den Arbeitern. Sie werden sich über die kräftige Hilfe freuen und es gut behandeln."

Damit drehte sich Faunus ein wenig auf dem Schimmel.

„Wo ist die intrigante Ehefrau und Stiefmutter?"

Die hatte bei den letzten Worten des Herrn über die Tierwelt versucht, sich in der Menge zu verstecken. Sie wurde jedoch von den Anwesenden nicht durchgelassen und nach vorn geschoben.

„Zuerst gibst du den Gürtel zurück, den du Marilena abgenommen hast und die Halskette."

Die gierige Frau trug den Gürtel selbst, die Halskette hatte sie in einem Tuch bei sich. Faunus nahm ihr beides ab und reichte es Marilena.

„Wir haben dir zu danken, dass du beides aufbewahrt hast, deiner Gier sei Dank."

Marilena hatte in der Zwischenzeit Gürtel und Halsschmuck wieder angelegt. Sie berührte den Gürtel.

„Du treuer Freund meines Vaters. Bring mir meine Kinder zurück."

Faunus nickte.

„Wie ich sehe, hast du auch dieses Geschenk klug genutzt."

„Nach all unseren Erlebnissen dachte ich, es wäre gut, die Kinder beschützt zu sehen."

„Du konntest nicht wissen, ob es funktionieren würde."

„Deine zwei anderen Geschenke haben das getan. Warum sollte ich also jetzt zweifeln?"

Es dauerte nicht lange, da trabte der stolze schwarze Rappe durch das Schlosstor. Rechts und links waren an seinem Sattel zwei Tragekörbchen fest gebunden. Das Pferd stoppte neben Marilena. Ihr Vater kam herbei gelaufen und begrüßte seinerseits sein Lieblingspferd. Marilena griff vorsichtig in das Körbchen vor sich und hob das Bündel heraus.

„Mein Kind, meine Rosalie!"

Der Prinz eilte zur anderen Seite und hob aus dem anderen Korb ein zweites Bündel heraus. Hier erklang ein kräftiger Schrei.

„Mein Sohn!"

„So seht denn, ihr Leute! Die Kinder sind wohlauf. Niemand hat sie verzaubert. Die Amme wird es bestätigen. Du aber, du falsches Weib wirst das Schicksal des Königs teilen und kannst ihm jeden Tag im Steinbruch nahe sein."

Er hob den Arm.

„Werde auch du zum Tier! Ich glaube, als Esel kannst du gute Dienste leisten, wenn du den fleißigen Arbeitern täglich die Speisen zum Berg hinauf bringst."

Als Antwort darauf hörte man nur ein klägliches i-ah.

„Der Hauptmann und seine Soldaten geben stolze Gardepferde ab und mehren euren Tierbestand, König Johann.

Was mit der Amme geschehen soll, das entscheidet Marilena selbst."

Die hatte den stolzen Mann auf dem Schimmel erst nur ungläubig angestaunt.

Die Knechte brachten die Pferde und den Esel weg.

„Bist du es wirklich, Großvater? Ich habe deine Stimme erkannt, aber nicht dich."

„Mein Kind, wir zeigen uns nicht immer in unserer wahren Gestalt. Ich hoffe, dass du mich auch so gern hast, aber wenn es dir lieber ist, besuche ich dich auch gern in der Gestalt des dir bekannten alten Mannes."

Er verwandelte sich in den Großvater. Marilena fiel ihm um den Hals. Als sie sich von ihm löste, war er wieder Faunus, der Herr über die Tierwelt.

Er spürte, dass Marilena über etwas nachgrübelte.

„Was beschäftigt dich?"

„Ich werde nie wissen, was mit meinen Kindern geschah."

Faunus stieg vom Pferd und ging zum Brunnen im Hof.

„Komm!"

Er beugte sich über die stille Wasserfläche im Rund der Steine. Dann nahm er Marilenas rotes Herz aus dem Beutelchen, das er auf der Brust getragen hatte. Er ließ es in den Brunnen fallen.

„Wasser, du fließt überall, kennst verschlungene Wege und alle Geheimnisse am Wegesrand. Zeig uns die Geschichte der Kinder Rosalie und Johann!"

Das Herz fiel in den Brunnen. Im Augenblick leuchtete es unter der Wasseroberfläche, die immer heller wurde. Dann kamen die Bilder. Die Geburt, die frohen Tage, die neue Amme. Im Folgenden sah man die Stiefmutter mit den zwei Fohlen. Die Amme musste die Kinder aus ihren Bettchen nehmen. Da hinein packte die Stiefmutter die Fohlen. Dann erschien die Amme mit den beiden Kindern am Fluss. Sie versuchte, das erste Bündel unter Wasser zu drücken, zuckte aber zurück. Es war zu sehen, wie ihr die Tränen über ihre Wangen rannen. Sie drückte das Baby fest an sich und schaute umher, als suche sie einen Ausweg. Plötzlich stand der Rappe neben ihr. Die Amme nahm die Tragetaschen für die Kleinen, befestigte sie am Sattel des Pferdes und legte die Kinder hinein.

Das Licht im Brunnen wurde dunkel. Aus dem Wasser tauchte das rote Herz aus Glas mit dem ewig blühenden Gänseblümchen im Inneren wieder auf und schwebte in Faunus` Hand zurück.

„Aber nun lasst uns feiern! Vögel herbei!"

Plötzlich schwirrte es über den Köpfen der Anwesenden. Eine riesige Schar von Vögeln aller Größen und Farben schienen vom Himmel zu fallen. Sie brachten Tücher und silberne Platten mit Obst, goldene Teller mit Gebratenem, geflochtene Körbe mit Brot und Schinken, reich verzierte Karaffen mit rotem und gelbem Wein. Marilena erkannte den Adler, der ihr die Medizin gebracht hatte. Sie winkte ihm zu und der Vogel flog zu ihr. Er setzte sich auf den Brunnenrand.

„Da kann ich dir ja noch einmal danken für deine Hilfe"

Sie strich ihm liebevoll über das Federkleid. Nach einem Moment erhob sich der stolze Vogel wieder in die Luft.

Am Abend wurde es Zeit für den Herrn der Tierwelt.Er verabschiedete sich von König Johann, dem Prinzen, dem Pferdebauern, umarmte die beiden Kleinen in ihren Bettchen und nahm seinen Schimmel am Halfter.

„Ich bringe dich noch zum Tor, Großvater, entschuldige, Faunus."

Faunus lächelte und nickte ihr zu. Am Tor nahm er auch sie in den Arm.

„Behalte dein Vertrauen zu den Menschen und Tieren, du siehst, es lohnt sich. Und bewahre dir die Liebe zu deinen kunstvollen Fertigkeiten. In deinen Perlen und vor allem in deinen Flechtarbeiten liegt Magie, die Magie des Herzens. Und das wird uns immer verbinden."

Bei den letzten Worten hatte er ihre Hand genommen und auf das Beutelchen an seiner Brust gedrückt, Er wiederum legte seine Hand auf die Perle in Ihrem Halsschmuck.

Ich habe die Perle glänzen und das Herz leuchten sehen und war oft Gast im Schloss. Ich habe Marilena bei der Arbeit zugesehen. Und ich besitze selbstverständlich ein Schmuckstück aus ihrer Hand. Deshalb kann ich bezeugen, dass alles wahr ist, was ich hier berichtet habe.

„Lieber Zwerg, ich habe eine Frage. Darf ich deine Geschichten aufschreiben? Sie sind so schön und berührend. Ich möchte, dass auch viele andere Menschen in den Genuss deiner Erzählungen kommen. Dann gehen sie auch niemals verloren."
„Aber dann bin ich doch überflüssig. Wer spendiert mir dann noch edlen Traubensaft und lecker Schokolade?"
„Du hast mir selbst erzählt, dass es dich seit der ersten Geschichte der Erde gibt. Und du weißt unendlich viele Geschichten und Märchen. Dein Vorrat wird also nie versiegen. Bei mir bekommst du immer Saft und Schokolade. Bei allen Menschen, die sich deine oder andere Geschichten erzählen, bekommst du Saft und Schokolade. Du kannst Geschichten sammeln, du kannst reisen, ohne Angst zu haben, dass deine Sammlung verloren geht. Du musst dich ja nicht immer zeigen, auch das steht dir sicherlich frei.
Damit du noch ein wenig Zeit für deine Antwort hast, erzähle ich dir jetzt zur Abwechslung mal eine Geschichte."

Der große Traum

Es war einmal ein kleiner Tannenbaum.

Aufgewachsen war er in einer Baumschule mit vielen anderen Tannenkindern.

Dann, eines Tages, war ein Mann gekommen. Er war zwischen den ganzen kleinen Tannenbäumen herum gelaufen. Aufmerksam umrundete er die Bäumchen. Ab und zu zeigte er auf einen von ihnen und nickte ihrem Ziehvater zu. Der machte dann ein Fähnchen an einem Ast fest. Später am Nachmittag kamen dann ein paar Arbeiter die alle Bäumchen mit Fähnchen vorsichtig ausgruben, verpackten und auf einen Hänger stellten. Zu seiner großen Freude wurde auch unser kleiner Tannenbaum verladen.

Zusammen mit den anderen Bäumchen wurde er auf der Fahrt in sein neues Zuhause kräftig durchgeschüttelt.

Der kleine Tannenbaum war sehr aufgeregt.

Wo ging es hin?

Wo würde er stehen?

Wer würde ihm beim Wachsen zusehen und ihn bewundern?

Unser kleiner Tannenbaum hatte am Rande der Lichtung sein grünes Leben begonnen. Zwischen ihm und den großen Bäumen auf der anderen Seite lag ein ausgefahrener Forstweg. Hier kamen außer den Arbeitern der Baumschule auch andere Menschen vorbei – große und kleine, junge und alte, gerade so wie bei den Bäumen.

Der kleine Tannenbaum war ein neugieriger aufgeweckter Kerl. Er hörte zu wenn die Menschen sich unterhielten und merkte sich für ihn wichtige Dinge.

So hatte er bei einem dieser Gespräche von diesen Menschen ein Lob mitbekommen.

„Der Kleine da ist gut und gerade gewachsen. Seine Farbe ist auch

von Vorteil. Das könnte mal ein schöner Weihnachtsbaum werden."
Das Tannenbäumchen hatte an sich herunter geschaut und die Farbe seiner Nadeln mit der seiner Nachbarn verglichen. Einige sahen so aus wie er, aber die überwiegende Zahl seiner Mitwachser hatte grüne Nadeln. Seine eigenen waren blau! Dem Bäumchen gefiel die Farbe seiner Nadeln.

Aber was war ein Weihnachtsbaum?

Er schaute nach den großen Bäumen auf der anderen Seite des Weges.

„Hey, ihr da drüben, ihr Großen?"

Ein knorriger sehr alter Baum wurde auf den vorlauten Rufer aufmerksam.

„Was ist, du kleiner Naseweis?"

„Sag, was ist ein Weihnachtsbaum? Die Menschen sprachen davon. Du stehst doch schon so lange hier."

Der Knorrige lachte.

„So, so. Du willst also wissen, was ein Weihnachtsbaum ist? Da holen die Menschen einen von uns in ihr Haus. Der Arme wird dann verschandelt."

„Was meinst du damit?"

„Nun, er wird mit bunten Kugeln und anderem sinnlosen Zeugs behängt, aus Stroh oder Holz oder auch aus Schokolade. Das essen die Menschen sogar. Manchmal kommen dann noch extra silberne Metallfäden an seine Äste. So steht der Bedauernswerte dann da und muss sich anstaunen lassen. Sie zünden ihn dann sogar an! Ja, schau nicht so! Das ist die Wahrheit. Zu dem ganzen anderen Kram kommen noch Kerzen drauf und die zünden die verrückten Menschen dann auch noch an. Und vor allem finden die das richtig schick."

„Aber das kann doch schön aussehen."

Der kleine Tannenbaum fand die Idee gar nicht sooo schlecht.

„Na hör mal! Da wirst du zur Schau gestellt, alle Welt glotzt dich an.

Du machst dich doch lächerlich vor all den anderen Bäumen, die dich durch die Fenster sehen können. Wenn das sogenannte Fest dann vorüber ist kann es sein, dass du weggeworfen wirst. Nur manchmal behält ein Baum seine Wurzeln, wenn er so hin gestellt wird."

„Ich hätte es schön gefunden, wenn mich ein Mensch dafür ausgesucht hätte. Man wird geschmückt und glänzt im Kerzenschein und ist etwas Besonderes für diese Menschen."

Ein stolzer Tannenbaum einige Schritte weiter hatte seine Meinung zum Thema eingebracht.

„Du bist ja auch ein eitler Geck. Kein Wunder, dass dir das gefallen hätte."

Der Knorrige wandte sich wieder dem kleinen Tannenbäumchen zu.

„Hör nicht auf ihn. Glaub mir, es geht nichts über die Freiheit im Wald."

„Ah, Freiheit. Okay, du kannst hier vor dich hin leben. Aber als Weihnachtsbaum überlebst du die Zeit. Die Menschen machen Fotos von dir, verschicken sie in die ganze Welt und die Kinder der Menschen und die Kinder der Kinder sehen sich dein Bild noch nach vielen Jahren an. Und nicht zu vergessen, mein Kleiner, du kannst damit die Menschen sehr glücklich machen."

Damit war die Frage beantwortet und die alten Bäume hüllten sich wieder in ihr ureigenes Schweigen.

Unser kleines Tannenbäumchen blieb mit seinen Gedanken allein zurück.

Aber ein Traum war geboren!

Ja, je mehr er darüber nachdachte, desto klarer wurde ihm,was er wollte.

Er wollte ein Weihnachtsbaum werden und all das erleben, wovon die beiden Alten erzählt hatten.

Nicht nur der Wald sollte es für ihn sein. Ein großes buntes Abenteuer wollte er erleben!

Nun da ein Mensch ihn mitgenommen hatte, schien er seinem Traum näher zu kommen.

Das Auto bog in einen großen Hof ein. Noch auf dem Hänger ging es durch eine Scheune hindurch bis in einen Garten. Hier wurden die Baumkinder ausgeladen.

Der kleine Tannenbaum sah sich um. Er entdeckte am rechten Zaun zum Nachbarn mehrere Erdlöcher in gleichen Abständen.

Hier wurden sie also wieder eingepflanzt. Er, der kleine blaue Tannenbaum, wollte sich bemühen und groß und gerade wachsen. Er musste nur gut sichtbar wachsen, damit die Menschen auch auf die Idee kamen, ihn als Weihnachtsbaum haben zu wollen.

Einer nach dem anderen wurden die Tannenzwerge eingesetzt. Und unser kleiner Träumer?

Oh, je. Er kam als letzter an die Reihe!

Das letzte Erdloch in der ganzen Reihe war nur noch frei. Damit kam er in der hintersten Ecke des Gartens zum Stehen. Vor ihm wuchsen ein Haselnussstrauch und ein Kirschbaum. Und das allerschlimmste: Neben all den kleinen Gartenneulingen wuchsen im Nachbargarten schon Tannen. Die waren bereits größer als unsere Baumkinder.

Der kleine Tannenbaum war darüber sehr sehr traurig. Kleine harzige Tränen liefen an seinem Stamm herunter. Keiner konnte ihn hier sehen. Keiner seine blauen Nadeln bewundern. Niemand würde seinen Wuchs auch nur beobachten.

Die Jahre vergingen. Die Menschen im Haus kamen und gingen. Auch Tiere lebten von Zeit zu Zeit im Garten. Doch kaum eines verirrte sich in die hinterste Ecke. Die Tannenbäumchen wuchsen und wurden zu großen Tannen. Aber die Nachbarbäume waren doppelt so groß. Die meisten der Bäume mussten um ein wenig Sonnenlicht kämpfen.

Der kleine Tannenbaum war nicht mehr klein. Er war nun auch einer von den großen. Und im Laufe der Zeit hatte er die Vorteile seines

Standortes begriffen. Die Gartenecke verwilderte ein wenig. Da keines der Tiere bis zu ihm kam, blieb seine Rinde unverletzt. Als letzter in der Pflanzreihe bekam er Sonne von drei Seiten. Und er hatte mehr Platz zum Wachsen und konnte seine Äste in alle Richtungen ausbreiten. Seine Brüder hatten nicht so viel Glück. Sie wurden von den Tieren verletzt, standen zu eng, um genügend Licht und Sonne zum Wachsen zu haben.

Der Tannenbaum erfreute sich seines Lebens und ob ihr es glaubt oder nicht, er träumte noch immer seinen Traum. Er wollte nicht aufgeben. Ab und zu sah er die Lichter in den Nachbargärten zum Sommerfest, zum Geburtstag und wohl auch den einen oder anderen geschmückten Baum zu Weihnachten. Er wusste, dass er eigentlich unsichtbar war. Doch das Bild von ihm mit dem herrlichen Schmuck an seinen Ästen hatte sich tief in seine Rinde eingegraben.

Dann kam ein neues Frühjahr und wieder mal neue Menschen in das Haus. Erst liefen sie allein im Garten umher, dann kamen andere Menschen und schauten.

„Lasst erst einmal alles wachsen und blühen, damit ihr wisst, was hier alles da ist."

„Das machen wir. Aber die Tannen am Zaun müssen weg. Die nehmen allen anderen Pflanzen das Licht. Machen wir zum Herbst."

So war es also beschlossen. Unser Tannenbaum war darüber wieder traurig. Die Menschen hatten sich die Bäume überhaupt nicht angeschaut. Das war es dann, sein Tannenbaumleben. Aber den Sommer würde er noch genießen, sich in der Sonne wärmen, den warmen Sommerregen in seinen wunderbaren blauen Nadeln fühlen, sich mit dem Sommerwind im Tanz wiegen.

Der Knorrige aus seiner Kindheit fiel ihm ein. Das Leben im Wald. Aber hier war es auch schön. Er konnte wenigstens gut wachsen und hatte die geliebten bunten Lichter ab und zu in seiner Nähe gehabt.

An einem nebligen Nachmittag im Dezember erklang die Säge das erste Mal. Die beiden Menschen begannen wie früher an dem der Scheune am nächsten gelegenen Baum. Die Baumbrüder verabschiedeten sich voneinander. Einer nach dem anderen fiel der Erde entgegen aus der sie alle einmal hervorgegangen waren.

In einer Sägepause sah unser Tannenbaum die beiden Menschen wie sie sich nacheinander die verbliebenen Bäume betrachteten.

„Was hältst du von dem hier? Der ist gerade gewachsen."

Die Frau hatte gesprochen. Der Mann antwortete:

„Der hat aber nur an zwei Seiten wirklich gute Äste."

„Es ist nicht einfach sich zu entscheiden. Wir brauchen ja auch nur die Spitze."

Plötzlich kam der Mann um den Haselnussstrauch herum.

„Schatz, komm doch mal!"

Die Frau folgte dem Ruf.

„Schau doch mal. Den hier haben wir uns noch gar nicht genau angeschaut!"

„Du hast Recht. Sieh doch wie schön gerade er ist, auch noch in der Spitze."

„Und wie sehen seine Äste aus?"

„Was man von hier unten sehen kann, so ist er gleichmäßig gewachsen. Er hatte auch mehr Platz als die anderen. Was meinst du? Wollen wir den nehmen?"

„Wenn wir ihn aus der Ecke bekommen ohne die Haselnuss oder das Schuppendach von der Nachbarin zu beschädigen..."

„Lass es uns versuchen. Er ist wirklich schön."

Der Tannenbaum war sich nicht sicher. Ging es da wirklich um ihn? Und wollten die beiden das aus ihm machen, was er nicht mehr zu wünschen hoffte?

Den Worten folgten Taten. Die Säge begann sich durch seinen Stamm zu arbeiten. Er hörte, dass der Mann doch befürchtete, dass er nicht richtig fallen würde. Als die beiden begannen ihn leicht in eine Richtung zu drücken half er ein wenig mit und fiel so genau zwischen den Haselnussstrauch und den Schuppen. Nun lag er auf dem Boden und zitterte vor Aufregung. Was würde passieren?

Der Mann verschwand durch die Scheune und kam nach einigen Minuten zurück. Er hielt ein Maßband in der Hand.

„Wir brauchen knapp drei Meter."

Er wurde gemessen und zugeschnitten. Dann trugen die beiden Menschen ihn durch den Garten, einen Anbau und über den Hof.

„Was machen wir jetzt? Den bekommen wir nicht durch die Türen. Er ist viel zu breit."

Oh nein, würden die beiden sich das jetzt noch anders überlegen? War`s das für ihn?

„Was ist mit den großen Fenstern vorn? Da müsste er durchpassen."

„An die habe ich auch gerade gedacht."

Der Mann verschwand kurz im Haus. Dann ging es für den Baum einmal noch durch das Hoftor und über den Zaun und durch den kleinen Vorgarten zu einem der riesigen Fenster hinein ins Haus.

Unser Tannenbaum fand sich in einem großen Zimmer mit Holzvertäfelung. Hier bekam er einen eisernen Fuß und wurde aufgestellt. Mit seiner Spitze stieß er an die Zimmerdecke.

Der Mann schob ihn noch ein wenig hin und her.

„Er hat da ein kleines Loch in den Zweigen. Wir drehen das noch ein bisschen in die Ecke. So, das passt."

„Er ist einfach perfekt!"

Der Baum blieb die ganze Nacht so stehen. Er hatte teil am Leben der Menschen. Zwei Katzen liefen auch herum und beschnupperten ihn neugierig. Sie legten sich unter seine Zweige, aber sonst passierte nichts.

Oder doch?

Am Vormittag brachte die Frau dann Kisten an, die sie vorsichtig auspackte. Da sah unser Tannenbaum dann das erste Mal die ganze

Pracht. Seine Freude war so groß, dass er sie in jeder einzelnen Nadel spürte.

Und dann sprach die Frau mit ihm, wirklich mit ihm.

„Du bist so schön und groß. Du sollst alle Kugeln bekommen, die wir haben. Dazu den Holzfigurenschmuck, die Strohsterne, die goldenen Weihnachtsringe und all die Anhänger, die wir je geschenkt bekommen haben. Und natürlich das Lametta, einfach alles. Und du wirst großartig aussehen."

„Der Baum ist so hoch, da brauchen wir zwei Lichterketten."

Langsam und vorsichtig wurde der Tannenbaum geschmückt. Jede Kugel, jedes Schmuckstück begrüßte unser Baum mit einem stummen Jubelschrei. Sein Baumherz schlug laut und glücklich in seinem Stamm, das Harz rauschte förmlich durch sein Innerstes.

Die beiden Menschen nahmen sich Zeit und waren bei ihrer Arbeit sehr behutsam.

Nachdem auch das Lametta über den Zweigen hing wurden die Lichterketten eingeschaltet.

Was für Farben! Was für ein Glanz!

Da es bereits dunkel war spiegelte sich unser Tannenbaum im großen Fenster des Raumes wieder. Er betrachtete sein Spiegelbild sehr sehr aufmerksam. Er war so sorgfältig, dass er genau wusste, welches Schmuckstück an welchem seiner Äste prangte. Er konnte sich an der Pracht der Farben nicht satt sehen. Sein Glück war grenzenlos.

In dieser Nacht kamen all seine Baumbrüder aus dem Garten und etliche aus der Baumschule. Es kamen auch der Knorrige und sein Nachbarbaum. Es wurde viel erzählt und er wurde von allen bewundert. Auch der Knorrige hatte lobende Worte für ihn.

„Kleiner, du kannst stolz auf dich sein. Du hast geschafft, wovon du geträumt hast. Und weil du an deinen Traum geglaubt und niemals aufgegeben hast, hast du es erreicht. Und deshalb hast du dir meine Anerkennung verdient. Ich respektiere deinen Traum."

„Du warst immer mein Vorbild, Knorriger, weil du damals schon deinen Traum gelebt hast, deinen Traum vom Leben im Wald und in der Freiheit."

„Ach Kleiner, danke. Jetzt machst du mich ganz verlegen."

„Haben die Menschen denn schon Fotos von dir gemacht?", fragte der andere Baum vom Waldrand.

„Aber ja, haben sie. Und sie haben die Fotos auch schon weiter geschickt."

„Bist du jetzt glücklich Tannenbäumchen?"

„Ich bin so glücklich, ich könnte die ganze Welt umarmen. Wenn ihr andere Baumbrüder besucht, dann grüßt sie bitte von mir."

„Tannenbäumchen, deine Geschichte wird nie verloren gehen, versprochen!"

Am nächsten Morgen erwartete den Tannenbaum noch eine Überraschung.

Die Frau stand vor ihm und schaute ihn mit glänzenden Augen an.

„Weißt du, Bäumchen, ich wollte einmal in meinem Leben einen richtig großen Weihnachtsbaum zum Fest haben. Ich habe schon so lange auf dich gewartet. Nun ist mein großer Traum in Erfüllung gegangen!"

Der Zwerg hatte still zugehört und sogar vergessen, an der Schokolade zu knabbern und sein Glas zu leeren.

Ich betrachtete ihn.

„War die Geschichte so schlimm?"

Mein Zuhörer räusperte sich, nippte an seinem Glas und griff nun doch nach der Schokolade.

„Nein, nein. Entschuldige. Die Geschichte war im Gegenteil sehr schön."

„Du warst so starr..."

„Ich habe mich gerade an etwas erinnert."

Ein weiteres Stück Schokolade fand den Weg von der Schale in die Finger und den Zwergenmund.

„Finden wir das auch in deiner Truhe?"

„Nein. Gib mir ein Glas Saft Zeit, damit ich es richtig zusammen bekomme. Es hat aber mit einem großen Traum zu tun, wie in deiner Geschichte, irgendwie."

Ich schenkte uns ein. Still tranken wir und ich wartete auf das, was mein Zwerg in sich finden wollte.

„Ich hab`s! Du hast ja vor deiner Geschichte vom Reisen gesprochen. Aber ich sitze schon seit Jahrhunderten an dieser Stelle hier fest."

„Aber die Geschichten und Märchen musst du doch gesammelt haben! Du bist schon so alt wie die Welt. Du kannst nicht immer nur hier gelebt haben. So lange gibt es dieses Haus auch noch gar nicht."

„Das nicht, aber über die Zeit standen hier andere Häuser, Ställe, Buden, Katen, Bäume..."

„Wieso konntest du erst reisen und dann plötzlich nicht mehr?"

„Genau, genau! Das ist es!"

Mein Geschichtenerzähler sprang auf und drehte sich um seine Achse. Er klatschte in die Hände.

„Jetzt weiß ich es wieder! Ich hatte es fast vergessen, so sehr war ich bemüht, alle Geschichten zu bewahren.

Oh, das ist so wunderbar! Ich danke dir, denn du hast mir meine Erinnerung wiedergegeben."

„Spann mich nicht länger auf die Folter!"

Der Zwerg setzte sich wieder, schnappte sich ein weiteres Stück Schokolade und ließ sich sein Glas neu füllen.

„Ich bin verflucht!"

Nun blieb mir vor Schreck die süße Versuchung im Hals stecken. Ich hustete.

„Keine Angst. Ich bin kein Ungeheuer oder verwandele mich in ein schreckliches Wesen. Ich bin schon immer ein Zwerg. Aber ein Fluch bindet mich an diese Stelle hier. Vor vielen vielen Jahren lebte hier ein hartherziger Mann. Er bearbeitete den Ton und sein Sohn sollte sein Handwerk fortführen. Ich kam auf meiner Reise hier vorbei und erzählte an vielen Abenden meine Geschichten. Der Sohn war ein aufmerksamer Zuhörer und ich entfachte seine Sehnsucht nach der Welt. Er wollte all die Orte besuchen, von denen ich zu berichten wusste und sie mit eigenen Augen sehen. Das wurde sein großer Traum. Sein Vater versuchte ihm das auszureden, aber vergebens. Der Sohn zog von hier fort und kehrte nie zurück.

Sein Vater hatte in der Nacht, bevor sein Sohn das Haus verließ, einen tönernen Krug gebrannt. Aber es war kein gewöhnlicher Krug. Das Gefäß war doppelwandig. Man konnte Ihn ganz normal mit Wasser füllen und daraus trinken. In den Zwischenraum füllte der Mann das Gift seines Herzens und verschloss ihn ebenfalls mit Ton.

Als sein Sohn seine Reise begann, wollte auch ich weiter ziehen, aber ich konnte das Haus nicht verlassen. Böse lachend sagte mir der Töpfer, dass sein Sohn seinen Fluch mit sich trage. Erst, wenn er nach Hause zurückkehre, würde ich diesen Flecken Erde wieder verlassen können.

Seit dieser Zeit sitze ich hier fest .

„Du Armer. Können wir denn gar nichts tun? Wie löst man diesen Fluch?"

„Das kann nur der Krug. Und der ist entweder auf der Reise des Sohnes kaputt gegangen oder er liegt irgendwo auf dieser Erde. Er kommt von allein ja nicht nach Hause."

„Lass` uns überlegen. Es ist schon spät. Der Morgen ist klüger als der Abend."

„Na, ob uns da die schöne Wassilissa helfen kann?"

Die Tage vergingen wie schnell ziehende Wolken an einem stürmischen Himmel.

An einem der Abende musste ich noch mal los zum Einkauf. Ich folgte unserer Hauptstraße um die Kurve, vorbei an der Pizzeria, überquerte die Straße an der Verkehrsinsel, wo immer der Maibaum stand, ging noch ein paar Schritte und blieb plötzlich stehen. Warum war ich nicht eher darauf gekommen, schließlich ging ich hier fast täglich vorbei. Seit wenigen Monaten hatten wir in dem kleinen Haus rechts vom Bach einen neuen Bewohner. Jeder konnte ihm bei der Arbeit zusehen, bei ihm einkaufen, bestellen oder selber tätig werden - in seiner Töpferwerkstatt!

Er zauberte mit seinen Händen die wundervollsten Dinge. Vielleicht war er der Retter meines Geschichtenerzählers. Ich hatte auch sofort eine Idee.

Drei Abend später stellte ich den Traubensaft auf den Tisch in der Stube, füllte die gläserne Schale mit Leckereien aus Vollmilch, Zartbitter und gefüllten Köstlichkeiten. Der erste Tropfen des Saftes hatte den Boden des Glases noch nicht erreicht, da saß mein kleiner Freund auf der Couch.

„Da musste ich ja diesmal lange warten, meine Liebe."

„Ich hatte auch etliches zu tun, mein Lieber."

„Mhm, die Schokolade duftet nach Gemütlichkeit und das Bukett des Saftes klärt meine Gedanken."

Wir stießen an.

Eigentlich wollte ich ihn auf die Folter spannen, aber ich hielt es selber nicht aus. Ich griff unter den Tisch und zog das Päckchen hervor.

„Oh, hast du mir ein Geschenk mitgebracht oder ist es eine Erinnerung?"

„Beides, ein Geschenk für dich und eine Erinnerung. Mach auf, aber vorsichtig!"

Mein Zwerg zog sich das Päckchen heran und wickelte es aus.

Und da stand er dann – sein doppelwandiger Krug!

„Das kann nicht sein! Mein Krug! Woher kommt er?
Es kann unmöglich der originale sein, oder?"
„Warum nicht? Du selber berichtest doch immer die aufregendsten
Geschichten von Zauberei und Wundern. Weißt du denn, was du tun
sollst, wenn sich der Krug anfindet?"
Ich ließ ihm keine Zeit zum Nachdenken.
„In einer seiner einsamen Nächte hatte der Töpfer zu viel getrunken.
Er hat sich verplappert. Wenn der Krug mit dem Sohn zurückkehrt,
muss man vorsichtig den Verschluss zwischen den beiden Wänden
entfernen und dann muss ein an Wunder glaubendes Herz den Fluch
aufheben."
„Dann sollten wir mal nach passendem Werkzeug schauen."
Zusammen gingen wir in die Werkstatt meines Mannes. Das Saftglas
in der einen und den Krug in der anderen Hand folgte mir der kleine
Mann. Wir entschieden uns für einen Meißel und einen kleinen
Hammer und ich machte mich vorsichtig an die Arbeit. Es dauerte
ein wenig, weil ich sehr sehr behutsam schlug. Keiner von uns
beiden wusste ja, ob der Krug kaputt gehen durfte oder nicht.
Endlich klackte es und der tönerne Verschluss sprang vom Körper
des Kruges. Wie ein Ring gearbeitet, war er den beiden Wänden
aufgesetzt worden.
Zischend trat Luft aus. Der Zwerg erschauerte.
„Und jetzt? Wo ist das an Wunder glaubende Herz?"
Ich nahm den Krug in die Hand, hob ihn an den Mund und sprach
meine Worte über der Öffnung.
„Ich hebe den Fluch des Töpfers auf und der Märchensammler und -
erzähler kann sich ab sofort wieder frei bewegen. Er kann seinen
Auftrag, alle Märchen und Geschichten der Welt zu sammeln,
wieder ausführen und darf nie mehr irgendwo aufgehalten werden.
Er ist auf ewig frei!"
Ich setzte den Krug auf der Tischplatte auf. Wir schauten uns beide
an.

Plötzlich noch ein Knacken und vor unseren Augen zersprang der doppelwandige Krug in unzählige Scherben.

„Hat es funktioniert?"

„Keine Ahnung."

Wir stärkten uns im Wohnzimmer mit Schokolade und Saft. Mein Zwerg wollte sich Mut antrinken. So sah es zumindest aus.

Ich gab mir einen Ruck.

„Komm, lass es uns versuchen."

Wir gingen zum großen Tor im Hof. Ich öffnete es symbolisch, denn eigentlich würde er diese Art des Betretens oder Verlassens eines Hauses nicht brauchen. Seit Anbeginn der Welt beherrschte mein Zwerg die Technik des Beamens, wie wir heute sagen würden.

Er trat einen Zwergenschritt vor die Tür, dann einen weiteren und noch einen und noch einen... und dann prallte er gegen eine unsichtbare Wand.

„Nein, es geht nicht. Ich bin immer noch gefangen! Nein, nein, nein!"

Er war so traurig, dass er sich sofort unsichtbar machte.

„Verzeih, aber ich möchte jetzt alleine sein."

„Gute Nacht, mein Freund."

Ich konnte nicht schlafen. Dieser Krug mit dem Fluch beschäftigte mich. Sicher, ich hatte mir von unserem hiesigen Töpfer ein Modell anfertigen lassen. Woher sollte der richtige auch kommen. Der war seit Hunderten von Jahren verschollen und sicherlich kaputt. Ich stutzte. Klar! Wenn ich davon ausging, dann war der Fluch vor einer Ewigkeit aus dem Krug entwichen. Wir hatten zwar vorhin auch aufgepasst, dass der Krug nicht vor dem Öffnen der Fluchsperre zerstört wurde, aber warum eigentlich? Wenn das so wäre, wäre ja keine Verbindung von Fluch und Sohn gegeben. Laut der Aussagen des Zwerges waren die beiden aber verknüpft. Der Fluch ohne den Sohn wäre demnach ebenfalls nicht wirksam. Und noch etwas fiel mir ein. Mein kleiner Freund hatte zu Beginn unserer Bekanntschaft davon gesprochen, dass er sich da frei bewegen könnte, wo seine Truhe war. Was, wenn darin das Geheimnis verborgen war und der Töpfer den Armen doppelt genarrt hätte?

Der nächste Morgen fand mich bereits bei der Arbeit. Ich durchsuchte die Truhe. Aber es waren so viele Dinge darin, ob ich da Erfolg haben würde?

Kurz entschlossen kippte ich die Kiste aus.

Mir flog ein Kissen an den Kopf.

„He, ist ja gut. Ich geh ja schon!"

Ich holte ein Glas Saft und schon stand er zornig vor mir.

„Was machst du?"

Ich erläuterte ihm meine Überlegungen.

„Wie voll war deine Kiste damals, als du zum Töpfer kamst?"

„Du hast doch selber schon darin gekramt und weißt, dass sie unendlich tief ist."

„So tief, wie Hermines Handtasche, ich verstehe."

„Wer ist Hermine?"

„Die stelle ich dir später vor. War der Töpfer an der Truhe. Hat er was angebracht oder repariert?"

„Nein, da durfte bis auf dich noch nie einer ran."

Eine Idee hatte ich noch.

„Hat dir der Sohn des Töpfers etwas geschenkt?"

Mein Zwerg wollte gleich antworten, stutzte aber.

„Warte, ich muss noch mal die Tage ablaufen lassen. Da bin ich angekommen, da haben wir...,da waren wir..., da hat er mir gezeigt..., da habe ich die Geschichten erzählt..., halt! Geschichten... Geschichten, da war was!

Ich war gerade aus den griechischen Landen zurück mit den Geschichten von Ödipus, Herakles, Odysseus und den Argonauten. Das goldene Vlies hat den Töpferssohn begeistert. Seine Tante besaß einige Schafe und eines Tages brachte er ein Fell mit. Er sagte noch, es wäre doch passend, es hätte einen rotgoldenen Schimmer. Er nähte sich daraus eine Weste und aus einem kleinen Rest eine Tasche für mich. Die habe ich total vergessen."

„Die müssen wir finden! Der Töpfer war damals nicht so betrunken, wie er dich glauben ließ, mein Freund. Er hat eine falsche Fährte gelegt."

Der Zwerg sah mich ungläubig an.

„Du hast selbst gesagt, du kannst dich da bewegen, wo deine Truhe ist."

„Dieser... dieser... mir fällt vor Schreck nichts passendes ein."

„Ist nicht wichtig, hilf mir suchen!"

Der Meister der Erzählungen vertiefte sich bis zur Taille in seine Schätze. Er kramte, wühlte, schichtete um, fluchte und schimpfte. Endlich der erlösende Aufschrei.

„Ich habe sie gefunden!"

Er schwenkte sie wie ein Lasso über seinem Kopf. Ich nahm sie ihm aus der Hand.

Auf den ersten Blick war nichts zu sehen. Das Fell war ein wenig schmuddelig, auch der Gurt wies keine Besonderheiten auf. Ich sah hinein. Nichts. Nur gähnende Leere. Sie war gefüttert mit einem Wolltuch. Beim Zumachen der Überhangklappe fühlte sich der Taschenrücken merkwürdig fest an. Ich holte eine Schere.

"Bitte nicht kaputt machen, nicht zerschneiden. Das ist meine Lieblingstasche!"

„Das ist noch ein Grund, sie uns genauer anzusehen. Aber keine Angst, ich will nur die Rücknaht auftrennen. Ich nähe dir auch alles wieder ordentlich zusammen."

Ich trennte das Stück am Rücken auf und linste hinein. Dann griff ich vorsichtig mit zwei spitzen Fingern hinein und zog ein Pergament heraus.

„Hier haben wir wahrscheinlich den Übeltäter. Ein super Versteck, wenn du mich fragst, wo das doch deine Lieblingstasche ist. Der

Töpfer wusste, dass du die pfleglich behandeln würdest."
Das Pergament enthüllte den verfluchenden Spruch des Töpfers.

„Möge der verhasste Zwerg auf ewig an diesem Ort gefangen sein! So kann er keine neuen Geschichten finden und anständigen Menschen den Kopf verdrehen. Er soll nie wieder jemanden treffen, der ihm zuhört. Dieser Fluch verbirgt sich für immer direkt vor seinen Augen, ohne dass er ihn zu erkennen vermag. Er kann nur aufgehoben werden durch die Hilfe einer Person, die so denkt und fühlt wie er. Das wird nie geschehen, weil nie, niemals ein Mensch von allein so denkt wie ein fabulierender hässlicher unsichtbarer Zwerg."

„Dieser alte zänkische Mann! Wie kann man seinen Kindern oder sogar der ganzen Welt die Märchen verbieten! Oder gar das Reisen!"
Mein kleiner Freund räufelte sich so über dieses Papier und den alten Töpfer auf, als wäre er ein Pullover, den man Masche für Masche auftrennen würde.
Er schaute an sich runter.
„Sag, Eveline, bin ich so hässlich, wie der Alte sagt?"
„Auf gar keinen Fall bist du das. Es gibt sicherlich auch unter den Zwergen solche und solche. Du hast ein liebes Gesicht, eine lustige Knubbelnase und sehr schöne Augen. Der Töpfer hat dich anders gesehen, weil er dich nicht mochte. Vielleicht hat er auch Angst vor dir gehabt. Du hast seinen Sohn jedenfalls mit deinen Geschichten verzaubert."
„Haben wir denn den Fluch jetzt abgewendet, oder nicht?"
„Ich denke, wir waren erfolgreich. Wir haben ihn gefunden. Zur Sicherheit können wir das Papier noch im Garten verbrennen. Was meinst du?"
„Das ist ein sehr schöner Gedanke. Ich liebe Lagerfeuer."
Der Zwerg rieb sich vergnügt die Hände.

„Können wir ein Glas Traubensaft mitnehmen?"

Ich musste herzlich lachen.

„Können wir du Genießer. Ich habe auch noch eine Tafel Schokolade im Schrank."

In unserem wilden Garten stellte ich die Brenntonne auf, füllte sie mit Holz und zündete es an.

Schnell brannte ein helles Feuer. Der Saft funkelte in unseren Gläsern. Die Schokolade wurde stetig kleiner.

„Das Pergament! Bring das Pergament!"

Ich hielt es über die Flammen.

„Früher konnten die armen Leute doch gar nicht schreiben, oder hast du das bei dem Töpfer beobachtet, Zwerglein?"

„Ja für den ersten Teil und nein für den zweiten deiner Frage. Aber es gab ja den königlichen Schreiber. Der hat gegen ein Entgelt auch Briefe für die Armen verfasst."

„Das erklärt dieses Wasserzeichen auf dem Bogen. Es ist jetzt durch den Schein des Feuers sichtbar geworden."

„Gut, gut, aber jetzt verbrenne es endlich!"

Ich ließ den Bogen des alten Papieres in die Flammen fallen. Beim Verbrennen zuckten kleine rote Blitze aus dem Feuer.

„Siehst du, wie der Fluch vergeht!"

Der Zwerg begann um das Feuer zu tanzen. Mir fiel gleich eine Geschichte dazu ein.

„Mein Freund, wie heißt du eigentlich? Darüber haben wir noch gar nicht gesprochen."

Er lachte und tänzelte weiter um die glühende Tonne.

„Gewiss nicht Rumpelstilzchen, meine Liebe."

Er blieb vor mir stehen.

„Ehrlich gesagt habe ich viele Namen oder keinen .Jeder nennt mich anders."

„Wenn das so ist. Darf ich dir ebenfalls einen Namen geben?"

„Sehr gern! Und den Namen werde ich ab sofort ständig tragen, denn du hast mir mein Leben zurück gegeben."

„Das ist eine große Ehre für mich."

Ich überlegte. Er war ein Geschichtenerzähler, war ein Zwerg und uralt.

„Nun?"

„Was hältst du von Agologos?"

„Mhm?!?"

„Oder von Fortunatus oder Fabulos?"

Mein Zwerg war nicht so richtig zu begeistern.

„Einen hab ich noch, wie wäre es mit Peranticus?"

„Das Wort hat einen schönen Klang – Peranticus. Hat es auch eine Bedeutung?"

„Ja. Es kommt aus dem Lateinischen – perantiquus. Das bedeutet uralt."

„Oh, wie passend. Peranticus, Peranticus. Ich glaube, den behalte ich."

„Wir können dich aber auch Pumilus – der Zwerg nennen!"

„Nicht doch, Eveline. Das klingt nach pummelig und das bin ich nicht."

„Trotz der vielen Schokolade, die du so in dich rein futterst."

Ich lachte.

„Die Schokolade ist mein Treibstoff beim Erzählen. Die wird immer vollständig verbraucht. Deshalb benötige ich auch immer wieder Nachschub, so wie unser Feuer noch ein wenig Holz gebrauchen kann."

„So heißt du ab heute „Peranticus", abgemacht?"

„Abgemacht!"

„Wir müssen endlich überprüfen, ob der Fluch gebannt ist. Probier es aus! Lauf oder flieg, aber vergiss nicht, dass ich hier bin und das Feuer gleich wieder lodert."

Peranticus verschwand vor meinen Augen.

Wenig später hörte ich seine jubelnde Stimme in der klaren

Nachtluft. Es vergingen Minuten und ich zweifelte schon an seiner Rückkehr. Wenn man mich so lange eingesperrt hätte, würde ich die Freiheit wohl auch genießen und alles andere für den Moment vergessen.

Plötzlich stand er wieder vor mir. Seine Augen glänzten wie dunkles Krokant.

„Ich bin frei! Ich bin frei! Es ist wunderbar! Ich habe mir dein Dorf angeschaut, die Kirche, den Reitplatz, das Haus des Töpfers, den Maibaum, das blaue Haus. Auch bin ich kurz durch die Bibliothek geflogen. Da gibt es so viele neue Geschichten, wundervoll! Das Leben ist fantastisch! Ich kann es kaum erwarten, die Welt wieder zu bereisen!"

Ich hatte während seiner überschwänglichen Rede nachgelegt.

„So, Peranticus. Ich habe dem Feuer neue Nahrung gegeben. Wir haben noch Traubensaft für die Klarheit deines Geistes und hier ist noch Treibstoff. Hast du zur Feier des Tages vielleicht noch eine Geschichte zu erzählen?"

Er schnappte sich seine Vliestasche und verschwand. Sekunden nur vergingen. Er erschien zurück. In seiner Lieblingstasche war etwas verborgen.

„Hier habe ich die Erinnerung für die Geschichte, die ich dir jetzt erzählen möchte."

Wir setzten uns auf den Baumstamm, der in der Nähe der Tonne lag. Er kippte die Tasche aus und in seine Hand rollten ein paar perlmuttfarbene Perlen.

„Das sind nicht irgendwelche Perlen. Diese hier sind sehr wertvoll. Es sind...

Die Perlen der Jugend

Vor sehr sehr langer Zeit lebte in einem fernen Land ein König mit Namen Heinrich. Der König hatte drei Söhne, Albrecht, Bertram und Christoph.

Heinrich herrschte über ein blühendes, reiches Königreich. Obwohl seine drei Söhne bereits in jugendlichem Alter waren, stand auch er noch in der Blüte seines Lebens.

Die hohen Würdenträger seines Landes rieten ihm, sich eine neue Königin zu wählen.

„Ein König ist nichts ohne eine Königin. Eure Söhne kommen in ein schwieriges Alter und bedürfen in dieser Zeit durchaus ab und zu dem guten Rat einer Mutter und Vertrauten. Ihr seid viel zu jung, um auf eine Frau zu verzichten. Nicht zuletzt sähe es Euer Volk ebenfalls sehr gern, wenn an Eurer Seite wieder eine Königin zu finden wäre."

Der König selbst hatte sich schon mit diesen Gedanken getragen. Er sehnte sich nach den zärtlichen Händen einer Frau und einer Partnerin neben sich auf dem Thron.

So forschten die Edlen des Landes nach einer hochgeborenen Dame, die dem König gefallen könnte. Die Brautschau des Königs blieb natürlich in den anderen Königreichen nicht verborgen. Viele Könige, Barone oder Fürsten mit Töchtern im heiratsfähigen Alter schickten die Bilder ihrer Töchter, auf das der König eine Wahl treffen möge.

Waren es doch unzählige schöne Frauen und Mädchen, die in Bildern an seinem Auge vorbeizogen, war die Richtige noch nicht dabei.

Eines Tages erschien ein betagter Spielmann am Hof des Königs. Er sang von einer wunderschönen stolzen Blume in einem Garten voller Edelsteine, die sie alle überstrahlte.

Der König lud den alten Mann an seinen Tisch.

„Wohl an, Spielmann! Wo findet man diese Schönheit?"

„Mein König, auf dem Weg von da nach hier überquerte ich drei Meere. Es war ein beschwerlicher, langer Weg."

„Wie sieht sie aus, die Blume, die du so inbrünstig besingst?"

„Sie ist hoch gewachsen mit stolzem Gang, schlank wie eine Birke, die sich im sanften Sommerwind wiegt. Ihr Haar fließt golden bis zu den Füßen. Ihr Gesicht ist so schön und zart, kein Maler könnte es nur annähernd wiedergeben. Ihr Mund ist so rot wie die schönste Rose in Eurem Garten. Ihre Augen sind klar und blau wie ein reiner Bergsee in der Morgensonne. Ihre Schönheit überstrahlt das helle Licht am Tage und den Glanz der Sterne in der Nacht. Jeder, der sie sieht, entbrennt in Liebe zu ihr. Ich habe sie gesehen und bei Gott, wäre ich so jung wie ihr, ich hätte nicht gezögert, mich dieser Liebe hinzugeben. In meinem Alter jedoch bleibt mir nur eine Erinnerung, die ich in meinen Liedern festhalte."

Die Beschreibung des Spielmannes war so bildhaft, dass unser König glaubte, die Dame direkt vor sich zu sehen und er entbrannte in Liebe zu ihr durch die Worte eines Dichters und Sängers.

Er rief seinen Hofmarschall und seine drei Söhne zu sich.

„Meine lieben Kinder. Wie ihr wisst, suche ich seit geraumer Zeit eine mir ebenbürtige, dabei schöne und verständnisvolle Gattin und Mutter für euch. Nun glaube ich, sie gefunden zu haben. Deshalb bitte ich einen von euch, als mein Brautwerber den Weg über die drei Meere auf sich zu nehmen, um meiner Auserwählten meinen Antrag zu überbringen."

Die drei Jungen wechselten die Blicke miteinander. So dann sprach Albrecht, der Älteste.

„Lieber Vater, ich denke und meine Brüder stimmen mit mir überein, dass es mir als dem Erstgeborenen zukommt, deinen Auftrag auszuführen."

Der Vater dankte den Brüdern. Er ließ ein Schreiben an seine zukünftige Braut aufsetzen und suchte ein paar wertvolle Stoffe und

Schmuckstücke als Brautgabe dazu.

Seine Söhne waren in ihren ersten Jahren von einer Amme aufgezogen worden, die noch zu Lebzeiten der ersten Königin an den Hof gekommen war. Als die Amme von dem Vorhaben des Königs erfuhr und wen er als seinen Boten auserkoren hatte, rief sie die drei Brüder zu sich.

„Bevor ihr getrennt werdet und euer ältester Bruder Albrecht zu seiner Mission aufbricht, habe ich noch einen Auftrag eurer seligen Mutter zu erfüllen. Sie bat mich, solltet ihr jemals getrennt werden, euch diese Geschenke zu überreichen.

Im Reitstall Eures Vaters steht eine trächtige Stute. Sie wird in dieser Nacht niederkommen und drei Fohlen gebären. Die drei Tiere werden wachsen, jede Stunde drei Jahre, so dass sie Morgen früh ausgewachsene kräftige Tiere sind. Auf dem zuerst geborenen Tier wirst du den Wunsch deines Vaters erfüllen, Albrecht. Deine Brüder erhalten die anderen beiden."

Die Brüder sahen sich erfreut und auch ein wenig überrascht an. Wie sollte das gehen?

„Keine Sorge, Morgen früh stehen die Pferde bereit.

Eure Mutter hat zu ihren Lebzeiten einen Trank bereitet. Den habe ich der Stute vorhin verabreicht. Das zweite Geschenk ist ein Degen für jeden von euch. Die drei hat Eure Mutter bereits zu Eurer Geburt von einem orientalischen Meister anfertigen lassen. Sie sind aus einem Stück Stahl geschlagen und erst im letzten Arbeitsgang getrennt worden. Jeder Degen ist als Dreikant gearbeitet, so dass jede Klinge drei Seiten hat. Alle drei Klingen sind in einem, nur dem Meister bekannten, Zaubertrank getränkt. Sie sind nicht nur scharf in der Verteidigung. Geschieht einem von euch ein Unglück, verlieren sie ihren Glanz und werden stumpf."

Die Amme ging zu einer großen Holztruhe, öffnete sie und zog von ganz unten ein eingeschlagenes Paket hervor. Sie hob es auf den Tisch und wickelte die Degen aus. Sie übergab sie den Brüdern, die

die Schmiedekunst mit vielen Worten lobten.

„Gebt auf sie Acht und lasst sie nie aus den Augen."

Die Brüder versprachen das.

„Ehe ihr mich verlasst. Ihr seid drei Brüder und deshalb hat eure Mutter natürlich auch drei Geschenke für euch. So nehmt nun auch die Nummer drei in Empfang."

Sie zog aus einem samtenen Beutel, der auf dem Tisch gelegen hatte, drei silberne Kettchen. An jedem hing eine goldfarbene Pfeife, fein gearbeitet, war sie klein und leicht. Jedem der Brüder legte sie eine der Pfeifen in die Hand.

„Tragt sie um den Hals und passt gut auf sie auf."

„Was können diese lustigen Dinger?"

„Sei nicht so vorlaut, Bertram. Sie können das, wofür sie gemacht sind. Bei Gefahr blast hinein. Mehr hat Eure Mutter dazu nicht gesagt."

Albrecht versuchte, seiner Pfeife einen Ton zu entlocken, aber so sehr er sich auch anstrengte und die Backen aufblies, kein Ton erklang. Er steckte die Pfeife am Kettchen unmutig in die Hosentasche.

„Sieht nicht so aus, als ob sie funktionieren. Aber als Geschenk von der Mutter werde ich es natürlich tragen."

Die Amme sah, dass nur Christoph sich das Kettchen um den Hals legte.

Am nächsten Morgen fanden sich die Brüder im Stall ein und tatsächlich standen neben der Stute drei ausgewachsene junge, kräftige Hengste. Einer war schwarz, der zweite rot, der dritte war schneeweiß.

„Schwarz!", rief Albrecht.

„Ich nehme den Roten!", folgte Bertram.

„So verbleibt mir der weiße Hengst."

Christoph war mit der Auswahl sehr zufrieden, genauso wie die Amme.

„Recht so, Ihr habt richtig gewählt. Der schwarze Hengst ist tatsächlich der älteste."

Albrecht sattelte sein Pferd, nahm die Geschenke des Vaters für seine Braut entgegen, verabschiedete sich von ihm, den Brüdern und der Amme. Die hatte nochmals kontrolliert, dass der junge Königssohn auch Degen und Pfeife dabei hatte. Dann trabte der Schwarze mit seinem Reiter vom Hof.

Die Tage vergingen so wie der Sommer. Die beiden Brüder Bertram und Christoph vertrieben sich ihre Zeit mit der Jagd. Der König wartete ungeduldig auf die Rückkehr seines Ältesten.

An einem dieser glücklichen unbeschwerten Tage erlegten die Brüder ein stattliches Wildschwein. Als sie bei dem Tier ankamen, sahen sie, dass es noch nicht verendet war.

„Beenden wir seine Qual und danken Ihm damit für sein Leben und sein Fleisch."

Christoph war vom Pferd gesprungen und hatte den Degen gezogen. Bertram war ihm gefolgt.

„Bruder, warte! Was ist das? Warum ist die eine Seite deines Degens so dunkel und matt?"

Christoph schaute seine Klinge an.

„Recht hast du, Bertram. Zeig uns deine!"

Bertram zog den Stahl und auch sein Degen glänzte einseitig nicht im Licht. Erschrocken sahen sich die Brüder an.

„Erinnerst du dich an die Worte der Amme?"

„Sehr gut, Bruder Christoph. Sie sagte, die Klingen werden matt, wenn einer von uns in Gefahr ist."

„Albrecht!"

Mit diesem gleichzeitigen Aufschrei stürzten Bertram und Christoph zu den Pferden und galoppierten zum Hof. Vergessen die Jagd und die reichliche Beute.

„Amme, Amme! So komm doch! Sieh, was passiert ist!"

Die Amme kam herbei gelaufen. Ihr folgte der König, der die Rufe seiner Söhne ebenfalls vernommen hatte. Die Amme blickte auf die zwei Klingen, die die Brüder ihr entgegen hielten. Ein lautes Stöhnen war die Antwort und sie griff sich erschrocken an ihr Herz.

„Was ist geschehen? So sprecht, meine Söhne! Amme, was geht hier vor?"

Mit kurzen Worten erzählte die Amme von den Geschenken der Königin an ihre Söhne, was diese konnten und nun zeigten, dass dem Ältesten, Albrecht, auf seiner Reise etwas zugestoßen war.

„Wir müssen ihm nach, lieber Vater, erfahren,was ihm widerfahren ist und ihm helfen."

Die Amme mischte sich ein.

„Mein König, wenn ich Euch einen Rat geben darf, so sendet nur einen Eurer Söhne Albrecht hinterher."

„Das ist ein kluger Rat, liebe Amme. Einen senden wir aus und einen behalten wir zu Haus."

Darüber gerieten die Brüder in Streit. Jeder der beiden wollte dem Bruder zu Hilfe eilen.

Der König trennte sie mit einer Handbewegung.

„Es ist ganz einfach, meine Söhne. Nachdem der älteste von euch auszog, mir die Braut zu bringen, wird nun der Zweitgeborene ihm nachfolgen. Du Christoph als der jüngste bleibst bei mir am Hof."

In Gedanken setzte der König noch etwas dazu.

„So bleibt mir einer, wenn auch dem zweiten ein Unglück zustoßen sollte."

Bertram zögerte nicht lange und trat seine Reise noch am selben Tag an. Auch hier kontrollierte die Amme, dass Degen und Pfeife im Gepäck waren.

Wieder verging die Zeit und so wie der Sommer verblasste, begann der Herbst zu leuchten. Aber Christoph fand keinen Gefallen an den Erntefeiern oder der Jagd. Jeden Tag schaute er nach seinem Degen, am Morgen, am Mittag und am Abend. Aber die Klingenseite für Bertram blieb glänzend und langsam beruhigte sich Christoph und begann die Kontrolle zu vernachlässigen.

Die Herbsttage wurden kühler, der Winter schickte mit eisigen Winden seine Vorboten ins Land.

Der König rief nach seinem Jüngsten.

„Wie lange ist dein Bruder Bertram nun schon unterwegs, mein Sohn? Sollte er nicht bald hier mit meiner Braut eintreffen? Ich warte schon so lange auf Nachricht von ihm. Ob er wohl Albrecht gefunden hat?"

„Keine Sorgen, Vater. Noch gestern war die Klinge des Degens strahlend blank. Ihn wird das Wetter aufhalten."

„Ich glaube dir, aber vielleicht kannst du mir deinen Degen einmal zeigen? Dein Vater will nur sein unruhiges Herz von deinen Worten überzeugen."

„Sehr gern, Vater."

Christoph eilte in seine Gemächer, griff sich den Degen, der seit einigen Tagen wieder in seiner Scheide ruhte, und lief wieder zu seinem Vater. Im Betreten des Thronsaales zog er den Degen.

„Hier, Vater! Ich bringe dir die blanke Klinge!"

Sein Vater hatte seinen Blick auf den Degen gelenkt. Ein markerschütternder Schrei hallte durch den Saal und setzte sich im restlichen Schloss fort.

Christoph verstand erst gar nicht, was los war, bis auch er dem Degen ein Auge widmete.

„Aber, aber, gestern war noch alles in Ordnung. Verzeih mir Vater, ich war unaufmerksam. Aber ich glaubte, nach dieser langen Zeit wäre mein Bruder tatsächlich auf dem Heimweg, mit deiner Braut und und meinem Bruder Albrecht."

Die Amme war dem Schrei gefolgt und hatte die Worte des Königssohnes vernommen.

„Mein Junge, es ist nicht dein Fehler, glaub mir. Und noch ist Hoffnung. Deine Mutter, unsere Königin, verriet mir noch etwas. Christoph, gib mir bitte deinen Degen."

Der Königssohn folgte der Aufforderung. Die Amme nahm den Degen und wies die beiden Männer, den König und seinen Sohn, auf den Übergang vom Griff zur Klinge hin.

„Was seht Ihr, Majestäten?"

„Was meinst du, Amme?"

Der König sah auf den Degen, dann auf die Amme und schüttelte den Kopf.

„Und du, Christoph? Sieh genau hin!"

„Liebe Amme, ich weiß auch nicht, was du meinst. Ich sehe da nur die drei Steine, die da eingearbeitet sind, jeder an einer Seite der Klinge"

„Sehr gut. Der erste Stein ist ein schwarzer Turmalin, der zweite ein roter Rubin..."

„...und der dritte ein weißer Diamant."

Christoph hatte den angefangenen Satz der Amme beendet. Er griff sie am Arm.

„Bedeutet das, der erste Stein steht für meinen Bruder Albrecht, der sich auch das schwarze Pferd ausgesucht hat, der Rubin für Bertram mit seinem roten Hengst und der Diamant ist mein Stein."

„Genauso ist es , alles bildet eine Einheit. Nun sind zwei Seiten deiner Klinge glanzlos, aber die Steine sind es noch nicht."

„Hier, die Seite der Klinge ist matt, aber der Turmalin am oberen Ende funkelt noch. Hier die zweite Seite der Klinge ist ebenfalls matt, mit einem am oberen Ende strahlenden roten Stein. Die dritte Seite, meine, verfügt noch über eine reine Klinge und den gleißenden Diamanten."

Der König nahm seine Krone vom Haupt und fuhr sich durch sein volles lockiges Haar.

„Wenn ich euch beide jetzt richtig verstanden habe, heißt das, dass Albrecht und Bertram etwas zugestoßen ist, sie aber noch leben?"

„Ja, mein König."

„Ja, mein Vater. Und deshalb bitte ich dich um die Erlaubnis, sie zu suchen!"

„Das, mein Sohn, bedarf reiflicher Überlegung. Wenn ich dich deinen Brüdern hinterher schicke und dir geschieht das Selbe, habe ich alle drei Söhne verloren."

„Vater bitte, ich kann sie retten!"

„Lass mir Zeit bis Morgen früh. Dann erhältst du meine Antwort."

Der nächste Morgen fand den jungen Königssohn Christoph schon Meilen von seinem Schloss entfernt. Er hatte nicht daran geglaubt, dass sein Vater ihn ziehen lassen würde und die Amme hatte ihn bestätigt. So war er heimlich aufgebrochen auf seinem schneeweißen Schimmel mit seinem Degen am Gürtel und der Pfeife um den Hals. Wie seine Brüder suchte er nach dem Weg über die drei Meere ins Reich der wunderschönen Braut seines Vaters.

Er war schon Tage entfernt von seinen ihm bekannten Pfaden, als er an einer Weggabelung eine alte Hütte entdeckte. Er war müde und hungrig. So wollte er fragen, ob er hier für die Nacht ein Lager aufschlagen konnte und etwas zu essen für sich und sein Pferd bekam.

Ein alter Mann bat ihn herein. Er versorgte ihn und sein Pferd mit dem Nötigsten.

„Wo wollt Ihr hin, junger Herr? Die Nächte sind schon kalt."

„Ich suche meine Brüder, alter Mann. Sie sollten beide die Braut meines Vaters heimführen. Erst kehrte der erste nicht zurück, dann der zweite."

„Nun habt Ihr Euch auf den Weg gemacht. Das ist löblich. Aber woher wollt Ihr wissen, dass Eure Brüder noch am Leben sind?"

„Das hat mir ein Zauber verraten. Ich muss und ich werde sie finden. Mein Vater gibt sich die Schuld, dass es so gekommen ist. Er wollte jetzt seine Braut selber holen, aber als König kann er seinem Reich nicht fern bleiben. So gehe ich an seiner Statt.

Hast du vielleicht einen von ihnen gesehen? Mein Bruder Albrecht ritt auf einem stolzen Rappen und mein Bruder Bertram einen

Fuchs.“

Der Alte brauchte nicht lange zu überlegen.

„Sie haben bei mir gerastet, wie du heute.“

„Waren sie da noch gesund und wohl auf?“

„Sicher waren sie das. Sie fragten nach dem Weg und zogen am nächsten Morgen fröhlich weiter.“

„Welchen Weg hast du ihnen gewiesen?“

„Den selben, den ich dir zeigen werde, junger Herr.“

Christoph überlegte.

„Gab es sonst irgendetwas, was sie sagten oder taten, was wichtig für mich wäre?“

„Junger König, wenn du so fragst, sie haben etwas nicht getan, was sie vor der Abreise hätten tun sollen.“

„Was, was haben sie nicht getan?“

Sie sollten mir ein wenig Holz aus dem Wald bringen für mein Feuer, an dem sie sich auch gewärmt hatten, so wie du jetzt.“

„Warum haben sie abgelehnt?“

„Sie hatten es beide sehr eilig, ihren Auftrag auszuführen und beide wollten zum großen Jagdball bei euch im Schloss zurück sein. Sie ritten beide am Morgen davon und ich brauchte drei Tage zum Wald und zurück in meine Hütte, um den Holzvorrat aufzustocken.“

Der junge und der alte Mann legten sich am Feuer zum Schlafen. Christoph überdachte, was der Alte ihm erzählt hatte. Es gab keinen Zusammenhang zwischen der nicht erfüllten Bitte nach Feuerholz und dem, was seinen Brüdern widerfahren war.

Trotzdem beschloss Christoph, dem Alten sein Holz zu holen. Mit seinem Schimmel war er schnell im Wald. Er sammelte die Kiepe, die er mitgebracht hatte, voll. Gerade wollte er auf sein Pferd steigen, die Kiepe schon auf dem Rücken, als er einen Hilferuf vernahm. Er lauschte und es war so, jemand hier im undurchsichtigen Wald rief um Hilfe.

Christoph setzte die Kiepe ab. Er sprach seinem Schimmel gut zu.

Dann machte er sich auf die Suche.

„Hallo! Wer ruft da? Wer braucht Hilfe? Wo bist du?"

„Hier, hier bin ich, am Bach, neben der umgefallenen Eiche."

Der Königssohn fand die Eiche und folgte dem Stamm bis zur riesigen Krone, unter der er dann den Bach plätschern hörte.

„Ja, hierher, ich kann dich schon sehen. Du brauchst nur noch ein paar Schritte. Sieh auf den Boden, pass auf!"

Christoph sah das Tier im letzten Moment. Auf den nassen bunten Steinen war der Salamander schwer auszumachen.

„Hey, was ist passiert?"

„Die Eiche ist umgefallen und beim Ausweichen bin ich hier in diese Spalte geraten und nun bin ich mit dem Oberkörper eingeklemmt."

„Du Armer, lass sehen, wie ich dir helfen kann."

Vorsichtig untersuchte Christoph den Spalt. Mit dem Jagdmesser schnitt er einige dünne Zweige der Eiche ab, um besser an den Salamander heran zu kommen.

„Jetzt brauche ich einen Hebel."

Er zog den Degen, steckte ihn unter den einen Stein und hob ihn ein ganz klein wenig an. Aber das reichte, damit der feuerrote Salamander sich befreien konnte.

Christoph steckte die Klinge zurück und drehte sich nach dem Tierchen um. Aber was war das?

Statt seiner stand vor ihm in voller Lebensgröße ein junger Nymph in wundervollen Blütenkleidern. In seinem langen hellen Haar schwebten leuchtende Wassertropfen.

„Danke dir, junger König. Lange habe ich auf Befreiung gewartet. Ich bin der Herrscher der Bäche und zum Dank schenke ich dir diesen kleinen Spiegel. Hüte ihn gut, er wird dir sehr nützlich sein."

Bevor Christoph begriff, was geschah, löste sich die Erscheinung in Millionen funkelnder Tropfen und glitt in das Wasser vor seinen Füßen. Da lag auch plötzlich der erwähnte Spiegel. Das Glas war rein und klar wie das Wasser des Baches. Umrandung und Griff stellten feine Blumen und Zweige dar und waren aus einem ihm unbekannten Holz geschnitzt. Seine Mutter hatte ihn gelehrt, dargebrachte Geschenke immer zu achten. So verstaute er den Spiegel in seiner Satteltasche und setzte seinen Weg fort über die Hütte des Alten, wo er das Holz ablud und sich nochmals artig bedankte bis zum ersten Meer, das er am Abend erreichte. Der Alte hatte ihm den Weg gezeigt.

„Am Meer, dem schwarzen Meer, wohnt meine Schwester. Nimm ihr bitte das Brot und den Wein mit und grüße sie von mir. Der Weg ist für mich zu beschwerlich geworden."

Christoph erreichte das Meer und die Hütte der Schwester. Er begrüßte sie , richtete die Worte des alten Mannes aus und übergab Brot und Wein.

„Sei willkommen, Fremder. Hab Dank für die Grüße und Gaben meines Bruders. Tritt ein."

„Ich komme sofort, du freundliche Alte. Ich versorge nur schnell mein treues Pferd."

In der Hütte erwartete ihn ein gutes Essen. Er schaute sich in dem einen Raum um. An der Wand dem Tisch gegenüber hing ein Bild von einem jungen sehr schönen Mädchen.

„Wer ist das, Alte, deine Tochter und wo ist sie jetzt?"

„Vielleicht habe ich einmal so ausgesehen, junger Herr. Aber diese Maid findet ihr bei der Herrin der Perlen, hinter dem dritten Meer."

„Hinter dem dritten Meer? Da will ich hin. Sag, ist die Herrin der Perlen groß und schlank und biegsam wie eine Birke? Reicht ihr goldenes Haar bis zu den Füßen? Ist ihr Mund schöner als jede Rose und ihre blauen Augen so klar wie ein Bergsee?"

„Ja, das ist sie. Begehrst du sie für dich?"

„Nein, mein Vater hat sie zur Braut erwählt."

Die Alte schaute ihm aufmerksam ins Gesicht.

„Kann es ein, dass dein Vater mehr als einen Sohn hat?"

„Ja, ich habe noch zwei Brüder, Albrecht und Bertram. Du hast sie gesehen, nicht wahr!"

Christoph war vor Freude aufgesprungen und hatte dabei seine Satteltasche von der Bank gefegt. Die Klappe öffnete sich und heraus lugte der Griff des Spiegels. Er hob die Satteltasche auf und legte den Spiegel obenauf. So sah auch die Alte ihn.

„Ich habe beide gesehen. Beide haben hier zu Abend gegessen und sind mit dem Boot über das Meer. Aber keiner ist zurück gekommen."

„Deshalb bin ich nun hier. Ich werde sie holen, herausfinden, was passiert ist und meinem Vater die Braut bringen."

„Ich glaube, es kann dir gelingen, junger Herr. Darf ich einmal kurz den Spiegel sehen?"

„Warum nicht."

Christoph reichte ihn der Alten. Die schaute hinein.

Irrte er sich oder war das ein Lächeln auf ihrem Gesicht, dass so schnell verschwand wie es gekommen war?

„Was siehst du, Alte?"

Er nahm den Spiegel selbst zur Hand, sah aber nur sein eigenes Spiegelbild.

„Wir waren noch nicht fertig mit dem Bildnis."

„Warum interessiert es dich. Auch dein Bruder Albrecht fragte nach ihr."

„Das Mädchen ist sehr schön und jung. Mir ist aufgefallen, dass ich bis zu dir immer nur alte Menschen getroffen habe. Vielleicht fällt sie mir deshalb auf.

Warum hat mein Bruder nach ihr gefragt?"

„Er hat das Bild die ganze Nacht betrachtet. Er hat sich verliebt und mir versprochen, dass er sie auf dem Rückweg mitbringt. Er will sie als seine Braut mit zu deinem Vater nehmen.

Aber nun lass uns schlafen gehen. Das Schiff kommt vor dem Sonnenaufgang."

Am Morgen weckte ihn die Alte. Es war noch dunkel.

„Junger Herr, du hast ein sehr gutes Gespür für deine Umwelt. Das wird dir noch sehr nützlich sein. Hinterfrage die Bilder, die du siehst. Und das hier nimm von mir als Geschenk."

Sie überreichte ihm einen schwarzen Gürtel.

„Er kann dir helfen, deinen Bruder zu finden. Vergiss nicht, meine Schwester zu grüßen und ihr das Körbchen zu übergeben. Mir ist der Weg zu beschwerlich geworden."

Der Königssohn bestieg das Schiff. Drei Tage sah er nur Wasser und Himmel und alte Seeleute. Wieder nur alte Männer, zwar noch kräftig, aber alt.

Am dritten Tag erreichten sie das andere Ufer des schwarzen Meeres. Die Seeleute zeigten ihm den Weg zum roten Meer. Hier am diesseitigen Ufer fand er eine Hütte ähnlich der vom schwarzen Meer. Wieder begrüßte ihn eine alte Frau, hieß ihn willkommen und lud ihn ein, bei ihr zu übernachten. Er überbrachte die Grüße der Schwester.

Auch hier hing ein Bild mit der Gestalt eines Mädchens an der Wand. Nur hatte dieses Mädchen feuerrote Haare, eine leicht gerötete Haut und Tausende von Sommersprossen.

„Wer ist dieses Mädchen und wo ist sie zu finden?"

„Diese Maid findet ihr bei der Herrin der Perlen, hinter dem dritten Meer."

„Hinter dem dritten Meer? Da will ich hin. Sag, ist die Herrin der Perlen groß und schlank und biegsam wie eine Birke? Reicht ihr goldenes Haar bis zu den Füßen? Ist ihr Mund schöner als jede Rose und ihre blauen Augen so klar wie ein Bergsee?"

„Ja, das ist sie. Begehrst du sie für dich?"

„Nein, mein Vater hat sie zur Braut erwählt."

„So waren deine Brüder auch schon meine Gäste. Aber nach dem Bildnis hier fragte nur dein zweiter Bruder, der hier vorbeikam. Er saß die ganze Nacht vor dem Bild. Er hatte sich verliebt und wollte sie als seine Braut heim führen.

Der erste hatte keine Augen dafür.

Wiedergekommen ist bis heute keiner von beiden."

Die Alte schenkte ihm vor dem Zubettgehen einen kunstvollen Ring mit einem Rubin.

„Bewahre ihn gut. Er kann die helfen, deinen Bruder zu finden."

Am Morgen bestieg der Königssohn das Schiff, welches ihn über das rote Meer tragen sollte. Fünf lange Tage und Nächte waren sie unterwegs auf einsamer Fahrt, nur der junge König und seine alte Schiffsmannschaft.

Vom jenseitigen Ufer des roten Meeres zog er zum diesseitigen des weißen Meeres.

Hier fand er ebenso eine Hütte und die alte Schwester der anderen beiden Alten. Er überbrachte auch hier den Proviant und die Grüße. Er fand natürlich auch das Bild eines zauberhaften Mädchens mit ganz hellen langen Haaren und einer Haut wie Porzellan. Er stellte auch hier wie bei den anderen beiden seine Frage.

„Diese Maid findet ihr bei der Herrin der Perlen, hinter dem dritten Meer."

„Hinter dem dritten Meer? Da will ich hin. Sag, ist die Herrin der Perlen groß und schlank und biegsam wie eine Birke? Reicht ihr goldenes Haar bis zu den Füßen? Ist ihr Mund schöner als jede Rose und ihre blauen Augen so klar wie ein Bergsee?"

„Ja, das ist sie. Begehrst du sie für dich?"

„Nein, mein Vater hat sie zur Braut erwählt."

„So waren deine Brüder auch schon meine Gäste. Aber sie fragten nicht nach dem Bild."

Dieses Mal wurde Christoph von dem Bildnis angezogen. Er verliebte sich in das liebliche Antlitz, die strahlenden kornblumenblauen Augen und das weiche Haar.

Die Alte brachte das Abendessen.

Für die Nacht schüttelte sie ihm die Decken auf.

„Bevor du dich schlafen legst, nimm noch dieses Geschenk von mir an."

Sie überreichte dem Königssohn eine weiße Spule mit einem goldenen Faden.

„Bewahre sie gut auf. Sie kann dir noch sehr nützlich sein."

Am Morgen verabschiedeten sie sich voneinander.

„Finde ich am anderen Ende des weißen Meeres noch eine Schwester von euch?"

„Nein. Wir sind nur drei und unser Bruder am Wald."

„Wie finde ich dann die Herrin der Perlen?"

„Das musst du nicht. Sie findet dich. Außerdem beginnt ihr Reich am Ende des Meeres. Lass dich nicht blenden und hör auf dein Herz."

„Sag mir noch, wie finde ich heraus, was meinen Brüdern widerfahren ist?"

„Du hast es schon gesehen, du verstehst es nur nicht."

„Noch eine Frage: Warum sind alle jungen schönen Mädchen bei der Herrin der Perlen?"

„Weil das ihr Schicksal ist, so lange niemand der Welt einen Spiegel vorhalten kann. Und nun genug. Du hast viele Fragen gestellt und die Antworten bekommen. Es ist Zeit. Da ist dein Schiff."

Diesmal dauerte die Fahrt sieben Tage und sieben Nächte. Auch diesmal waren auf dem Schiff nur alte Männer zu finden. Christoph versuchte sie, in ein Gespräch zu verwickeln, stellte seine Fragen, bekam aber keine Antworten.

Endlich hatte er das Ziel seiner Reise erreicht. Er suchte sich eine Herberge und fragte nach dem Weg zum Schloss der Herrin über die Perlen.

„Warte nur, junger Herr. Die Herrin lässt dich holen."

„Bald?"

„Sehr bald!"

Schnell kam der Bote der Herrin, ein uralter Mann, dem Tode näher als dem Leben.

„Ich bringe dich zu ihr. Folge mir!"

Der Königssohn bekam ein wundervolles, auf das Prächtigste eingerichtete Gemach zugewiesen. Diener brachten übervolle Platten mit Speisen und Getränken.

„Die Herrin erwartet Euch Morgen früh. Schlaft gut, junger Herr!"

Christoph wollte noch nachgrübeln über die Diener, die Menschen, die hier alle so alt waren, aber er war so müde und die Kissen so weich. Er schlief tief und traumlos bis zum Morgen. Seine nachdenklichen Gedanken waren in der Stille der Nacht verflogen.

Die Sonne weckte ihn. Ausgeruht und gut gelaunt zog er sich an. Er würde heute der Herrin die Brautgeschenke überreichen. Sicherlich war sie mit der Werbung seines Vaters einverstanden. Dann würde er die Mädchen und die Brüder suchen. Was immer ihnen geschehen war, stellte sich im Moment nicht als zu tragisch dar.

Er wurde abgeholt und betrat den kleinen Salon, wo sie auf ihn warten sollte.

Unser junger Königssohn betrat den intimen Raum und plötzlich stand sie ihm gegenüber. Sie war noch schöner und strahlender, als je ein Dichter sie zu beschreiben vermochte. Kein Klang eines Liedes kam an die Reinheit ihrer Schönheit heran.

Christoph sah in ihre Augen und vergaß die Welt um sich her, seinen Vater, die Brautschau, die Alten an den Meeren, die Mädchen auf den Bildern. Er vergaß die Zeit. Sein Herz war gefangen von ihrer Frische und Ausstrahlung. Er nahm sie in den Arm. Sie ließ es ohne Widerspruch geschehen. Er verlor sich in der Fülle ihres goldenen Haares, im Rot ihrer Lippen, in der unergründlichen Tiefe ihrer Augen.

Die Tage kamen und gingen, paarten sich mit den Nächten. Mit jedem Tag kam es ihm so vor, als würde sie noch schöner werden. Er lebte für sie. Aber er bemerkte, dass die Zeit, die sie miteinander verbrachten, immer kürzer wurde. Das war sicherlich ein Trugschluss.

Er hatte seine Satteltasche noch im Zimmer gefunden. Die Diener hatten vergessen, sie weg zu räumen. Irgendwann stolperte er darüber und konnte sich nicht wie gewohnt abfangen.

„Wie ein alter Mann", schoss es ihm durch den Kopf.

Er lächelte über sich selbst. Er hob die Tasche auf, um sie in die Ecke zu befördern. Dabei rutschte der Spiegel heraus und landete in seiner Hand. Sofort sah er den Nymph vor sich und erinnerte sich an das kleine Abenteuer im Wald. Dann tauchten Fragen in seinem Kopf auf, wie z.B. wann hatte er sich das letzte Mal die Haare gekämmt oder den Bart rasiert. Er konnte seiner Geliebten doch nicht so ungepflegt gegenübertreten. Obwohl sie sich nie beschwerte. Er hob den kleinen Spiegel – ein anderer war in seinem Zimmer nicht vorhanden, im ganzen Schloss war keiner vorhanden – sah hinein und konnte nicht glauben, was er sah. Aus dem Spiegel heraus blickte ihn ein alter Mann an. Er schaute nochmals. Das waren definitiv seine Augen, aber das war er nicht.

Schlagartig erwachte Christoph wie aus einem schlechten Traum.

Was ging hier vor?

Er wartete das Essen ab, was er heute schon wieder allein einnehmen musste. Als die Diener glaubten, er würde ruhen, schlich er sich aus seinen Gemächern. Es war nichts abgeschlossen. Er fand den Weg in den Burghof und zum Brunnen. Der war ohne Wasser und so konnte sich niemand darin spiegeln. Aber es hatte in der Nacht geregnet. Er fand neben dem Brunnen noch eine kleine Pfütze, schaute hinein und erblickte das selbe Spiegelbild wie oben in seinem Handspiegel. So hatte ihn der Spiegel nicht betrogen. Aber wie konnte das sein? Er schlich sich zum Stall. Aus den Worten, die sich die Burschen zuwarfen, errechnete er, dass er gerade einmal sieben Tage bei der Herrin zu Gast war. Die Burschen verschwanden und Christoph suchte sein Pferd. Die Stallungen waren riesig, gefüllt mit den stolzesten Pferden, die die Welt je gesehen hatte. Im neuen Anbau fand er seinen weißen Schimmel. Der erkannte ihn trotz seines veränderten Äußeren sofort und die Freude auf beiden Seiten

186

war groß.

Christoph bewunderte die verschiedenen Rassen, die hier im Stall vertreten waren, als er plötzlich eine bekannte Rückenpartie zu sehen glaubte.

„Mein Weißer, ich bin gleich zurück."

Er nahm den kurzen Weg und tauchte unter den Pferden durch. Und da war er, der Rotfuchs seines Bruders. Es dauerte nur wenige Minuten, bis er auch den Rappen seines Bruders Albrecht ausfindig gemacht hatte.

„Also seid ihr beide hier und ich werde euch finden."

Er lief zu seinem Schimmel zurück. Richtig, das Zaumzeug war noch da, es hing an der Wand hinter ihm und da fand er zu seiner Freude auch seinen Degen.

Wieder in seinem Zimmer durchsuchte er die Satteltasche. Tief vergraben griffen seine Finger den Gürtel und den Ring.

Da war doch noch was? Die Erinnerungen kamen sprunghaft. Es gab noch eine Spule. Die hatte er am Abend von der dritten Alten bekommen. Wohin war die gewandert?

„Streng dich an, Christoph!"

Er dachte und dachte, hatte ein Bild, dann verschwand es wieder. Plötzlich sah er sie, die Spule, wie sie von seiner Hand in die Reithose wanderte. Die Reithose also. Wo war die? Er durchforstete sein Gedächtnis. Er war angekommen. Wo und wann hatte er die Kleidung gewechselt? Das war hier, in diesen Räumen. Die Hose lag aber leider nicht so offen rum. Er durchwühlte alle Schubladen und riss die Schränke auf. Im letzten fand er endlich seine Hose, in der hintersten Ecke unter Decken, und darin die Spule. In dem Moment, wo er die Spule fühlte, erinnerte er sich an das Mädchen mit den ganz hellen langen Haaren. Es folgten die Bildnisse der beiden anderen.

Was sollte er tun?

Er brauchte dringend einen Plan.

Er musste die Brüder und die Mädchen finden und herausbekommen, was hier vorging.

Der nächste Morgen brachte ihm einen unfreiwilligen Helfer. Ein junger Mann ritt in den Hof und wurde von den Dienern empfangen. Christoph passte auf, wo man den jungen Mann unterbrachte. Er wollte ihm dann in den Salon folgen, in dem immer die Treffen mit der Herrin stattgefunden hatten. Er glaubte, auch der Neuankömmling würde da sein erstes Treffen mit der Burgherrin haben.

Der Ruf der Herrin nach dem Gast ließ nicht lange auf sich warten. Der Königssohn folgte dem Burschen bis zur Tür des Salons.

Wie aber sollte er hinein gelangen? Wie an den Dienern vorbei kommen?

So begnügte er sich vorerst mit dem Warten. Die Tür des Salons schloss sich hinter seinem Nachfolger. Er spürte ein kleines Ziehen der Wehmut in seinem Herzen. Hinter sich vernahm er das Rascheln von Seide. Gerade noch rechtzeitig schlüpfte er hinter den schweren Fenstervorhang. Da kam sie auch schon herangeschwebt, die schönste Frau, die er jemals gesehen hatte. Seine Liebe flammte auf und er war keines Gedanken fähig. Die Burgherrin verweilte kurz vor der Tür und schaute sich um, als ob sie etwas bemerkt hätte. Dann betrat sie den Raum. Im Moment ihres Verschwindens kehrten die Gedanken zurück und Christoph erwachte aus seiner Trance.

„So ist das also. In ihrer Nähe bin ich unfähig zu denken oder gar zu handeln. Damit habe ich zwei Herausforderungen: Sie darf mich nicht bemerken und ich sie nicht mit dem Herzen sehen."

So stand der junge alte Königssohn lange hinter dem Vorhang. Endlich öffnete sich die Tür. Er schloss die Augen und hörte die Schöne an sich vorbei rauschen. Ein glockenhelles Lachen eilte neben hier her. Als sich die Tür ein weiteres Mal öffnete, tat das auch Christoph mit seinen Augen. Was er erblickte, ließ ihn frösteln. Der junge Mann, der hinein gegangen war, kam sichtlich gealtert wieder heraus. Ein Diener brachte ihn in sein Zimmer.

Christoph schlich in seines. Ganz in Gedanken begann er, die Reithose, den Degen, den Gürtel und die Satteltasche in seinem großen Schrank zu verstecken. Er hielt den Ring in der Hand, als es leise klopfte. Schnell schloss er die Schranktür und sprang beiseite.

„Bitte!"

Herein trat seine schöne Burgherrin, die Frau, die der Vater als Braut begehrte und die wahrscheinlich eine Zauberin war.

Sie trat an Christoph heran.

„Entschuldige mein Herz, dass ich heute so wenig Zeit für dich hatte. Es gab viel zu tun. Ich hoffe, du hast dich nicht gelangweilt."

„Wie könnte ich, habe ich doch in meinen Erinnerungen nur dich gesehen."

„Gut."

Sie gab ihm einen Kuss auf seinen Mund. Täuschte er sich oder blitzte etwas zwischen ihren Lippen, als sie sich voneinander lösten, die seinen und ihre?

„Bis bald, mein Herz."

Mit diesen Worten verließ sie ihn wieder.

Christoph rührte sich nicht vom Fleck, bis ihre Schritte und ihr Lachen verklungen waren. Er fühlte sich matt und er fragte sich, warum er ihrem Zauber gerade nicht erlegen war.

Er holte aus dem Schrank den Spiegel und sah hinein. Er betrachtete sich und erkannte, dass er wieder ein wenig älter aussah. Er wechselte die Hand und bemerkte erst jetzt, dass er den Ring der Alten vom roten Meer noch fest in der Hand hielt.

Sollte der dafür gesorgt haben, dass er dem Liebeszauber der Herrin nicht verfallen war?

„So will ich ihn tragen, damit ich sicher vor ihr bin."

Er blickte auf die Spule und den Gürtel und beschloss, auch diese Dinge an sich zu nehmen. So konnte er sie nicht verlieren und hätte sie zur Hand, für was auch immer.

Der Königssohn griff nach dem Gürtel. Er schob sein Hemd nach oben und schlang das schwarze Leder um seine Taille. Er schloss den Gürtel. Er ließ sein Hemd los und wollte nun zum Schrank zurück, um die Spule zu holen. Er griff nach ihr und – die Spule schwebte in der Luft, obwohl er sie doch fest in seiner Hand hielt. Als Christoph so an sich herunter schaute, war er gar nicht mehr da. Schnell griff er zum Nymphenspiegel. Tatsächlich war er nicht zu sehen. War der Gürtel daran Schuld? Er öffnete ihn, der Gürtel fiel zu Boden. Christoph hatte kein Auge von seinem Spiegel gelassen und mit dem Fall des Gürtels erschien er wieder sichtbar im Glas. Er wiederholte das Spiel noch zweimal, bis er ganz sicher war, dass der Gürtel ihm Unsichtbarkeit verlieh. Zufrieden legte er sich nieder und konnte doch lange nicht einschlafen, so voller Ungeduld für den nächsten Tag.

Die Morgensonne den Folgetages fand ihn weder in seinem Zimmer noch an einem anderen Ort. Christoph schlich unsichtbar durch die Burg, den Hof, die Gärten und die Stallungen. Er schaute sich um. Aber nirgends entdeckte er seine Brüder oder die Mädchen von den Bildern in den Hütten an den drei Meeren. So lief er zurück und wartete, dass die Herrin den Neuankömmling zu sich bat. Er folgte ihm in den Salon. Kurz nach ihm betrat die strahlend schöne Burgherrin den Raum. Es gab Konversation und Komplimente, Umarmungen und Küsse. Christoph sah wieder das Leuchten zwischen den Lippen der beiden Verliebten. Er sah genau hin. Es war unglaublich!

Nach jedem Kuss entfloh den Lippen des jungen Mannes eine Perle, die die Herrin mit ihren vollen roten Lippen auffing und unauffällig in ihre Hand gleiten ließ. Kuss folgte auf Kuss, Perle auf Perle.

Kurz streifte der Blick des Unsichtbaren das Gesicht des Mannes. Ein neuer Kuss, eine neue Perle und eine neue Falte im Gesicht des Geküssten.

Christoph konnte es sehen, mit jedem Kuss der Herrin alterte der

Mann ein wenig mehr, langsam aber sichtbar.

Ihn schauderte. Diese Frau vor ihm sog den Männern die Jugend aus dem Körper.

Irgendwann reichte es ihr. Sie verabschiedete sich von ihrem Verehrer. Dieses Mal folgte Christoph ihr.

Lachend lief die junge Frau durch die Gänge zu ihren Gemächern. Hier in diesem Teil der Burg war auch Christoph noch nie gewesen.

Er folgte ihr durch den ersten in den zweiten und dritten Raum. Hier blieb sie kurz stehen und rollte die Perlen von einer in die andere Hand. Dann öffnete sie an der gegenüberliegenden Wand eine Tapetentür. Der Königssohn betrat hinter ihr eine steinerne Treppe, die nach unten führte. Die Stufen waren ringförmig angeordnet. So schloss Christoph auf einen Turm. Endlich am Ende der Treppe angekommen, öffnete die Herrin eine eiserne Pforte. Ein langer Gang wurde sichtbar. Sie eilte den Gang entlang, der sich vor ihr erhellte und nach ihr wieder verdunkelte. Christoph war einen Augenblick stehen geblieben. Die Herrin tat es ihm nach wenigen Schritten gleich. Erschrocken sah er, dass der Teil des Ganges, in dem er noch stand, auch noch erhellt war. Blitzschnell lief er auf die Frau zu und der Gang verdunkelte sich.

„Diese Mäuse."

Weiter ging es bis zum Ende des Ganges. Hier erschien aus dem Dunkel eine nächste Tür. Die führte in einen weiteren größeren Raum. Mehrere Türen waren zu sehen. Eine davon führte in eine riesige Kammer voller großer Truhen.

Der Raum wirkte unendlich groß, die Zahl der Truhen verlor sich in der Tiefe. Alle waren geöffnet und jede von ihnen war bis an den Rand mit perlmuttfarbenen glänzenden Perlen gefüllt.

In eine davon ließ die Burgherrin ihre neu errungenen Schätze fallen. Sie tauchte ihre Hände in die Fülle der runden glitzernden Pracht und erfreute sich an ihnen.

Nach einiger Zeit ging es zurück in den großen runden Raum.

Sorgfältig verschloss die Herrin die Tür zur Perlenkammer und wendete sich der nächstgelegenen zu.

Als Christoph hinter ihr den Raum betrat, musste er sich auf die Lippen beißen. Trotz des langen Bartes und den weißen Haaren erkannte er in der gebückten Gestalt seinen ältesten Bruder Albrecht. Der begrüßte die Herrin freudig und hielt ihr die Lippen zum Kuss hin. Die beiden plauderten ein wenig und zu seiner Überraschung glaubte sich sein Bruder noch jung und kräftig. Aber warum auch nicht. War es ihm nicht ähnlich gegangen!

Bald verließ die Schöne seinen Bruder Albrecht und führte unseren unsichtbaren Königssohn, ihr könnt es euch sicherlich vorstellen, zu seinem Bruder Bertram. Hier war es nicht anders.

Auf den Königssohn wartete noch eine weitere Tür. In diesem Raum stand ein übergroßer Spiegel. Die Herrin trat davor. Als sie ihr Spiegelbild erblickte, warf sie vor Freude ihre Arme in die Höhe und tänzelte von rechts nach links. Sie winkte sich selbst zu.

„Noch zwei Tage. Dann haben die beiden vergessen, wer sie waren und ich kann sie meinen Dienern zuordnen. Es ist Zeit, dass sie den anderen beiden Platz machen. Dieser Christoph, ihr kleiner Bruder war ja jung recht apart, aber alt sieht er aus wie alle. Und der neue geht ebenfalls den Weg aller Jugend."

Sie verneigte sich vor ihrem Spiegelbild.

„Ich geh noch ein wenig spielen und hungrig bin ich auch."

Auf dem Rückweg überholte Christoph die Herrin, um rechtzeitig in seinem Gemach zu sein. Nicht lange nach ihm klopfte die Schöne an seine Tür.

„Hallo, mein Geliebter."

Sie beugte sich über den auf dem Sofa scheinbar Ruhenden und Christoph ließ es geschehen, dass sie ihn küsste und wieder ein Stück seiner Jugend von ihm auf sie überging.

Minuten später folgte er ihr bereits wieder, unsichtbar dank des Gürtels und die gesamte Zeit unberührt von ihrem Liebeszauber durch den Ring. Die Herrin lief beschwingten Fußes durch ihre Burg. Überall, wo ihr Diener über den Weg liefen begrüßte sie diese fröhlich und jeden bedachte sie mit einem Kuss.

Das tat sie auch bei den Frauen. Niemand fand etwas dabei, jeder fühlte sich von ihr dadurch geehrt.

„Kein Wunder, dass die Diener und Dienerinnen so loyal sind und sie lieben."

Sie gab jedem das Gefühl besonders zu sein.

Am Abend, in seinem Zimmer, überdachte Christoph das Erlebte. Ein Satz war schwer haften geblieben. Zwei Tage, dann würden seine Brüder vergessen haben, wer sie waren. Woher und warum sie gekommen waren, das hatten sie schon verloren.

Er musste etwas tun.

Gerüstet mit Gürtel und Ring schlich sich Christoph zu den Gemächern der Burgherrin. Er hatte Glück. Gerade brachte die Zugehfrau den Trank für die Nacht. Beim Schließen der Tür gab es ein leichtes Gerangel.

„Was ist, Betty?"

„Die Tür scheint zu klemmen, als ob etwas dazwischen steckt. Wartet, Herrin, jetzt geht sie zu."

Das Gespräch wurde durch Hufgetrappel unterbrochen. Die beiden Frauen eilten zum Fenster.

„Oh, Herrin, ein neuer Freier. Wie schön."

Betty klatschte in die Hände.

„Vielleicht findet der ja Eure Gunst. Die anderen sind ja immer gleich wieder verschwunden. Na ja, so ein großes Reich wie das Eure zu beherrschen, ist auch nichts für jeden."

„Wie recht du hast, meine Liebe. Danke für den Trank und bringt ihn gut unter, am besten im Südflügel."

Die Herrin küsste Betty auf den Mund. Eine Perle wechselte die Besitzerin. Eine zufriedene Zugehfrau verließ das Gemach ihrer Herrin. Da die noch damit beschäftigt war, nach dem

Neuankömmling zu sehen, nutzte Christoph die Gelegenheit und schlüpfte durch die geheime Tür.

Ein winziger Hauch streifte die Wangen der Herrin.

Irritiert sah sie hinter sich. Heute narrte sie aber auch jedes Knistern, jeder Luftzug und jedes Licht.

Während dessen lief Christoph die Treppe hinab und den Gang entlang bis zur Tür seines ältesten Bruders. Er trat ein. Sein Bruder saß über dem abendlichen Mahl.

„Wer stört so spät oder bist du es , meine Liebe?"

„Ich bin es, dein Bruder Christoph."

„Ich sehe nichts."

Christoph schlug sich an die Stirn. Flink löste er den Gürtel.

„Erkennst du mich, erinnerst du dich an mich?"

Es dauerte einen Moment bis das Erkennen in den Augen seines Bruders sichtbar wurde.

„Kleiner Bruder, was machst du hier?"

„Ich komme dich holen. Der Vater wartet so lange schon auf dich."

„Der Vater? Warum wartet er?"

„Komm mit mir, nach nebenan. Da finden wir unseren Bruder Bertram."

„Bertram hier?"

Christoph zog seinen Bruder vom Stuhl und in Richtung Tür.

„Na gut. Ich komme, aber nicht lange, falls meine liebe Freundin wiederkommt."

Christoph sparte sich einen Kommentar und betrat nach seinem Bruder die zweite Kammer, in der er Bertram wusste.

Wie sollte er beginnen? Ihm fiel sein Spiegel ein.

„Liebe Brüder. Wie lange seid ihr jetzt Besucher in dieser Burg?"

Ein Schulterzucken beider war die Antwort.

„Du, Albrecht, bist zu Sommerbeginn fortgezogen, um für den Vater die Herrin dieser Burg als Braut heimzuführen. Du, Bertram, bist ihm zu Beginn des Herbstes gefolgt, als er nicht zurückkam. Erinnerst du dich nicht an die stumpfen Seiten unserer Degen?"

Er zog seinen und hielt ihn so, dass beide matte Seiten zu sehen waren. Dabei fiel ihm auf, dass auch seine Seite nicht mehr wirklich blank war. Aber die Brüder zeigten keine Regung.

„Ich bin heimlich aus dem Schloss fort, nachdem auch deine Klingenseite, lieber Bertram, dunkel geworden war. Beinahe hätte ich euer Schicksal geteilt, wenn nicht der Nymph gewesen wäre, der mir das Spieglein schenkte, in das ich hineinsah, nachdem ich hier über meine Satteltasche gestolpert bin und zufällig entdeckte, was der Ring und der Gürtel können."

Richtig, der Gürtel und der Ring hatten ihren Zauber entfaltet. Und! Er besaß noch die Spule der Alten vom Weißen See. Was steckte in ihr für ein Zauber? Wie konnte sie helfen?

Christoph kramte aufgeregt in seiner Hosentasche. Er bekam die Spule zu fassen und zog sie heraus. Unglücklicher Weise blieb sie am Taschenknopf hängen und fiel zu Boden. Nur das Ende des goldenen Fadens hielt der Königssohn noch zwischen zwei Fingern. Die Spule rollte über den Boden. Plötzlich entstanden Bilder. Die Spule rollte kreuz und quer vor den beiden älteren Brüdern hin und her. Mit jedem Bild wuchs die Aufmerksamkeit der beiden. Sie erkannten, sie begriffen, sie verstanden. Auch Christoph verstand die Bilder. Das ganze Geschehen lief vor ihren Augen ab, allerdings rückwärts. Die Bilder begannen hier in der Kammer, zeigten den Weg von Christoph zurück gehend bis zu seinem Abschied vom Vater, dann die Geschichte von Bertram und zum Schluss den Wegverlauf von Albrecht.

Die Lethargie der Brüder war verflogen, die Erinnerungen wieder in den Köpfen.

„Welches Glück, dass mir die Spule aus der Hand gefallen ist. Wir hätten sonst nie das Rätsel gelöst, meine Brüder."

„Aber wir sind alt, richtig!"

„Das stimmt, Bruder Albrecht."

„Kann man dagegen etwas tun?"

„Das weiß ich noch nicht, Bruder Bertram."

„Du hast gesagt, diese Perlen der Jugend liegen nebenan in riesigen Mengen und einer gigantischen Anzahl von Truhen."

Christoph nickte.

„Bring uns hin. Ich möchte es sehen. Albrecht?"

„Ja, sicher, ich auch."

Sekunden nur, dann standen die Brüder inmitten der Truhen mit den Perlen der Jugend.

„Es ist unglaublich. Wie viele Menschen hat diese Hexe um ihr Leben betrogen!"

„Was können wir tun?"

Christoph hatte ein paar Perlen in die Hand rollen lassen. Er dachte nach.

„Bruder?"

„Ich habe gerade berechnet, wie lange ich hier bin. Ich komme auf neun Tage. Das bedeutet für dich Bertram meine neun und deine, warte, vom Tag nach der Jagd bis zu meiner Ankunft, dreißig Tage. Also bist du neununddreißig Tage hier gefangen. Bei dir Albrecht, müssen wir noch die Tage dazu rechnen, die bis zum Sommerfest fehlen. Da war der Spielmann bei uns und hat diese unsägliche Lied gesungen. Das waren, helft mir, noch einmal 28 Tage, richtig?"

„Das habe ich auch ausgerechnet. Das heißt, ich bin seit siebenundsechzig Tagen hier."

„Aber du hast berichtet, dass die Hexe uns bei jedem Kuss eine Perle entrissen hat. Die lassen sich schwerlich zählen."

„Das stimmt, aber die Anzahl der Tage ist ein Anfang. Lasst es mich versuchen."

„Was willst du tun?"

„Ich werde einfach neun dieser Perlen schlucken und wir sehen, ob und was geschieht."

„Und wenn du die Perlen einer Frau zu dir nimmst?"

„Mhm, vielleicht ist das so, vielleicht auch nicht. Schaut, die Perlen weisen keine Unterschiede auf. Jede von ihnen ist makellos, Perlmutt in der Farbe, gleichmäßig in der Größe. Ich tu`s!"
Christoph zählte neun Perlen ab und schluckte die erste mit Hilfe des Weines, den die Brüder zum Abendessen bekommen hatten.
„Da sieh doch, Bruder, die grauen Strähnen in seinem Haar verschwinden."
Bertram reichte seinem Bruder den Spiegel. Der überzeugte sich von der Richtigkeit der Beobachtung und nahm die zweite Perle.
Mit jeder Perle, die in seinem Mund verschwand, verschwanden auch die Zeichen des Alterns. Nach der neunten sah er so aus, wie er ausgesehen hatte, als er auf der Burg ankam.
Die Brüder freuten sich mit ihm und nahmen nun ihrerseits ihre Anzahl der Perlen ein. Die Menge war schwerer zu bewältigen, aber die Ergebnisse ließen Albrecht und Bertram durchhalten.
Nach der Einnahme war erkennbar, dass die beiden ihre Vitalität und Gesundheit im Großen und Ganzen zurückerobert hatten, aber ganz so jung, wie sie hätten sein müssen, waren sie noch nicht.
„Wir wollen es für heute dabei bewenden lassen. Wir werden genügend Perlen mitnehmen, um eure wahre Zeit wieder her zu stellen. Jetzt brauchen wir einen Plan, wie wir die Herrin der Burg besiegen."
Die drei beratschlagten bis zum Morgen, entwickelten und verwarfen Pläne.
„Zuallererst müssen wir hier raus!"
„Und die Perlen müssen wir verstecken!"
Albrecht seufzte.
„Ach, meine Brüder. Unsere Mutter wüsste Rat. Sie war nie um eine Idee verlegen."
Christoph schlug seinem großen Bruder auf die Schulter.
„Genau, die Mutter!"
Er zog sein Hemd am Kragen auf und griff nach der goldenen Pfeife,

die an dem Silberkettchen um seinen Hals hing.
„Die ging damals schon nicht."
„Damals ist nicht heute."
Christoph blies hinein, erst vorsichtig, dann kräftig.
„Nichts, leider."
„Sag ich doch!"
„Warum hast du immer so wenig Vertrauen in die Welt, mein Sohn?"
Die Brüder sprangen auf.
„Mutter? Das war die Stimme unserer Mutter!"
„Ja, meine Kinder. Ich bin hier, meine Stimme. Ihr könnt mich nur nicht sehen.
Den Ruf deiner Pfeife habe ich vernommen, Christoph. Allerdings hat sie bewusst keinen Ton. Sonst wäret ihr jetzt verraten."
„Du warst, bist seit jeher die Klügste, die wir kennen."
„Danke, Bertram. Nun zu euch. Wir haben nicht mehr viel Zeit. Christoph, nimm den Gürtel und schneide ihn längs in drei Teile."
Christoph folgte der Aufforderung seiner Mutter. Vor ihren Augen vervollständigten sich die drei Teile zu drei vollwertigen Gürteln.
„Nun zerschlagt den Ring und den Stein eben so in drei Teile."
Hier geschah am Ende das Gleiche wie mit den Teilen des Gürtels. Jeder der Brüder schlang sich einen Gürtel um und steckte sich einen Ring an den Finger.
„Was machen wir mit den Truhen voller Perlen, Mutter?"
„Christoph, wirf die Spule in die Luft."
Die Spule flog Richtung Gewölbedecke. Die Stimme der Mutter erklang:

„Spule, gib den Faden frei,
lass ihn tanzen, sich verweben,
große Maschen soll`n sich legen.
Daraus wird ein Netz geknüpft,
welches um die Truhen wächst.
Schwere Dinge werden Federn,
große Dinge werden klein,
unser Netz zieht sich zusammen,
passt alsbald in eines Mannes Faust hinein."

Voller Staunen sahen die drei Brüder zu, wie das geschah, was die Mutter in Worte fasste.

Zum Schluss schwebte ein Knäuel goldenes Garn über der linken Hand von Christoph. Der drehte den offenen Handteller nach oben und langsam senkte sich das Knäuel hinab. Der dritte Bruder schloss die Hand und packte das Fadenknäuel in die Innentasche seines Wamses, direkt an sein Herz.

„Gut gemacht. Nun seht zu, dass ihr zu den Pferden kommt. Reitet nach Hause, so schnell ihr könnt."

Die Brüder liefen los, durch den Gang, die Treppe hoch und lauschten an der Tür zum Gemach der Burgherrin. Stille. Bertram lugte ins Zimmer.

„Leer. Wir haben Glück."

Sie liefen weiter durch die Gänge, über den Hof, zu den Ställen. Schnell hatten sie ihre Pferde gefunden, saßen auf und ritten los.

„He, Leute, die Pferde! Haltet die Pferde auf!"

Sie galoppierten aus der Stadt hinaus bis zu einem Wäldchen. Dort machten sie Halt.

„Wir waren unsichtbar, aber unsere Pferde nicht."

„Ja und niemand wird glauben, dass die zufällig zusammen ausgebüchst sind."

„Man wird also bald bemerken, was vorgefallen ist."

„Ich habe zwar immer auf unsere Mutter gehört, aber diesmal möchte ich ihr widersprechen. Wir sollten der Hexe das Handwerk legen, sonst macht sie neue Perlen und viele andere Menschen weiterhin unglücklich."

„Brüder, die Hexe holt sich die Jugend. Was, wenn sie von dieser Jugend lebt?"

„Christoph, manchmal scheint es, aus dir spricht unsere kluge Mutter."

„Wenn sie aber die Perlen selbst nutzt, was für die Freude vor dem Spiegel spricht, dann würde ich gern sehen, was ohne die Dinger mit ihr passiert!"

So war es beschlossen!

Mit dem Frühnebel ritten die drei Brüder zurück in die Stadt. Die Menschen erkannten sie nicht. Sie machten keine Rast und wollten nicht warten. Sie ritten weiter bis zur Burg und in den Burghof hinein.

„Herrin, komm und begrüße deine Gäste!"

„Herrin, sei nicht unhöflich und lass uns nicht warten!"

„Herrin, zeig uns deine Schönheit und Jugend!"

Die lauten Rufe der drei Reiter lockten das Burgvolk an. Die Männer, die in den Stallungen arbeiteten, erkannten die Pferde.

„Ihr habt die Pferde gestohlen. Wer seid ihr?"

„Wir sind die rechtmäßigen Besitzer dieser edlen Tiere. Sie sind ein Geschenk unserer Mutter."

Die Burgherrin erschien auf dem Balkon. Sie erkannte die Reiter sofort.

Wie konnte das sein?

„Du brauchst nicht in den Kammern deines geheimen Turmes nach uns zu suchen. Wir sind hier, die zwei Brüder eines Vaters, der uns aussandte, dir sein Herz und sein Königreich anzutragen."

„Statt dessen hast du uns verhext, uns ausgesaugt und dann im Turm vergraben."

„Du brauchst auch nicht in den Gemächern im Westflügel nach mir zu suchen. Ich bin nicht dort, sondern hier. Mein Vater schickte mich, nach meinen zwei Brüdern zu suchen und zu erforschen, warum sie mit dir, seiner Braut, noch nicht wieder zu Hause angekommen waren.

Du wolltest auch mich becircen. Ich habe es dem Geschenk eines Freundes zu verdanken, dass wir drei nun hier vor dir stehen, in der Blüte unseres Lebens und nicht als deine dahin welkenden Diener."

Die Menschen um sie herum hatten ihren Worten gelauscht, ohne sie zu verstehen. Sie begannen, die Brüder zu bedrängen.

„Habt ihr euch noch nie gefragt, warum ihr alle so alt seid?"

„Wieso alt, was meint ihr, junger Herr?"

„Wie alt bist du?"

„Ich bin zweiunddreißig."

„Sicher?"

„Ich weiß, wann ich geboren wurde!"

„Wann hast du das letzte Mal in einen Spiegel gesehen? Du weißt es nicht mehr? Dann nimm diesen und schau hinein."

Christoph drückte dem Mann den Spiegel in die Hand. Der sah hinein und schrie auf.

„Das ist Zauberei. Das kann nicht sein!"

„Das ist fürwahr Zauberei. Aber da ist nicht der Spiegel daran Schuld. Die Schuld trägt Eure Herrin!"

Die Menschen wollten den Brüdern keinen Glauben schenken.

Christoph setzte die Pfeife an die Lippen. Ein Grollen erklang, die Menschen im Hof verstummten ängstlich. Die Stimme der Mutter erklang.

„Mein Sohn, wirf den Spiegel vor dir in den Hof."

Christoph zögerte nicht und warf. Der Spiegel verharrte in der Luft und vergrößerte sich vor den Augen aller. Langsam fiel er nach unten und als er den Boden berührte, wurde er zum Teich, umgeben mit wundervollen Gehölzen und duftenden Blumen. Seine Oberfläche wirkte immer noch wie ein Spiegel. Staunend hatten nicht nur die Brüder das Schauspiel verfolgt, auch die Diener und Dienerinnen im Hofinneren. Immer mehr Menschen waren zusammengelaufen.

Christoph erhob sich aus dem Sattel.

„Überzeugt euch, ihr guten Leute. Seht in den Spiegel der Natur und schaut der Wahrheit ins Gesicht, in eure eigenen Gesichter!"

Die ersten trauten sich, die anderen zogen nach. Es gab ein Weinen und Klagen und niemand wusste die Lösung.

Wieder war es Christoph, der das Wort ergriff.

„Wir sind zurück gekommen, weil wir es nicht zulassen konnten, dass ihr so weiterlebt. Sagt, war eure Herrin immer gütig zu euch und hat euch mit einem Kuss belohnt?"

„Ja, das hat sie."

„Habt Ihr die vielen Freier gesehen, die hierher kamen und die ihr nie habt wieder ziehen sehen?"

„Ja, haben wir."

„Habt ihr euch nie gefragt, wo sie hin sind?"

Ein Schütteln vieler Köpfe war die stumme Antwort.

„Was wisst ihr noch von eurem Leben? Was von den Menschen, die täglich mit euch auf dem Hof gearbeitet haben? Habt ihr überhaupt irgendwelche Erinnerungen?"

Lautloses Entsetzten machte sich breit zwischen den Menschen.

„Es ist natürlich, dass man im Alter Erinnerungen verliert. Doch die Hexerei eurer Herrin beraubt euch aller Erinnerungen, wo ihr her kommt, was ihr könnt, wen ihr geliebt habt, ob ihr überhaupt Familie habt. Hier auf der Burg arbeitet und dient ihr und vegetiert nur dahin. Zwischen euch leben unerkannt auch all die Freier der Schönen.

Wer sich noch wie du an sein Alter erinnern kann, ist noch nicht all zu lange hier."

Der so Angesprochene stellte die Frage, die jetzt gerade jeden im Hof beschäftigte.

„Kannst du uns helfen? Können wir unsere Jugend zurück bekommen?"

„Schaut uns an, liebe Leute! Noch vor wenigen Stunden haben wir so ausgesehen wie ihr. Genauso war es auch unser Wunsch zu erfahren, ob diese Zauberei in ihr Gegenteil verkehrt werden kann. Wir haben es versucht und es ist halbwegs geglückt. Auch ihr kommt in den Genuss des Heilmittels, versprochen!"

Ein Freudentaumel und laute Rufe unterbrachen die Rede. Christoph versuchte die Menschen zu beruhigen. Nach einiger Zeit gelang es ihm, sich wieder Gehör zu verschaffen.

„Ich verspreche euch, keiner wird vergessen. Doch vorher sollten wir die Herrin dieser Burg suchen und uns überlegen , was mit ihr geschehen soll."

Die Menschen schauten hinauf zum Balkon. Der war leer.

Christoph war bereits vom Pferd gesprungen.

„Meine Brüder, wir wissen, wo sie ist!"

Albrecht und Bertram folgten ihm.

„Du hast Recht. Sie wird nach den Perlen sehen."

Die drei Brüder liefen durch die Menge, die bereitwillig Platz machte.

Sie verfolgten den ihnen bekannten Weg zum Gewölbe. Fast waren sie da, als der helle Schrei des Entsetzens aus dem Mund der Herrin zu hören war. Nur Sekunden darauf standen die Brüder hinter ihr.

„Hast du wirklich geglaubt, wir lassen dir deinen Schatz der menschlichen Jugend?"

Albrecht stellte die wichtige Frage.

„Was machen wir jetzt mit ihr? Welche Strafe hat sie verdient?"

Bertram druckste herum.

„Was ist Bruder Bertram?"

„Vielleicht können wir die Mutter fragen? Wir sind ja wegen der Ringe immun gegen ihre das Gehirn vernebelnde Schönheit, aber die Menschen da draußen könnte und würde sie sehr schnell wieder in

Untätigkeit versetzen."

„Eine gute Idee."

Christoph zog die Pfeife und blies den stummen Ruf.

„ Das habt ihr gut gemacht, meine Söhne. Auch dass ihr gegen meinen Wunsch hierher zurück geeilt seid, um diesen Menschen zu helfen und diese Frau oder was immer sie ist, dafür zu strafen, verdient mein Lob. So verhalten sich wahre Könige.

Doch nun zu eurer Frage. Wir haben gesehen, dass diese Person die Perlen fleißig vermehrt und behütet. Und du, Christoph, hast beobachtet, dass nicht jede Perle in ihrer Hand landet. Sie nimmt sie also auch selbst. Deshalb denke ich, ihr solltet ihr die Perlen ab sofort verwehren, euch darum kümmern, dass ihr keiner zu nahe kommt, den sie benutzen könnte und wir warten ab, was sich ergibt. Ich belege sie mit einem Bann. So kann ihr keiner zu nahe kommen, nur ihr meine Söhne."

Bei den Worten der Mutter, die im Gewölbe hallten, erhob die Schöne bittend die Hände.

„Tut das nicht, ich bitte euch, edle Herren. Meine Schönheit ist alles, was ich habe!"

„Schweig!

Du lügst, wenn du den Mund aufmachst. Und du hast nicht begriffen, dass Schönheit ohne Herz nichts Wert ist!"

Die Herrin fing an zu toben und zu schreien und stieß schlimme Verwünschungen aus.

„Wir sperren sie in eines der Zimmer hier bis wir abreisen."

Gesagt, getan.

So dann zog Christoph das Knäuel aus dem goldenen Garn aus dem Wams.

„Wir brauchen einige Truhen für die guten Leute da oben."

Der Geist der Mutter war noch im Raum.

„Lege das Netz auf den Boden und lasse es wachsen. Hat es den Umfang einer Truhe erreicht, kannst du ganz leicht hinein greifen und sie herausheben. Das tut so lange, bis ihr genügend beisammen habt. Dann, nimm das Netz wieder auf und es wird wieder schrumpfen."

„Danke liebe Mutter."

Sie Brüder taten, was die Mutter geraten hatte und griffen ein paar Truhen aus dem Netz. Die transportierten sie in den Thronsaal.

Die Menschen traten ein und jeder erhielt eine Hand voll der Jugendperlen. Die daraus resultierenden Veränderungen waren dramatisch. Mit der Verjüngung setzten die Erinnerungen ein. Die Menschen erkannten sich wieder, erinnerten sich an ihre Herkunft und Vergangenheit, vor allem aber daran, wie lange sie schon hier waren. Einige wenige von ihnen waren mit der ersten Lage Perlen schon fast wieder im richtigen Alter. Mit den anderen wurde gezählt und gerechnet und es wurden mehr Perlen ausgegeben. Zum Abschluss hatte Christoph noch etwas zu sagen.

„Wie ihr seht, haben wir unser Versprechen gehalten. Jeder von euch bekommt noch genügend Perlen für sich. Die kann er dann über die nächsten Tage und Wochen einnehmen, bis er sich im richtigen Alter und der richtigen Körperkraft fühlt. Leute, ich rate euch aber, nehmt nicht zu viele. Wir wollen kein Land voller Kleinkinder haben."

Alles lachte.

„Das ist nicht unwichtig. Wir wissen nicht, wie weit man mit diesem Zauber zurück gehen kann. Also nehmt sie sorgsam, hebt sie auf. Ich glaube, so könnt ihr eure Jugendlichkeit länger behalten und damit länger leben."

Die nun jungen Menschen um ihn herum nickten. Unter ihnen waren nun auch etliche Frauen und Mädchen. Das erinnerte den Königssohn an die drei Bilder in den Hütten am See.

„Wir kehren Morgen zu unserem Vater heim. Die Hexe oder Zauberin nehmen wir mit. Wir sind durch einen guten Zauber unserer Mutter gegen sie geschützt. Aber zwei Fragen habe ich noch vorher.

War oder ist diese Hexe eure wahre Herrin?"

Laute Rufe erklangen.

„Nein, nein, das ist sie nicht!"

„Wer herrscht dann in diesem Reich und wo ist der Herrscher oder die Herrscherin?"

Einer der Männer neben den Brüdern, der noch recht alt aussah trotz der vielen Perlen, ergriff das Wort."

„Wir hatten einen Herrn. Ich habe ihm lange gedient und ihn auch bereits unter den Leuten gesucht, ihn aber nicht entdeckt. Unser König hatte drei wunderschöne Schwestern. Auch die sind nicht hier."

„Danke für deine Worte..."

„Friedrich. Friedrich ist mein Name."

„Danke dir, Friedrich. Aber sag mir, wie sahen die Schwestern des Königs aus?"

„Sie waren wie gesagt, wunderschön. Die erste Schwester, Annemarie, hatte schwarzes langes Haar..."

Albrecht unterbrach die Beschreibung aufgeregt:

„... und dunkle große Knopfaugen und..."

„Ja, das stimmt. Aber woher wisst ihr, junger Herr...?"

Bertram hatte zugehört und mischte sich nun ebenfalls ein.

„Friedrich, sag, die zweite hat nicht zufällig wundervolle rote Haare bis weit über den Rücken, eine weiche rötliche Haut und Tausende Sommersprossen?"

„Das hat sie in der Tat, mein Herr."

„Wie heißt sie?"

„Ihr Name ist Birgitta."

„Und nun ist es an mir, die dritte Maid zu beschreiben, Friedrich. Sie hat ganz helles und weiches Haar und ihre Augen strahlen mit den Kornblumen um die Wette."

„Auch das stimmt. Das ist die jüngste Schwester unseres Königs, unsere Christine.

Doch wenn Ihr die Frage erlaubt, gnädige Herren, wo habt ihr die Mädchen gesehen?"

„Leider waren es nicht die Mädchen, sondern nur drei Bilder von ihnen. Sie hingen jeweils in einer Hütte bei einer alten Frau. Eines an jedem der drei Meere, dem schwarzen, dem roten und dem weißen."

„Darf ich Euch auf Eurem Weg nach Hause begleiten? Dann ist es mir wenigstens vergönnt, die Bildnisse der Drei noch einmal zu schauen und mein Herz daran zu erfreuen."

„Wir freuen uns über dein Angebot. Gern kannst du uns begleiten, Friedrich. Und wenn du möchtest auch gern bei uns bleiben."

Der Abend sah eine von Fackeln erhellte Burg. Musik erklang. Spieße wurden gedreht, Krüge voller Wein wanderten durch die Hände. Es wurde gesungen, getanzt und gelacht.

Am Morgen war alles bereit für den Aufbruch der Brüder. Friedrich wartete mit den Pferden. Albrecht, Bertram und Christoph holten die ehemalige Herrin der Burg aus ihrem Verlies. Tief verhüllt und gut geschnürt hob der Älteste sie auf ein Packpferd. Die Brüder nahmen das Tier in die Mitte. Friedrich ritt vornweg, um ihr nicht doch zu nahe zu kommen.

Die Reiter und ihre Pferde zogen zum Ufer des weißen Meeres. Das Schiff schien bereits auf sie zu warten. Sieben Tage und sieben Nächte schnitt der Bug die weißen Wasser. Endlich erreichten sie die andere Seite des Meeres.

„Männer, das letzte Mal habe ich euch nicht bezahlt. Das hole ich nun nach. Ich habe aber nur Perlen für euch. Großzügig teilte Christoph die Perlen aus.

„Wir haben schon von ihrer Zauberkraft gehört. Du meinst also, wir sind auch verhext."

Christoph nickte und die Männer nahmen die Perlen. Einer nach dem anderen wurde wieder jung und bald war das Schiff gefüllt mit stolzen kräftigen Männern in den besten Jahren.

In der Hütte begrüßte sie die Alte. Als sie Friedrich erblickte, rollte eine Träne über ihre zerknitterte Wange. Friedrich`s Augen waren auf der Suche nach dem Bild und er achtete nicht auf die Alte vor sich. Christoph war es jedoch nicht verborgen geblieben. Er hatte alles und jeden im Blick. Er suchte das Rätsel der Mädchen zu ergründen.

Friedrich stand vor dem Bild der jüngsten Königstochter.

„So kenne ich dich, meine Christine. Ich erinnere mich noch gut, wie gern du mit mir bei den Pferden warst."

Er drehte sich um.

„Mütterchen, darf ich dieses Bild mitnehmen? Ich gebe dir, was du willst."

„Guter Mann, das Bild schenke ich dir, wenn der jüngste Königssohn mir erlaubt, euch zu begleiten."

„Es ist ein ungewöhnlicher Wunsch. Allerdings bist du hier sehr einsam. Da kann ich gut verstehen, dass es dich nach Gesellschaft verlangt."

So wurde das Bild eingepackt und die alte Frau mitgenommen. Der kleine Trupp zog zum Ufer des roten Meeres. Auch hier lag das Schiff bereit. Die Überfahrt dauerte fünf Tage und fünf Nächte. Bei der Ankunft bezahlte Christoph auch diese Crew mit Perlen und es wird niemanden verwundern, dass auch hier aus den rüstigen Alten stolze Seemänner wurden.

In der Hütte wartete die zweite Alte. Friedrich hielt sich nicht auf und lief vor das Bild.

„Liebste Birgitta. So kenne ich dich. Weißt du noch, wie du mit mir über die Wiesen gezogen bist?"

Derweil lagen sich die beiden alten Frauen in den Armen. Auch hier bat Friedrich um das Bild und auch hier war die Bedingung, dass die Alte sie und ihre Schwester begleiten durfte.

Die Fahrt über das dritte, das schwarze Meer vollzog sich genauso wie bei den beiden vorherigen. Sie dauerte drei Tage und drei

Nächte. Es erfolgte die Bezahlung der Mannschaft in Perlen und auch in der dritten Hütte wurde das dritte Bild sorgfältig eingeschlagen und verstaut.

Nach kurzer Zeit erreichten so Albrecht, Bertram und Christoph, Friedrich, die drei Alten und die von den anderen unbemerkte, gut verhüllte Hexe das Haus vor dem Wald.

Die Freude des Alten über die Ankunft seiner Schwestern war grenzenlos. Es wurde beschlossen, in seiner Hütte noch einmal zu übernachten und dann, auch mit ihm gemeinsam die letzte Etappe der Heimreise in Angriff zu nehmen.

Heimlich in der Nacht, als alle schliefen, packte der alte Mann noch ein Bild zu den anderen dazu.

Am Morgen bat Christoph darum, einen Umweg über den Bach im Wald zu nehmen. Die anderen waren einverstanden. Sie waren so lange unterwegs gewesen, das hier bereits der Frühling begonnen hatte. Warum also nicht einen kleinen Waldspaziergang machen!

Sie ritten bis zur Lichtung. Hier stiegen sie ab und rasteten. Christoph lief zum Bach. Laut rief er nach dem Nymph.

Der Bach wurde schneller, das Wasser rauschte, staute sich plötzlich. Die Welle wurde immer größer und die Tausenden Tröpfchen formten sich zur Gestalt des Herren über alle Bäche.

„Sei gegrüßt, Königssohn."

„Sei gegrüßt, Herr der Bäche."

„Was führt dich zu mir?"

„Danken wollte ich dir für dein Geschenk, ohne das ich mich und meine Brüder nie aus der Gewalt der Hexe hätte befreien können."

„Das freut mich. Aber das Geschenk hast du dir allein verdient mit deiner Hilfe für ein unscheinbares Tier. Das hat dich gegenüber deinen Brüdern ausgezeichnet. Die hatten geglaubt, für den Alten keine Zeit haben zu können, und so diese Probe hier nicht gefunden und bestanden. Danke dir selbst, mein junger König."

Die beiden verabschiedeten sich voneinander.

„Einen Rat will ich dir noch geben.
Sei auf der Hut. Du denkst vielleicht, du hast deine Aufgaben erfüllt. Aber vergiss nicht über deinem Tun für andere dich selbst!"
Mit diesen Worten vertröpfelte sich die Gestalt und das Wasser wurde wieder zum stillen Bach vor den Füßen des Königssohnes.
Christoph kehrte zu den Wartenden zurück.
Nach vielen weiteren Stunden sahen sie endlich das Schloss vor sich. Ihre Ankunft verbreitete sich wie ein Sturmwind.
Im Schloss angekommen eilte ihnen der Vater entgegen. Glücklich schloss er seine Söhne in seine Arme. Die aber erblickten einen gealterten grauhaarigen Vater.
„Der Kummer hat ihn krank und alt gemacht."
Die Amme war gekommen, um die drei Brüder zu begrüßen. Sie trat auch von einem zum anderen und grüßte freundlich. Vor dem Packpferd machte sie Halt.
„Steckt da ein Mensch unter den Pferdedecken? Warum?"
„Das, liebe Amme, lieber Vater, ist die Braut, um deren Willen wir ausgezogen sind. Sie ist auch Schuld daran, dass ihr uns fast nicht wiedergesehen hättet. Bleibt von ihr fern. Wir drei haben einen Zauberschutz von diesen drei alten Frauen, den unsere Mutter vermehrt hat. Ein Bann hält sie fern von den Menschen, noch. Aber wir können niemanden sonst wirklich vor ihr schützen."
„Ich will sie nicht mehr sehen, meine Söhne. Ich habe es so bereut, dass ich euch wegen eines Liedes fortgeschickt habe. Ich war so verblendet!"
„Nein, Vater, Ihr müsst sie sehen! Meine Brüder und ich haben sie jeden Abend gesehen. Sie musste ja essen. Deshalb sollt ihr sie schauen, bevor wir euch die ganze Geschichte erzählen.
Und bringt einen Spiegel, einen großen!"
Der König schickte zwei Diener mit einem Wink nach dem Spiegel.
Albrecht und Bertram brachten ein sich wehrendes Bündel angeschleppt. Sie hielten es fest und Christoph zog die Decken

beiseite.

„Ah`s" und „Oh`s`" aus der Runde waren die Antwort.

Der König hatte erst nur mit einem Auge vorsichtig nach der Person geschielt. Es folgte erstaunt das zweite. Er trat ein wenig näher.

„Das soll sie sein, die viel gerühmte Schönheit? Das ist eine Vogelscheuche, alt und vertrocknet. Puh, wie hässlich!"

Der König machte Platz für den Spiegel.

„Den braucht sie nicht."

„Doch Vater."

„Schau hinein, schöne Herrin! Aber du weißt sicher schon, was dich erwartet, oder?

Wie lange hast du schon keine Perle mehr bekommen, fünfzehn Tage?

Erstaunlich, wie viel das bei dir ausmacht.

Sieh dein graues verfilztes Haar, deine fahle Haut, deine farblosen Augen und die vielen vielen Runzeln auf deiner Haut, im Gesicht und am Hals. Schön bist du, für wahr!"

Die ehemals schöne Herrin konnte dem Spiegel nicht widerstehen. Sie sah hinein. Sie sah sich so, wie Christoph sie beschrieben hatte. Sie fing an, zu weinen und zu wehklagen.

„Sei still, du Hexe!"

Unbemerkt von allen hatte sich der Spielmann in den Hof geschlichen und den Vorgang beobachtet.

Jetzt trat er vor.

„Ich weiß Rat, hohe Herren."

„Du, der du uns das alles erst eingebrockt hast mit deinem lobhudelnden Lied über die Schönheit hier. Du hast mein Leben zerstört und mir fast meine Söhne genommen. Bestrafen sollte man dich, so wie die da!"

Der Alte aus dem Wald trat vor.

„Vielleicht solltet ihr nicht so vorschnell urteilen, Majestät. Manches muss geschehen, damit das Übel beseitigt werden kann."

„Du sprichst in Rätseln, Alter. Gut, ich werde dich anhören, aber später. Jetzt wollen wir feiern, dass meine Söhne glücklich nach Hause gekommen sind."

Im Thronsaal hatten die Diener die Tische gedeckt.

Die Brüder kümmerten sich um ihre Pferde.

„Was machen wir mit der Hexe. Die ist gefährlich. Findet sich hier nur ein Neugieriger, wer weiß, was dann passiert."

„Du hast Recht, Bruder. Ein tiefes Verlies hätten wir schon, aber wer soll sie bewachen?"

„Das können eigentlich nur wir, meine Brüder"

„Wieder richtig."

„Vielleicht gibt es eine andere Möglichkeit."

„Alter, du hast eine Idee, sag an."

„Wir, meine Schwestern und ich könnten sie bewachen. Zum einen sind wir so viel Leben gar nicht mehr gewohnt, zum anderen auch viel zu alt dafür. Und wir wissen, wie gefährlich sie ist."

„Ihr habt trotzdem keinen Schutz vor ihr."

„Macht euch keine Sorgen, wir sind vier gegen eins und sie ist gefesselt und verhüllt und sie kann uns nicht mehr nehmen, was sie schon hat."

„Nun, denn, wenigstens für ein Stündchen. Ich möchte doch ein wenig mit dem Vater feiern. Dann komme ich zu euch."

Es war eine fröhliche Feier. Musikanten spielten auf. Aber Christoph vergaß nicht die Zeit und nicht sein Versprechen. Leichten Fußes lief er glücklich über die heimatlichen Flure, den Hof und hinunter ins Verlies. Da er allein war, machte er kaum Geräusche. Er hörte allerdings beim Näherkommen, dass im Verlies gesprochen wurde. Er wusste nicht so richtig warum, aber er blieb stehen, um zu lauschen.

„Ihr denkt, ihr habt mich schon besiegt, aber ihr irrt euch!"

„Wir sind kurz davor und so Gott will, finden die Brüder es noch heraus."

„Das habe ich doch gut eingerichtet, dass ihr es ihnen nicht selbst erzählen könnt, nicht wahr! Wie sollten sie es herausfinden, dass ihr die Mädchen auf den Bildern seid. Und wenn, wie sollten sie darauf kommen, wie man euch befreien kann. Ha! Ihr seht es an mir, keiner verliebt sich in eine alte hässliche Frau!"

„Du lebst nicht mehr lange. Du hast über Jahre viel zu viele der Perlen genommen. Dein Verfall geht immer schneller voran."

„Du dummer alter Mann. Selbst wenn ich sterben sollte, was noch nicht so weit ist, ist euer Zauber nicht gebrochen. Außerdem fehlt euch etwas sehr Wichtiges dafür."

Hier hielt es der Lauscher nicht mehr aus, trampelte kurz vor der eisernen Tür und trat ein. Die vier alten Geschwister versicherten ihm, dass alles gut wäre und sie schickten ihn zum Fest zurück. Hier kam er gerade rechtzeitig im Thronsaal an, um dem Lied des Spielmannes zu lauschen, den der Vater nun endlich gewähren ließ.

Der Spielmann sang von der Liebe. Er erzählte davon, wie ein junger Mann sich in ein Bildnis verliebte. Alle Welt erklärte ihm, dass es nur ein Gemälde sei, es dieses Mädchen nicht gäbe. Er aber war so in Liebe entbrannt, dass er das Mädchen auf dem Bild küsste, immer und immer wieder. Das Wunder geschah. Das Mädchen stieg aus dem Bild. Sie sagte ihm, sie könne lebendig bleiben, wenn er ein anderes Mädchen in das Bild wünschen würde. Der verliebte Jüngling zögerte nicht. Er sagte ja, aber was er nicht wusste, er konnte das andere Mädchen nicht selbst bestimmen. Eines Tages bat ein Mann bei ihm um ein Nachtlager. Es war ein sehr trauriger Mann und weil sein Gastgeber ihn darum bat, erzählte er ihm, dass seine Braut verschwunden sei. Als der Gastgeber seinem Gast das Zimmer zeigte, in dem er schlafen sollte, sah dieser das Bild, riss es von der Wand und brach darüber zusammen. Es stellte sich heraus, dass das Mädchen im Bild seine Braut war. Der Mann wollte ihm die Geschichte erzählen, es kam zwar zum Tausch, aber nicht wie und warum. Vorher zog der Gast zornig sein Messer und tötete den

Gastgeber. Dann floh er mit dem Bild seiner Braut. Das hängte er bei sich zu Hause auf. Er sah es jeden Tag an und sprach mit ihm. Er wurde alt darüber und starb.

In das Haus des Toten zog ein neuer Besitzer ein. Der fand eines Tages auf dem Dachboden das Gemälde eines wunderschönen Mädchens, in das er sich unsterblich verliebte. Er ging sogar so weit, dieses gemalte Antlitz mit fieberheißen Küssen zu bedecken.

Damit endete die Geschichte des Spielmannes. Die Gäste hatten zugehört und applaudierten höflich. Wirklich zugehört hatte nur Christoph.

Der König verwies den Spielmann.

„Das soll dein Rat sein, wie mit dieser Hexe umzugehen ist? Und du wagst es von Liebe zu singen, wo ein anderes deiner Lieder mein Leben aus der Bahn gebracht hat? Geh mir aus den Augen! Bestrafen sollte ich dich. Du hast nur Glück, dass ich mich heute so freue, meine Söhne wieder bei mir zu haben. Geh, so geh doch endlich!"

Christoph hatte das Lied des Spielmannes noch nachdenklicher gemacht. Er wusste, wo die Alten die Bilder hingebracht hatten.

Er lief in die Kammer, wickelte sie aus und stellte sie nebeneinander an die Wand. Vor dem Bild der Jüngsten verweilte er. Dann überzeugte er sich, dass niemand ihn sah. Er beugte sich vor und drückte dem Mädchen auf dem Bild einen Kuss auf die Lippen. Es geschah – Nichts!

Der Königssohn überdachte, was er im Verlies erlauscht hatte. Was waren die Worte der Hexe, bevor er die Unterhaltung gestört hatte? Niemand würde eine alte Frau lieben.

Er rief nach seinen Brüdern. Die waren überrascht, ihn bei den Bildern zu finden.

„Vertraut ihr mir?"

„Du hast uns gerettet mit deiner Güte und Klugheit. Ja, wir vertrauen dir?"

„Würdet ihr mir einen Wunsch gewähren, auch wenn er anmaßend und ungewöhnlich ist?"

Die Brüder nickten zur Bestätigung.

„Ihr würdet es auch tun, wenn es euch wahrscheinlich große Überwindung kostet?"

„Zum dritten Mal, ja. Was sollen wir tun?"

„Wartet auf den Morgen!"

Der kam und fand den König im Kreis seiner Gäste im königlichen Garten.

„Vater, auf ein Wort."

„Christoph, mein Sohn. Was ist dein Begehren?"

„Ich möchte diese unsägliche Geschichte, die uns fast umgebracht hätte, zu Ende bringen. Deshalb ließ ich alle Beteiligten holen."

Der König sah sich der Gefangenen und den vier Alten gegenüber. Christoph selber stellte die drei Bilder auf.

„Auf der Suche nach deiner Braut und meinen Brüdern verloren auch wir drei unsere Herzen. Jeder deiner Söhne verliebte sich in ein Bild, wie es der Spielmann besungen hat. Wir lernten aber auch, dass Jugend und Schönheit anderes überdecken kann. Wenn das so geht, warum nicht auch andersherum?"

Er bat die drei Alten vorzutreten. Seine Brüder platzierte er ihnen gegenüber. Albrecht stand der Alten vom schwarzen Meer gegenüber, sein Bruder Bertram der vom roten Meer und er selbst stellte sich der Alten vom weißen Meer gegenüber.

„Meine Brüder, ich fordere nun meinen Wunsch ein.

Küsst die Alten auf den Mund!"

Die Brüder schauten sich und dann ihn irritiert an.

„Bitte."

Er selbst trat vor und tat es.

Nun folgten die Brüder seinem Beispiel.

Was dann geschah, brachte alle Anwesenden zum Staunen. Statt der drei Alten standen drei wunderschöne Mädchen den Brüdern gegenüber. Albrecht fand sich vor dem Mädchen mit dem schwarzen Haar, Bertram vor seiner geliebten Rothaarigen und Christoph hielt sein Mädchen mit den kornblumenblauen Augen und dem ganz hellen Haar im Arm.

„Wie hast du es erraten?"

„Ehrlich gesagt, habe ich an der Tür des Verlieses eurem Gespräch Minuten lang gelauscht und dann ein wenig kombiniert."

Die drei Mädchen eilten zu ihrem Bruder. Die vier herzten und küssten sich.

„Oh, meine geliebten Schwestern, vergebt mir!"

„Das haben wir schon längst, lieber Bruder Arno."

Die drei Schwestern sprachen nun zu den Brüdern.

„Gebt uns bitte zurück, was wir euch auf den Weg zur Herrin der Perlen mitgaben, den Gürtel, den Ring und die Spule."

„Sehr gern, aber unsere Mutter hat den Gürtel und den Ring verdreifacht. Nur die Spule ist noch ganz."

„Es ist alles ganz. Gebt nur her!"

Die Brüder lösten die Gürtel, die Annemarie entgegennahm. Sie legte sie übereinander und siehe da, es wurde wieder ein Teil daraus.

Birgitta erhielt die drei Ringe, die ebenfalls wieder zu einem verschmolzen. Zum Schluss wechselte die Spule von der Hand Christoph`s in die von Christine.

In ihren Händen verwandelte sich die Spule in eine Krone.

„Es fehlt das goldene Garn."

„Das ist nicht wichtig. Die Krone muss nicht prunkvoll sein."

Annemarie legte dem Alten den Gürtel um, Birgitta schob ihm den Ring auf den Finger und Christine setzte ihm die weiße Krone auf sein Haupt. Vor den Augen aller brach auch dieser Bann und der Alte verschwand. Die Schwestern umarmten nun einen jungen attraktiven Mann und König.

„Warum habt ihr gesagt, dass die Mädchen, also ihr bei der Herrin

der Perlen wäret, wenn ihr doch in den Hütten gewohnt habt."
„Wir sind über den Fluch an sie gebunden."
„Immer noch?"
Ein widerliches Lachen war die Antwort.
„Ihr werdet es auch bleiben!"
„Nein, deine Zeit ist vorbei!"
Niemand hatte bemerkt, dass der junge König die Runde kurz verlassen hatte. Nun stand er wieder unter ihnen, mit einem weiteren Rahmen in der Hand. Er hob ihn triumphierend.
„Neiiiiiin, das kann nicht sein. Das kann nicht der richtige sein!"
Die Hexe tobte.
„Und doch ist er es. Und ich werde meine Pflicht tun und dich dahin zurückschicken, wo du hergekommen bist. Und ich werde dafür sorgen, dass du nie wieder Unheil anrichten kannst."
Er ging auf sie zu, wurde aber von einer unsichtbaren Wand gestoppt.
Christoph verstand sofort und blies die Pfeife.
„Mutter, bitte nimm den Bann von ihr, König Arno möchte das Urteil über die Hexe sprechen und vollziehen."
Der junge König lief weiter, den Rahmen mit der leeren Leinwand in der Hand. Er griff sich die Hexe.
„So kehre wieder in deine Welt zurück, wie du sie durch mich betreten hast."
Er zog sie zu sich heran und küsste auch sie auf den Mund. Im Moment des Kusses verschwand die Hexe als menschliche Gestalt. Gleichzeitig entstand auf der leeren Leinwand ein Bild. Das Bild zeigte sie so, wie sie war, alt und hässlich.
„Es gab keine Perle, du wurdest nicht älter und warum funktioniert das nur bei dir?"
„Nur der, der sie hervorholt aus ihrem Bild, kann sie auch dahin zurück senden."
Die Runde wurde durch Rufe unterbrochen.

„Mein König. Mein König!"

Es war der Spielmann, der mit langen Schritten über den Rasen kam. Er wollte sich verbeugen, doch der junge König hielt ihn am Arm fest."

„Es ziemt dir nicht, dich zu verbeugen, mein treuer Freund. Ohne dich wären wir noch immer nicht erlöst."

Er wendete sich an die Brüder und ihren Vater.

„Das ist mein treuer Diener Hans. Er war damals schon mein Vertrauter und hat alles miterlebt, was uns geschehen ist. Wir selbst konnten darüber ja nicht sprechen. Er hat in den ersten Tagen der Regentschaft der Hexe dafür Sorge getragen, dass die Bildnisse meiner Schwestern zu ihnen kamen.

Mir brachte er die leere Leinwand. Der Zauber der Herrin der Perlen lautete, dass nur die Liebe dreier Brüder die Schwestern befreien könne und nur dann, wenn sie nicht dem Bild sondern dem Herzen vertrauen würden. Aber wer würde sie sehen, wenn sie keiner mehr erkennt und es kein Bild von ihnen gibt?

Und Hans war es auch, der die Kunde ins Land trug von der Schönen. Er hat euch sicherlich in Gefahr gebracht, aber es gab keine andere Möglichkeit, euch wie viele andere vor euch auf den Weg zu schicken. Ich hoffe, Ihr nehmt meine Entschuldigung an."

Der junge König verneigte sich vor den Brüdern.

„Hans, welchen Wunsch kann ich dir erfüllen als Dank für deine Treue?"

„Mein König, ich erbitte nur ein paar Perlen, damit meine Jugend zurückkehrt und ich Euch noch lange begleiten kann."

„Du sollst so viele haben wie du tragen kannst!"

So geschah es. Auch jeder, der an den Hof kam, erhielt Perlen, wenn er darum bat.

Es wurde eine große dreifache Hochzeit gefeiert. Im Anschluss kehrte der junge König Arno in sein angestammtes Reich zurück. Seine Begleiter waren sein treuer Diener Hans und auch Friedrich hatte Sehnsucht nach der Heimat, nun, wo er seine drei Mädchen wiedergesehen und in guten Händen wusste.

Prinz Albrecht übernahm das Reich um das schwarze Meer, Bruder Bertram die Ländereien rund um das rote Meer und Christoph führte seine junge Frau in das Reich rund um das weiße Meer. Das Netz mit den unendlich vielen Truhen voller glänzender Perlen der Jugend vertraute man Arno an. Er würde dieses Gut mit Umsicht verwalten.

Der Vater der neuen Könige war wieder erstarkt. Auch er besaß genügend Perlen. Schon auf seinem Sommerball verlor er sein Herz an eine schöne junge Dame, die er zu seiner Königin machte.

So gab es bald überall nur noch jugendliche kräftige attraktive und kluge Menschen, die mit Hilfe der Perlen ihr Leben jung hielten und sehr sehr alt wurden.

Das Bildnis der alten Hexe hatte König Arno noch im Schloss von König Heinrich übermalen lassen. Es reiste in seinem Gepäck ebenfalls in sein Schloss. Persönlich brachte er es in den tiefsten seiner Keller und verbarg es zwischen anderem unnützen Tand.

Jahre später wurde ein noch recht junger Diener in die Keller geschickt, um Wein zu holen. Er war unaufmerksam, bog falsch ab und stand vor einer ihm unbekannten Tür. Neugierig öffnete er sie und lugte hinein. Da standen, lagen und hingen viele interessante und sehr alte Dinge. Der Junge stöberte herum, als es in einer der dunklen Ecken polterte.

Er lief hinüber und fand ein Gemälde. Die Oberfläche bröckelte. An einigen Stellen war die Farbe aufgeplatzt. Zwei Augen sahen ihn an. Er war sofort hypnotisiert. Dann sprach das Bild zu ihm.

„Bring mich von hier weg, bitte. Hier ist es dunkel und feucht. Und gib mir bitte einen Kuss, mein Herz friert."

Der Junge war den Augen hörig und beließ es nicht bei einem Kuss. Er trug das Bild nach oben in seine Kammer. Er befreite die Oberfläche von der Schicht kaputter Farbe. Er fand ein liebliches

Antlitz mit strahlenden Augen und goldenem Haar. Einige Tage später floh er. Keiner hat ihn je wieder zu Gesicht bekommen.

Aber seit diesem Tag finden sich zwischen all den jungen auch wieder alte Menschen. Fragst du sie, werden sie dir sagen, dass sie sich noch sehr jung fühlen. Einige hören die Geschichte von den Perlen der Jugend und reisen zu König Arno, einige nicht.

Der König verstand selbstverständlich, warum das so war. Aber er konnte das Bild auch nicht wieder beschaffen.

Ich bin oft Gast in den Schlössern der Könige. Natürlich bekomme ich jedes Mahl eine Handvoll Perlen geschenkt als Gegenleistung für meine Erzählungen. Ich lasse sie gern als Gabe da, wo ich meine Geschichten erzählen darf, Traubensaft und Schokolade bekomme.

Mein Märchenerzähler hielt mir sein Glas entgegen.

„Meine Kehle ist Staub trocken."

Er goss den Traubensaft in seine Kehle.

Dann nahm er mit seiner kleinen Hand meine große und legte die Perlen hinein.

„Wie ich schon sagte, die Perlen als Gegenleistung für deine Zeit und deinen vorzüglichen Wein."

Peranticus erhob sich, strich seine Kleidung glatt und hängte sich seine Lieblingstasche um.

„Es wird Zeit für mich! Lange habe ich darauf gewartet. Nun kann ich wieder auf Wanderschaft gehen, neue Geschichten sammeln und die alten dort erzählen, wo man sie hören möchte."

„Versprich mir, ab und zu hier vorbei zu schauen und mir deine neuesten Geschichten zu erzählen. Wenn du willst, kannst du auch deine Kiste hier stehen lassen, auf dem Dachboden zum Beispiel. Ich passe gut darauf auf."

„Das ist eine sehr gute Idee. Auf diese Weise habe ich nicht so viel Gepäck. Ich habe ja meine Vliestasche. Jedes Mal, wenn die voll ist, komme ich hierher, um sie auszuleeren. Und dann erzähle ich dir eine Geschichte. Ja, genauso machen wir das!"

„Neben der Truhe wird immer ein Glas für dich stehen, mein lieber Peranticus und eine Flasche Traubensaft."

Ich umarmte den kleinen Mann vorsichtig. Er schenkte mir noch einen Handkuss.

Mit einem Jauchzer verschwand er aus der sichtbaren Welt und begann sein neues aufregendes Abenteuer.

Stille.

Das Feuer war heruntergebrannt. Ich verschloss die Feuertonne mit ihrem Deckel, nahm die beiden Gläser und die leere Saftflasche und ging ins Haus. Die Perlen in meiner Hosentasche klangen sanft aneinander. Ich nahm sie heraus, suchte eine Schale und legte sie hinein. Eine aber, ihr könnt es euch denken, die erste probierte ich gleich aus. Wenn ihr wissen wollt, ob die Perlen wirken und ihr die Truhe sehen wollt, dann kommt mich besuchen. Vielleicht pausiert auch gerade Peranticus wieder auf dem Dachboden. Also vergesst die Schokolade nicht!

Und weil die Märchentruhe Hunderte von Jahren auf diesem Fleckchen Erde stand und nun auch weiter hier stehen würde, darf ich sie getrost so nennen: die wendländische Märchenkiste!

Weitere Bücher der Autorin

Der Zauberspiegel
Rhodos - Märchen und Geschichten

Das unheimliche Gasthaus
nach einer wahren Begebenheit
Peranticus erzählt; Teil 2

Figurina
oder Besuch im Zeitlosen
aus der Reihe Schreiben mit der Kraft deiner Seele

Vampire auf vier Pfoten
Teil 1: Ein Husky auf Rhodos

Der magische Stift
oder Mein Leben bewegen und positiv leben

Webseite: www.wortjuwel.de